游日记

止庵 文/图

商務印書館
创于1897 The Commercial Press
2018年·北京

图书在版编目(CIP)数据

游日记/止庵著.—北京:商务印书馆,2018
ISBN 978-7-100-15891-6

Ⅰ.①游… Ⅱ.①止… Ⅲ.①游记—作品集—中国—当代 Ⅳ.①I267.4

中国版本图书馆CIP数据核字(2018)第040242号

游日记
止庵 著

商务印书馆出版
(北京王府井大街36号 邮政编码100710)
商务印书馆发行
北京市十月印刷有限公司印刷
ISBN 978-7-100-15891-6

2018年4月第1版　　开本880×1240 1/32
2018年4月北京第1次印刷　　印张12¼　插页64

定价:98.00元

给 Fiona

目 录

序

这几年经常出外旅行，加上行前种种筹划、准备的工夫，大概总有一半时间花在上面，与我既往的生活相比，发生了很大的变化。就中原由，大概还可以用得上《庄子·外物》所言“吾失我常与”，但这里我不想多说了。我以为世间有些事只能自家消受，一再讲与外人听非但无效，而且无益，所以有出版界的朋友约我写《惜别之后》，我很感谢他的厚意，却迟迟不能交稿。现在勉强说这些日记也许就是他想要的那本书，虽然相关成分涉及不多，但并不说明我没有在想，甚至已经忘记，只是我对自己也无意多说了。有些什么沉潜在心底，仿佛是对继续我的人生的一种隐约却有力的支持，这就够了。

至于出外旅行为何偏重日本，我尝说那里的好处在于便捷，安全，舒适，而便捷居于第一位。我素不喜欢参加旅行团，又不愿给当地的亲友添麻烦，只有在日本，随便哪儿都可以自己乘公共交通工具前往，这包括新干线、JR、私铁、巴士和渡轮，一概都很准时，转乘毫无麻烦；我去过的欧洲国家就没这么容易，美国则更其困难。当然这话对于到了某大城市待下不走的朋友就说不上了，可我是乐意到处逛逛的，最好还是其他游客步履罕至之处。而那里若论安全与舒适，并不亚于大城市，或者说别有一种舒适，为大城市所欠缺。

在这方面给我启蒙的是李长声先生。二〇一〇年十一月末我在深圳见到他，谈起想去日本散散心，他告诉我东京之外，尚有不少好去处，往返又非常方便，记得当时列举了成田、佐原、镰仓、川越、日光、鬼怒川温泉和草津温泉。两月后成行，我们一一去了，诚如其言。以后我说，若问日本旅游的攻略，概言之，去偏僻之地，住（带温泉的）日式旅馆。又说，通新干线的地方往往不如只通JR的，通JR的地方往往不如只通私铁的，通私铁的地方往往不如只通巴士的。这都是经过他点拨之后的一点心得。我在日本旅行的经过都记在日记里，如今重新翻看一遍，自忖毛病是过于自我，若有好处或许也在于此；关于自己多说无益，遂有流水账之嫌，但也就避免了没话找话，反正亦无从增删改窜，只能这样交卷了事。唯有一点需要补充，即如刘岳兄所讲的大概意思：来到日本，要么做个彻底的观光客，要么就在语言上、文化上与日本人一模一样，这样都会受到很好的对待；假如介乎其间，既逾越前者的界限，而又达不到后者，那就很容易招人讨厌，落入尴尬境地。身为一个“彻底的观光客”，我觉得他说的甚得要领，虽然这话专就在相貌上与日本人几乎没有差异的中国人或韩国人而言。

关于旅行，这里不妨总括地讲几句。在我看来，一个人去旅行，是因为他觉得只待在家里不够，需要见识更大的世界。在这方面，我所希望的是“有期而遇”，并非盲目地转悠。譬如某位作家或导演曾在某个地方待过，或者他的小说描写过这里，他的电影拍摄过这里，我又特别喜欢这位作家或导演，事先知道这一点，到了那地方我的感受就不一样。我去曾在川端康成《雪国》中读到的越后汤泽，曾在小津安二郎《晚春》、《麦秋》中见到的北镰仓站，曾在《东京物语》中见到的尾道，都是如此。当我参观了位于金木的太宰治故居“斜阳馆”，感受更为深切，我曾写道，作为太宰治的忠实读者，我确实不虚此行：如果不来这里看看，恐怕无法真切体会其家境的显赫，对于他成为家庭和社会的叛逆者——特别是叛逆到那么不可收拾的程度，也就难以深刻理解。类似情况当然不限于日本。好比我去布拉格，看到布拉格城堡果然“高高在上”，正如卡夫卡在《城堡》中所描写的那样，当下可谓“会然于心”，明白关于其写作受此启发的说法并非虚妄。虽然布拉格与卡夫卡的关系，并非只有这一点。当然，假如从未读过卡夫卡的作品，甚至根本不知道世间曾经有过这个人，这座城市同样会向你呈现它的美；但我想其间毕竟有感受深浅多寡的区别。以上说法，自然难免“一厢情愿”或“刻舟求剑”之讥，我却并不打算轻易放弃。

我一向认为，一个人只读万卷书是不够的，还需要行万里路；反过来说，只行万里路也是不够的，还需要读万卷书。加缪在《西西弗的神话》中说：“重要的并不是活得最好，而是活得最多。”这句话我曾一再引用，可谓一己的人生指南；而读书与旅行，应该算得上使人“活得最多”的两种途径了。——这里须得强调一下，加缪所说有个“如果我承认我的自由只有对被限制的命运而言才有意义的话”的前提，我希望自己没有过分断章取义地理解他的意思。无论如何，通过读书与旅行，我们可以更多地接触自己生活之外的世界。

不过话又说回来，像我们这种“彻底的观光客”的旅行，若以文化交流或文化碰撞求之，乃是其中最肤浅的一种方式。所以我尝说，虽然去过日本多次，我对日本并不了解，只是在那里的一些地方看看走走而已。英国人艾伦·布思（Alan Booth）曾以一百二十八天时间，步行三千三百公里，从北海道最北端的宗谷岬一直走到九州最南端的佐多岬，对于日本之了解，自非我辈所能比拟。然而其所著《千里走日本》一书，仍以下面一段与一位日本人的对话煞尾，在我看来乃是关于日本最恰切的议论，值得抄录在此：

“老爹问我住在哪儿。我回说东京。

“‘东京不能代表日本，’他说，‘住在东京，无法了解日本。’

“‘没错，’我同意，‘所以，我想花点时间，好好看看其他地方。’

“‘光看还是无法了解日本。’老爹说。

“‘不，不光是看，不是像观光客从巴士窗口看那样。我要走过全日本。’

“‘就算你走过全日本，还是无法了解日本。’老爹又说。

“‘不光是走过全日本，还要和各式各样的人交谈。’

“‘就算你和各种人谈过话，还是无法了解日本。’老爹坚持。

“‘那请问你，我该怎么做才能了解日本？’我问他。

“这问题似乎出乎他的意料，他有点受伤，有点生气的样子。

“‘你无法了解日本。’他说。”

二〇一七年四月二十九日

一

京都 奈良 東京 洞爺湖 札幌 小樽

二〇〇九年

十月十八日 | 周日

上午去首都机场。临上飞机前给母亲打了电话。所乘 CA920 航班九点二十分起飞，下午二点零五分（以下东京时间）抵関西空港，前次来日本，即在此地入境，距今已十三年了。当时日记尚存，甚为简略，且抄录于此。一九九六年九月二十九日，下午与 Morin 等飞赴日本，晚抵関西空港，继乘电车到京都，宿 ANA Hotel。九月三十日，下午去龍安寺、金閣寺。十月一日，在展览会一整天。十月二日，下午去清水寺，晚去八坂神社。十月三日，在展览会。十月四日，去二条城、三十三間堂。晚与 Morin 乘电车抵奈良，宿静観荘。十月五日，去御霊神社、元興寺、興福寺、東大寺、春日大社、唐昭提寺，晚回京都，因未提前订房，无处可住，只得求助于一警察局，承代为联系上一家旅馆，并用警车送去，惜未记旅馆名字。十月六日，早晨 Morin 回中国。我去嵐山，到天龍寺，常寂光寺，大河内山荘。宿宿や平岩。十月七日，去大徳寺、京都御所、銀閣寺、哲学の道。十月八日，早晨去奈良，到正倉院、新薬師寺。晚去豆比古神社，观翁舞。宿古市旅館。十月九日，上午去十輪寺、依水園、吉城園。下午乘电车往関西空港，回国。晚九时抵家。此番来是通过旅行社办的手续，但停留地点和行程都是自己设计的，时间有限，一路疾行，穿越大半个日本，希望将来有机会再来。旅行社二人来接，虽然我们买了七天的 JR PASS，但还是乘他们的汽车去京都，在清水寺附近下车。清水寺前回来过，记忆还很清晰。来这里的游客还是很多，大概算得“京都第一去处”罢。为母亲求了一个保佑健康的符。没过多久，已是黄昏，日本天黑得早，对于游客来说，可用时间较去别处有限，是以来日本早睡无妨，晚起不宜。一直走到祇園，在松葉吃乌冬天妇罗面。沿高瀬川走回酒店。吃煮物，喝清酒。宿新・都ホテル（京都），就在京都駅的对面。

十月十九日 | 周一

上午九点十六分乘 JR 赴奈良，近十时抵。去興福寺，参观“国宝阿修羅展”。去東大寺、二月堂，在此喝茶；又去春日大社。这些地方，前次都来过，与记忆竟是毫无差异。又去吉城園，这里是第一次来，出示护照可以免费，上次去的是依水園，景观好过此园很多。又去老城区逛街。晚六点五十六分乘电车回京都。

八时过抵。在街上的电话亭给母亲打电话。回酒店。

十月二十日 ｜ 周二

上午九时过在京都駅乘“B3”巴士至金閣寺。金阁还是那么漂亮，但想到是战后被人焚毁又复重建，尤其是读过三岛由纪夫著《金阁寺》，感觉总有点异样，眼前这个毕竟是假的，要透过它看到那个真的金阁的影子似的。在我看来，原来的金阁与其说重生于这复制品，不如说重生于三岛的《金阁寺》；甚至可以说，金阁被烧掉，也许就是为了成就这部不朽之作。又至龍安寺，在有名的枯山水前静坐冥想，这还是当年同来此地的Morin教我的，他说：“你且想，大海……”乘JR汽车到銀閣寺，银阁是“真的”，虽然当年并没有贴上银箔，回想起金阁，刚才好像有点被扰乱的心思平复了下来。在哲学の道走了一小段，西田几多郎著《善的研究》我读得太早，印象中似乎道理并不高深，但因他构思此书而留下一条“哲学の道”，倒是很有意思。所有这些地方，于我都是旧地重游，十几年过去，这些地方，乃至我所见的其他一切，仿佛一点也没有变样。乘“100”巴士回京都駅。三时五十六分乘新幹線ひかり478号往東京，至品川駅下车，天已黑了。换乘山手線至渋谷，F在SEIBU店购物。仍乘山手線至上野。为找旅馆，穿行于宁静的小街中，走了很多路，还搞不大清楚町、丁目和号

的关系，最后还是承一位日本女士热心引路，才到了。宿チサンホテル上野。

十月二十一日 ｜ 周三

上午乘山手線至秋葉原駅，换乘総武線，至水道橋駅下车。去神保町，逛了多家旧书店，在山本書店买傅芸子著『白川集』（文求堂書店，一九四三年十二月十日初版，中文），精装，有护封。傅乃“周边人物”之一，虽近乎昙花一现，却也独具特色，所著文字颇有分量，与寻常散文不同，其《白川集》与《正仓院考古记》曾收入“新世纪万有文库”重印，然装帧简陋，又是简体横排，不如此原版远矣。这是我首次在日本买书，亦可记也。乘総武線至新宿，逛街，吃寿司。新宿駅有外地的手工制品展销，买了一个木质的报箱。乘山手線回上野，去上野公園，又去市场，吃水果。晚七时零三分在上野駅乘新幹線寝台特急北斗星3号赴洞爺，本计划在餐车吃饭（据说是怀石料理），但我们的车厢离餐车太远，遂改在车站买了便当，开车不久就吃了，算是晚饭。这个普通双人间只有两个上铺，其间的空间却是整个车厢的高度，虽不宽敞，但很舒服。前后相邻房间均只有两个下铺，如此相互“镶嵌”，设计甚佳。

十月二十二日 | 周四

上午八时五十九分抵洞爺駅，乘巴士往洞爺湖，这是湖边的一个小镇，有多家临湖的旅馆，皆洋式建筑，在镇口看到几株正红的枫树。乘船去大島，湖面广阔而宁静，待刚才离开的码头看不到了，就仿佛融入了原始自然之中。到了岛上，码头有几幢洋房。在森林入口处报了护照号和手机号，就可以通过一扇栅栏门，进入森林。散步。路是碎木屑铺就，时闻不同的鸟鸣声，除我们之外没见到其他人。回到码头，食面。乘船回。在洞爺觀光ホテル泡包租温泉，限时四十分钟。为平生第一次泡日式温泉，以前在国内泡的只能算是洗澡。乘巴士回洞爺駅，有些很漂亮的住宅，宅院中时有红枫一树。在海边小坐，大海萧肃而蛮荒。下午四点过乘北斗星 15 号赴札幌，七时过抵，天全黑了。在そるくる吃寿司，想点一向爱吃的两种寿司：蟹子寿司和芥末章鱼寿司，前者在旋转台上很容易地发现了，后者却颇费周折才让厨师明白，他也饶有兴致地想知道我想点的到底是哪种，非要帮我找到不可，终于明白了，都很高兴，在他好像有胜利之感。宿ホテルグレイスリー札幌，离札幌駅很近。去街上的电话亭给母亲打电话。

十月二十三日 | 周五

上午乘电车去新札幌，买小物。乘电车回札幌。小雨。逛街，这城市一看就知道当初是严格按规划建筑的，不仅街道横平竖直，而且相邻街道之间的距离都差不多，如果从空中俯瞰，一定是“井井有条”。路过時計台等处。去二条市場，在おみやげランド吃了虾和贝的刺身，非常新鲜，这是一家前面有柜台卖海鲜，后面有两三张桌子可供食客之用的商店，墙上挂了些曾来此进餐的大概是明星人物的照片。又去狸小路逛街，买小物。三时二十分乘电车赴小樽，三时五十分抵。知道这地方还是因为看了岩井俊二的电影《情书》，虽然那片子里并无小樽的实景。天刚下过雨，现在停了。走到运河一带，有一幢接一幢的旧仓库。时已黄昏，几无游客。在大正硝子館买玻璃制品一件。在海猫屋吃咖喱饭、蛤蜊浓汤和烤面包。两层楼房，红砖墙，一楼和二楼都摆着宽大的木制餐桌。此处原为矶野商店仓库，一九〇六年建，而矶野就是小林多喜二所著小说《不在地主》中那个“不在地主”的原型。在小樽倉庫 No.1 喝啤酒，有巨大的啤酒酿制设备，聚集了很多游客。宿ホテルノルド小樽，离运河不远，老式的欧式建筑，展示了很多八音盒，处处可闻轻柔而温馨的音乐，房间窗口可以看到运河夜景。

十月二十四日 | 周六

早晨在运河プラザ买玻璃制品及食品。乘电车去札幌，在车

站买食品，两处一并给母亲买了不少点心，特别留意了保质期，有半月的，有一月的，有两月的，这样她可以陆续吃了。母亲最想来日本旅游一次，但因病不能成行，这次我来也处处留心，看看只能坐轮椅的她有无来此一行的可能。乘电车往新千歲空港，买酒及食品。机场里有很多中国游客，为别处所少见。下午一时五十分飞离日本。五时（北京时间）抵京。打车回家。

二

成田 佐原 东京 三鹰 鎌倉 横浜 川越 草津温泉 日光
鬼怒川温泉

二〇一一年

一月二十五日 | 周二

晨五时半起，小张来送，至首都机场。此次赴日旅游，完全是因为母亲去世，想散散心。打算以東京为中心，周围再找几个去处。为此在深圳开会时请教了李长声，包括去哪里，住不住，住多久，等等。仍由旅行社代订旅馆。又想到“上一次”——上一次来日本，母亲还在。晚年能来一次日本是母亲永远未能实现的愿望。所乘 CA925 航班十时三十分起飞（晚点一小时），座位号 53A、53C，下午二时半（以下东京时间）抵成田空港。四时乘上预订的酒店メルキュールホテル成田的免费巴士，四时一刻到。入住八〇二房间。过去我外出后都要打电话给母亲，问她“好吗”。上次来日本也是如此，但她在电话里总是说有什么快件寄来，谁来电话约稿之类与我相关的事，我觉得这些无所谓，因电话费较贵而常打断她的话，但现在想到这是她对我的关心，已经晚了。出门沿表参道而行，抵成田山新勝寺时已黄昏。及至成田山公園，夜幕降临，四下颇富禅意。见到鈴木三重吉文学碑和高浜虛子句碑。在五心吃晚饭：一盘冷的乌冬面，一碗作料，拌着吃的。晚八时半归。

一月二十六日 ｜ 周三

晨离酒店，乘九点零九分的电车去佐原（电车是到鹿島神宮駅的），九时四十分抵。沿小野川散步，两岸房屋颇具江户风貌，唯时逢冬季，略有萧肃之感。吃寿司，买笺纸。乘下午一时二十七分的电车离佐原，回到成田，再往表参道一走，因昨日天晚，未及细逛。两边多商店，包括一家很大的米屋羊羹。晚六时二十分到新宿駅，李长声在站台接，亦夫在仲间由纪惠的广告荧幕下等候。入住ウィングインターナショナル新宿七一一房间。李请我们在凛火二楼吃饭、喝酒至十时半。赠之书一种，茶叶一盒。路过咖啡店，招牌均作“珈琲”，此二字在周作人译文中多次见过，因知其翻译“Coffee”系直接移用日文汉字。周氏兄弟写文章常用日文汉字，如“紹介”、“著書”、“記念”等，又如《知堂回想录》中，有“在将要毕业的直前除了名”、“特别是在毕业的直前”，“直前”也是日文汉字。研究者与整理者不晓此事，妄改周作人一九二三年七月十八日致鲁迅信中“大家都是可怜的人間”为“大家都在可怜的人间”，其实“人間”亦是日文汉字，即“人”也。回酒店。上次我来日本，母亲还在。我处处想的是，如果她来，能否游玩。去京都、奈良，各处皆须爬许多台阶，唯小樽似无此障碍。实际上母亲病后，已不可能出外旅游。此番再来日本，母亲已经不在，我想的仍是如果她来，能否游玩。

一月二十七日 ｜ 周四

晨在房间吃昨日在佐原买的点心。八时半出门，乘中央線往三鷹，九时二十分抵，沿風の散步道而行，道边即是玉川上水，水浅而小，几为岸边竹木遮蔽。抵三鷹の森ジブリ美術館，参观券是托李长声代买的。在门口排队，十时进门。十一时半离开。去这个美术馆，好比是在宫崎骏的摄影机后面偷窥一下。又沿玉川上水而行，途经太宰治自杀处，路边有一金属铭牌，上刻太宰治《乞食学生》中的一段话，讲到玉川上水，还有他坐在这条河边的一幅照片，当时此地似很荒凉。日本不止一位作家自杀，对其他人来说最终只是少活了若干年而已，就连三岛由纪夫亦不例外。唯有太宰治的自杀迄今仍有意义，他仿佛随时都正在死，在他死了多年以后还是这样。对别人来说，死是生的终点，而对太宰治来说，生是死的起点。去太宰治文学サロン，这里摆了些太宰治的书和关于他的书，还有一份杂志。买了一块印有他的头像的丝巾。我素不买旅行纪念品，但于太宰治似可例外。回国后，当托人寄赠一册我在新星出版社工作时出版的太宰治著《惜别》中译本来。去禅林寺，见到太宰治的墓，上书“太宰治”三字，旁边一座墓碑，则书“津島家の墓”。有一男人在墓前一边用水勺往碑上浇水，一边高声吟哦什么。一九四九年十一月三日，太宰治的弟子、同为“无赖派”的小说家田中英光在此服安眠药并割腕自杀。斜对面是森鸥外的墓，书“森林太郎墓”。在一家卖玻璃制品的店内看见一只很漂亮的玻璃小猪，如果母亲在，我会买了送给她，现在就不买了，这那么强烈地让我感受到她不在了。看到好的景色，或人家好的装饰，如用竹筒养花，本来也会告诉她的，现在想到，没有人可以告诉了。下午二时半乘电车返新宿，小川利康候于旅馆服务台，赠之书三种，茶叶一盒。打车去湯島聖堂，周作人一九四一年曾写过一篇《汤岛圣堂参拜之感想》。小川请我们在山上飯店喝下午茶，说这里曾是日本出版社邀请作家写稿的地方。又去神保町，在古书店看到不少浮世绘、文人手迹和电影海报。乘地铁到飯田橋，在神楽坂花かぐち吃了很精致的晚饭，是在二楼，楼层很低，须屈身而行。席间终于告诉小川母亲去世了，他说，已有预感，要不然你不会出来这么久。到飯田橋乘総武線到新宿，已是十时半。

一月二十八日 | 周五

九时半出门。到上野参观東京国立博物館。又去上野アメ横商店街，即上次来上野未找到的地方，在大江戸吃寿司。乘JR到原宿，在表参道逛街，又去明治神宫。或许季节不对，这里的花园不很有意思。在竹下通逛街。晚天气甚冷，广告新闻云関東下大雪，厚达三米多。

一月二十九日 | 周六

晨七时半起，八时退房，在新宿駅买两样点心，八时四十分乘湘南新宿線往鎌倉，九时四十分抵，换乘江ノ電到七里浜，入住 Kamakura Prince Hotel 二〇八房间。乘江ノ電到極楽寺、成就院、高德院，大佛过去在小津安二郎的电影《麦秋》里见过，现在站在跟前细细端详，有点像在眯眼养神，予人静谧之感；但待转到背面，看到后背上开了两个窗户，又稍觉怪异。在此见到一位云游僧，非常俊秀。又去鎌倉文学館参观，建筑、环境、展览内容俱佳。三岛由纪夫著《春雪》中描写的松枝清显、本多繁邦和两位暹罗王子在鎌倉住的庭园，就是这个地方。与小津的大佛一样，亲眼看见，觉得彼此早有一种联系，说是很亲切也行，反正我觉得，“读万卷书，行万里路”至少有一个意思是：这不是两件事，而是一件事。展览中有一张“文学地图”，居然有那么多作家和艺术家曾经住在鎌倉。还在这里看到一张小津等人拔河比赛的照片，小津嘴里还叼着烟卷，这真是个有情趣的人。在極楽寺附近一家叫做“みゆう”的兼卖旧货的咖啡馆买了些小物，满意且便宜。平生还是第一次买这种非旅游纪念品的小物，或许亦是新开一扇门了。晚乘江ノ電到江ノ島，走到神社前而返。

一月三十日 ｜ 周日

早晨醒来，拉开窗帘，眼前就是大海。站在阳台向右方看，富士山清晰可见，山顶云雾缭绕。吃完早饭，九时出门，乘江ノ電到鎌倉，转乘 JR 到北鎌倉駅，这个车站也在小津的电影里不止一次看到。去円覚寺，有三門、舍利殿等，找到小津安二郎墓，上书“無”字，前摆一听啤酒。又去東慶寺，庭院老梅甚多，见到周作人多次提到的女作家佐藤俊子的墓：横置一石，上竖一石，书“田村俊子の墓”，前有四个石头做的笔筒样的东西。她上世纪四十年代在上海编过《女声》杂志，还有个中国名字叫“左俊芝”。可惜我迄今未读过她的作品。又去浄智寺，出门始飘雪花。又去建長寺，在昨今所去几处寺庙中规模最宏阔，佛堂有如来受苦像，饥饿之相近乎骷髅，观之颇觉震撼。又去八幡宮，一时落雪颇大，漫天飞舞。在若宮大路一家画店买富冈永洗一九〇五年所作版画「雪の日」。又在御成通り逛街。八时回酒店。这回到鎌倉，觉得处处都好，不免又想到当初真该陪母亲到此一游，没来日本是她的终生遗憾。

一月三十一日 | 周一

六时半起，远望富士山，为朝阳染红，联想到葛饰北斋的版画。七时去海边散步。七时半回酒店吃早饭，八时半退房。乘江ノ電去江ノ島，沿海边散步，这里大概就是太宰治二十一岁时与田部あつみ情死之处，不过并未看到标志。当时田部死了，而他未死，自此余生都觉得“人间失格”。见过一张田部的照片，太宰治的女人中，她似乎是最漂亮也最热情的一位，或许她的死就与此二者有关亦未可知。行至江島神社。乘江ノ電到鎌倉，在御成通り购物，在公文堂書店买松枝茂夫译周作人著『瓜豆集』（創元社，一九四〇年九月二十日初版），精装，有护封。家中原有一册，护封不及这本完好。回酒店取行李，下午三时十分离鎌倉，三时半抵横浜，换乘みなとみらい線至赤レンガ倉庫，有很多卖手工艺品的小店，又觉得母亲如果来这儿，一定会很高兴的。如果时间倒流，可以给母亲安排一个東京—横浜—鎌倉的七日游，一定会玩得很开心。又去看“日本丸”。八时二十分离横浜，近九时抵新宿，入住ウィングインターナショナル新宿七一三房间。

二月一日 | 周二

晨乘山手線到上野，穿过不忍池，参观弥生美術館之“百花繚乱！挿絵の黄金時代展（懐かしき昭和 20 ～ 30 年代の挿絵画家たち）”展览，系以岩田专太郎和志村立美为中心。我对继竹久梦二之后，又有所发展的高畠华宵、蕗谷虹儿、岩田专太郎和志村立美等画家甚感兴趣，尤其是岩田专太郎，真乃“恶之华”，有一种危险的、多少惹人“不怀好意”的美。与竹久梦二相似，他们也为杂志作封面，画插画，这一利用大众传播媒介的特点值得留意。参观竹久夢二美術館之“竹久夢二図案と装飾展（千代紙からポスターまでデザイナー·夢二の試み）”。在美术馆外的“港屋”喝茶、吃点心。乘地铁到乃木坂，参观根津美術館、太田美術館，后者正展览“浮世絵にみる意匠——江戸の出版デザイソ”。晚李长声在新宿请吃河豚，与者共九人，其中有黄崇凯，得其所赠凤梨酥一盒，又《夏济安日记》一册。[四月一日补记：那天黄说去见过村上龙，我回京后，收到他寄赠《接近无限透明的蓝》中译本（大田出版，二〇一〇年七月十四日初版四刷）一册，扉页签字笔书“村上龍 3.Jan.2011”。]

二月二日 | 周三

晨九时五分乘琦京線往川越，先去喜多院，走错路了，遇一日本人，颇热情地为我们导游，一路上说了很多话，唯语言不通，我们只好做手势了，先去光西寺，又去中院，有岛崎藤村义母之墓，又有纪念碑，上有岛崎所书“不染”二字。去喜多院，在此作别，留名片一张：“寺井正一郎”。川越与去过的佐原、鎌倉同为“小京都”，虽然“小”的差别也不小。又此地以卖点心出名，去一番街、菓子屋横丁买些点心。四时十分离开，在上野买明日去草津的汽车票，在新橋买大后天去日光的电车票。又去銀座，在鳩居堂买笺纸。返新宿，吃寿司。

二月三日 | 周四

晨九时在新宿駅新南口乘JR高速巴士往草津，途中在上里停车，去休息购物店。路过伊香保温泉，有竹久梦二和德富芦花的纪念馆，将来可到此一游。下午一时抵草津，入住草津温泉ホテルリゾート四〇四房间，十叠。先后去光泉寺、湯畑、西の河原公園。草津是依山而建的小镇，背靠白根火山，处处积雪，温泉流淌，蒸汽氤氲。晚在酒店泡两次温泉。今日春节，给小沙打了拜年的电话。

二月四日 | 周五

早晨窗外飘雪，落地即化，而落在积雪上者不化。泡了两

法師温泉

法師温泉

松山

越後湯沢

越後湯沢

鎌倉

逗子

千倉温泉

千倉温泉

小凑温泉

高松

琴平

琴平

铫子

佐原

名古屋

蔵王山

小湊温泉

小凑温泉

萩

萩

蔵王山

銀山温泉

银山温泉

山形

雲仙

雲仙

肘折温泉

新庄至酒田途中

酒田

酒田

鞆の浦

次温泉。十时离酒店，继续在街上漫步，是个很有风情的小镇。有家馒头店门口站一老人，手托一盘刚出锅冒着热气的馒头，请过路的客人品尝。去白根神社，在湯畑泡足，围绕湯畑的石栏柱上刻着哪位名人哪个年份曾来此游览，我熟知名字的文人大多来过，包括竹久梦二，也有不少政治人物。参观草津町温泉資料館，下午三时半离开草津，七时过抵新宿。回旅馆途中往紀伊國屋書店一逛，只到一楼，见新出作品中，老作家似乎只有石原慎太郎和大江健三郎的。入住ウィングインターナショナル新宿七〇八房间。

二月五日 | 周六

晨七时半乘JR特急日光1号·東武日光行往日光，九时过抵。车站旅游接待处有中国人工作，年轻女性，上海口音。乘“中禅寺”巴士去華厳ノ滝，瀑布高近百米，又去中禅寺湖，甚觉寒冷。返回東武日光駅，十二时二十五分乘東武日光線，在下今市駅换车，至鬼怒川温泉駅下。这是个狭长的村子，在山谷中，沿河两岸伸延。入住伊東園ホテル鬼怒川グリーンパレス四一四房间。酒店接待员中亦有中国人。窗外即是奔流的鬼怒川，对面是茫茫雪山。沿鬼怒川走到鬼怒川公園駅，又返回。晚在酒店泡三次温泉。

二月六日 ｜ 周日

旅馆房间两边有窗，一面临鬼怒川，另一面可望见两侧高山，山上积雪，树木甚多，皆已落叶。时为严冬，“穷山恶水”，庶几近之，夏季再来当别有一番景色。从来没有这么近地临水面山而居。上午泡两次温泉。十时离开酒店，走过鬼怒岩橋，十时三十二分在鬼怒川公園駅乘电车，在下今市駅换车，十一时一刻左右抵日光。乘“世界遗产”巴士去輪王寺、東照宮（在此还看了“睡猫”和德川家康陵）、二荒山神社、大猷院、神橋。東照宮真当得起“金碧辉煌”，唯白雪皑皑，松柏苍苍，有此背景，便无俗气，只觉高贵肃穆。在神橋到東武日光駅间路边一家杂货店买木制小鹿一只，角是金属的，造型不错。来日光的中国游客颇多，听到上海、东北、广东口音，巴士播放站名亦包括汉语在内。四时三十七分乘JR特急日光8号·新宿行回新宿駅，六时半过抵。换乘地铁到六本木，下雨。去六本木ヒルズ，在五十二层看東京夜景，看到東京塔等处，又在森美術館看“小谷元彦展——幽体の知覚”，觉得小谷元彦对生命与死亡感受甚深，又留意到他对肌肉、骨骼之类的特殊兴趣。入住ウィングインターナショナル新宿七一三房间。

二月七日 | 周一

上午乘地下铁到水道橋駅，去神保町逛书店，在版画堂买高畠华宵绘色纸，画的是两朵盛开的卡特兰，背面有题字云，一九六一年春猪野贤一氏访美纪念，高畠华宵于洛杉矶。又有赠诗，大意云，花是夏威夷卡特兰，色彩形状各色各样，给人豪华的感觉，火奴鲁鲁和洛杉矶都有这种花。包装纸上亦有华宵笔迹:“猪野賢一樣　高畠華宵”。又去浅草寺、隅田川。昨天到六本木ヒルズ，今天到浅草，都想到母亲，若母亲来日本，此等处皆当一游。为之凄然。又去涉谷，街头有右翼人士活动，广播宣传讲演，宣传车上所张标语有“南桦太—全千島群島日本领土”等字样。车顶所站讲演者可谓声嘶力竭，车前聚集的人很多，但此时正逢红灯，待到换成绿灯，则皆如退潮而去，几无一人留下。因想起倘若将上述两种情景各拍摄一张照片，便可成为完全不同的结论的证据，然而这里无论证据与结论其实都是靠不住的。说来做报道的，看报道的，皆须慎重，切忌妄断。晚七时回新宿，收拾行李。

二月八日 | 周二

十时半离酒店，乘山手線到日暮里駅，换成田線到成田駅，再换车到成田空港第1ターミナル，买点心数品。三时二十分所乘 CA926 航班起飞，座位号 43A、43C。晚六时（北京时间）过抵北京，坐机场大巴回望京。先回书房，将富冈永洗的版画悬之于壁，觉得意境颇好。这是明治时代的浮世绘，好像文人的味道更重些。我起先对于浮世绘的了解，只限于江户时代的，如喜多川歌麿、葛饰北斋、歌川广重等所作；近来倒是对其末期即明治时代的作品兴趣更大，虽然按照一般说法此时浮世绘已式微了。不过我对此毫无研究，只是个人兴趣，也就无所谓了。

三

京都 奈良 彦根 金沢 白川郷 高山 犬山 修善寺温泉
城ケ崎 下田 鎌倉 東京

二〇一一年

六月六日 | 周一

晨五时半起，小张来接，送至机场。所乘 CA927 航班飞机原定八时二十分起飞，晚点半小时。座位号 27J、27L。在飞机上重读《列子・杨朱篇》，我写《惜别》，古代至少有三家需要涉及，即此篇与《论语》、《庄子》是也。本拟早些再游日本，但发生了三一一大地震，遂延至现在。这回是打算将想去的関西、関東几个地方连成一条线，这些地方有的去过还想再去，有的没去过，是别人推荐或是 LP 旅行指南介绍的。下午二时（以下东京时间）过抵関西空港，游客不多，入境手续办得很快。二时二十分乘 JR 往京都，四时抵。宿天然温泉花蛍の湯ドーミーイン PREMIUM 京都駅前四二三房间。往西本愿寺，正为东日本大地震事筹备法会，规模甚大。然后去高瀬川畔一走。前年曾来此，暮色已降，今日则天色尚明，味道又不同矣。又去新京極、錦市場等处逛街。泡温泉。

六月七日 ｜ 周二

晨七时五十起床，泡温泉，吃早饭，系自助餐。乘八时三十分的电车往奈良，十时抵。乘七十二路巴士往唐昭提寺。这里距离奈良城内很远，前次来奈良未带F到此，这次算是特地弥补这个缺憾。唐昭提寺常在图片和电影里见着，来到面前只是觉得“果然如此”，得以亲眼领略那种质朴而端庄的美而已。今日适逢鉴真像展出，又得一睹东山魁夷所绘「山雲」、「濤声」、「黄山暁雲」、「桂林月宵」真迹。在开山御庙前看到一株小树，旁立石碑上刻“中華人民共和國首相趙紫陽閣下手植琼花”。记得当年报道，此树系从鉴真和尚故乡扬州带来；已是二十九年过去，而树尚未长大。又去薬師寺，寺早毁于火灾，是后修的，自不能与唐昭提寺相比，但東院堂之观音菩萨像和金堂之药师三世像都非常精美。还参观了一个“新宝藏”展。在这里的茶室喝茶。之后回奈良駅，去老城逛街。六时四十分乘电车离奈良回京都。

六月八日 ｜ 周三

晨往京都駅，买一日巴士通票，乘“5”巴士到南禅寺駅下车，先去無鄰菴，系山县有朋故别庄。建筑日西合璧，又有假山水池。明治三十六年四月二十一日，伊藤博文、山县有朋两元老与桂太郎首相、小村外相尝于此地议定对俄交涉之根本策略。印象中日本明治年代对外做些什么皆经精心策划，到了昭和年代则一味蛮干加胡闹，根本不计后果了。去天授庵，听到和尚念经。去南禅寺，登上三門，眺望京都，游方丈庭園，颇多名家绘画。去南禅院，坐庙廊上听和尚诵经良久。沿山泉而行，至奥の院。在日本看见“奥”、“的”等汉字还使用着它们很古老的意思，颇觉有趣。想起有一次去兰州，看见商店门口写着“露布”，亦与此类似。这些字、这些词的某个意思，原来如今还在某个地方实实在在活着，而不是假古董。在大安苑喝茶，此地亦一园林。沿哲学の道走到銀閣寺，我来京都凡三次，唯此次走完这条路的全程。乘“32”巴士，途中下车，至一旧书店，颇多旧物，肮脏不堪。又去新京極一带逛街。

六月九日 ｜ 周四

晨八时二十分乘琵琶湖線往彦根，九时过抵。宿彦根キヤツスルホテル三〇一房间。旅馆无其他游客，老板似乎特意为我们挑了这间景观最好的房间。房间里桌上摆着用当地产的手工纸叠的各种小礼物，很可爱。去彦根城，先参观彦根城博物館，有恢复的藩守庭园、能舞台，继登上天守閣，眺望琵琶湖。日本的城仅存十二座，其中四座被指定为“国宝”：彦根城、姬路城、松本城和犬山城。下山一路听到鸟鸣。去玄宮園，甚开阔，在这里的茶室喝茶。路过金亀児童公園，有井伊直弼大老像，还有花の生涯記念碑。“花の生涯”是舟桥圣一描写井伊直弼一生的长篇小说的题目，日本第一部长河剧即据此改编。井伊直弼是彦根藩主、江户幕府末期的大老，黑船事件后，力主签订“日美修好通商条约”，从而打破闭关锁国，又兴安政大狱，镇压攘夷派，后于樱田门事变中被暗杀。去埋木舍，系井伊直弼童年在彦根城中居住之地。井伊直弼似乎应该算是日本历史上的一位反面人物，却得到如此纪念，日本似乎并不存在关于历史人物的“统一评价”这回事。在一家杂货店买了个“日本丸天酱油株式会社淡口酱油”的小壶。下午去銀座街、花街等处，许多店铺关门，即刘柠所说商业一条街变成卷帘门一条街之景象也。喝了波子汽水，瓶口处里有颗玻璃珠，记得根据夏目漱石原著小说改编的电影《其后》里，代助去看三千代，喝的就是这种汽水。黄昏时至琵琶湖畔，夕阳映于湖面。不远有个巨大的超市，在此买一瓶“立山”清酒，又刺身六样，荞麦面、寿司各一盒，沿城堡一侧而行，回到旅馆，食之。当窗而望，眼前正是天守閣，夜色之下，有如银子打造的一般，真美极了。九时城堡关灯。

六月十日 | 周五

早晨开窗，遥望天守閣，空气甚好，四围宁静。吃日式早饭。

行至车站，八时四十五分乘琵琶湖線，在米原换北路線（特急），十时四十九分抵金沢。宿加賀の涌泉ドーミーイン金沢一〇〇五房间。乘游览循环巴士去东茶屋町。巴士以金沢三大文豪室生犀星、泉镜花和德田秋声命名，分别称“犀星号”、“鏡花号”和“秋声号”。在ほゃさけ吃手工乌冬面，上洒金箔。三大文豪各有纪念馆，唯因时间关系，只能选择其一，就去了我最喜欢的德田秋声的，其他两位的留待下次再去，反正金沢这地方肯定还要再来。德田秋声記念館展览了他的遗物、手稿、著作等，还再现了東京本郷的作家书斋，另有一个“和紙人形剧場”，作者中西京子制作了秋声作品中五位女性人物的人形：お絹（『挿話』）、お島（『あらくれ』）、お銀（『黴』）、葉子（『仮装人物』）、銀子（『縮図』），放映了一部用这五个人形拍摄的介绍德田秋声作品的电影，可谓别致而巧妙。德田秋声的作品译为中文者，我仅见《缩影》和《新婚家庭》两种，《缩影》写得深切而又沉稳，给我留下的印象太好，一直惋惜它没有写完。我还记得川端所说：“日本小说始于源氏，达于西鹤，由西鹤而达于秋声。”德田秋声与田山花袋同为自然主义文学大家，日本的自然主义文学，其实是对他们所宗的法国自然主义文学的一种误读，而《棉被》以及由此发端的私小说，更是与左拉等风马牛不相及了。出纪念馆，门前即浅野川之梅ノ橋。乘游览循环巴士到十三間町，去妙立寺（忍者寺），因未预订，故不得入。走到長町武家屋敷跡，参观野村家，庭园虽小，却颇精致。仍乘游览循环巴士到近江町市場。回旅馆，泡温泉。

六月十一日 | 周六

上午乘游览循环巴士到兼六園。记得《零的焦点》中写道，女主人公在金沢住的旅馆，可以遥望兼六園。从前去奈良依水園，一直觉得极佳，但相比之下，还嫌局促，不及兼六園开阔，且处处都精心营造，极尽其美。平生所到园林，实以此处为最。其中日本最古的喷泉、根上松等，均令人难忘。又去玉泉園，就在兼六園旁边，在此喝茶。坐茅屋檐下，面对庭园，甚有境界。老板娘名叫西田润子，她问我们何以来到这里，回答得知于 LP 旅行指南，她有些讶异。去金沢城。参观金沢 21 世紀美術館。金沢所产九谷烧很有名，《零的焦点》也曾提到。去近江町市場，吃刺身、茶泡饭，喝清酒。去表参道，有一旧书店，无收获。晚泡温泉。

六月十二日 | 周日

八时四十五分在金沢駅前巴士二站台乘高速乘合バス高山線往白川郷，事先托旅行社预订了座位，其实车上连我们共五位乘客。经过多重隧道，有的很长。近十时抵白川郷荻町。宿十右エ门民宿。望庄川水流湍急，想起都江堰，记得母亲常说起游览都江堰的印象，然而眼前此景她永远见不到了，——实际上是眼前此景永远见不到她了，辛弃疾词“不恨古人吾不见，恨古人不见吾狂耳”略有此意。两个时间点。在町内闲逛，许多合掌屋。参观明善寺郷土館。在乃むら吃手工荞麦面。去天守閣展望台俯看荻町合掌屋建筑村落全景，对面高山顶有积雪，又经过相遇橋，走回刚才下车处邂逅館。四时开始下雨，打伞而行，到白川郷の湯泡温泉。沿老街走回十右エ门，临近，闻到紫苏香味。宿一楼，打开隔扇门，对面就是池塘，有金鱼数头。六时半吃晚饭，很好吃，昏黄的灯光下，旁有老妇为弹三弦。此屋已有三百余年。饭后冒雨出外闲逛，山村甚静，四处蛙声。没有路灯，只有人家里昏暗的灯光。走着走着，闻到紫苏的味道，就是一户人家了。九时入睡。夜里听见雨声夹杂蛙声。

六月十三日 | 周一

晨六时过醒，雨已停了，仍有蛙声与流水声。拥被而坐，望窗外池塘、树木、水田。八时半离开民宿，发现屋后还有一个池塘。白川郷民宿不少，前后两个池塘者只此一家。又去白川郷の湯泡温泉。九时五十五分乘高山濃飛バス离开白川郷，车上共八人。又经过多重隧道，最长的一个达十一公里。十时四十五分抵高山。宿古都の宿翌檜（あすなろ）二〇五房间，女老板特意允许我们提前入住。这家旅馆原是江户末期越后一家地主的建筑，已有二百年了，移筑至此。即去温泉，没有人泡过的泉水，凑近水面看去，特别清亮。下午二时乘电车往飛驒古川。去瀬戸川和白壁土藏街，喂金鱼。瀬戸川流过小城，每座桥下都有铁网。据说这条河也曾经被污染过，后来治理好了。市民集资买了锦鲤，放养在河里，已经二十多年，鱼都长得很大了。那些鱼总想逆流而上，却为流水所阻。以我粗浅的印象，我们那种旅游景点——为了招揽生意而特意制造，一切为此服务——日本好像还真没有，仍以正常生活为主。在车站附近一家小饭馆吃大阪好烧。旅游就是这样：有些地方，顺路去了，即成为美好的回忆；没去，以后很难专门去一趟，这种错过最是可惜。从高山来飛驒古川，普通电车十六分钟，特急电车十三分钟。小小镇子，勾留几小时，真是不虚此行。类似此种“再进一步”之地，東京、大阪、京都、名古屋及其他较大城市附近好像都有。五时十七分离飛驒古川，回高山。又泡温泉。

六月十四日 ｜ 周二

晨七时半吃早餐（日式）。昨日旅馆有两个外国女人住在二〇六房间。今日则仅有我们住宿。去宮川早市，买小物数件，其中有两把筷子，嘱各镌了我与F的名字。高山是一座有数百家手工艺品商店的不大的城市。在一家店买了一对纸制人形。在街头偶然看到一座与野麦峠有关的纪念碑，想起当年看过的日本电影《啊，野麦岭》。去高山市政記念館，为旧高山市役所。去藤井美術民芸館。逛古い町並等处。去櫻山八幡宮。去高山昭和館，甚有趣，有复制之澡堂门口、酒屋、理发馆、民街、车站、邮局、学校、电影院等。走了一段東山遊步道，经过多个寺院。去车站买票。晚八时过独自往街上散步，绝少行人。

六月十五日 ｜ 周三

晨七时吃早餐（西式）。八时乘特急列车往鵜沼。八时四十五分路过下呂温泉——与草津、有馬并称日本三大温泉，将来或可一来。九时五十八分抵鵜沼駅，换乘名鉄在犬山遊園駅下，宿臨江館“ゆり”房间。去犬山城。日本四大名城，已至其二，此种旅游类似集邮，然亦难免如此。又去有楽苑，在如庵喝茶，茶室由织田信长的弟弟织田有乐于一六一八年在京都建造，一九七二年被迁到这里。逛本町通り，参观远藤邸。在犬山化石馆买旧人踊一个，帽子上有“忠治”二字，底座则有“草津♨”字样。继续逛街，走过新鄉瀨川橋。五时回臨江館，泡温泉。晚出外散步，夜幕下远望犬山城天守閣，美得犹如幻景。八时半天守閣熄灯。沿木曾川而行，在犬山橋（这边是爱知県犬山市，那边是岐阜県各務原市）上看到鸬鹚捕鱼。走到各務原市鵜沼駅（即上午换车之处），然后回旅馆，已九时半。旅馆似只有两屋客人。

六月十六日 | 周四

晨七时半吃早饭，只有我们二人。八时半离开旅馆，八时四十分在犬山遊園駅乘名鉄，九时十分抵名古屋駅，九时五十八分乘新幹線离开。此地实未停留，只好留待将来再来。十一时四十四分抵三島駅。十二时十三分换乘伊豆箱根線，十二时四十八分抵修善寺駅。下雨了。乘巴士到修善寺温泉，宿湯回廊菊屋“朝阳の間”。旅馆横跨桂川之上，可追溯到十七世纪。夏目漱石住过的房间，本来叫“梅”，门旁又立一木牌，上书“漱石の間”。夏目漱石一九一〇年六月因胃溃疡而住院，七月底出院。八月六日到修善寺温泉菊屋本店修养。二十四日晚病情恶化，大量吐血，陷入昏迷。此即“修善寺大患”。十月十一日返回東京。夏目漱石文学创作的前后期，即以修善寺大患为分界。夏目漱石译为中文的作品，我都读过，《我是猫》、“爱情三部曲”等给我留下的印象都很深，但最喜欢的还是晚期所写的《心》。我一向佩服那种“几乎无法写成”的作品，不仅是在表现的层面而言，而且是在构思的层面而言。《心》说得上是这样的作品。

从某种意义上讲，《心》写的也是“人间失格”。不过夏目漱石以生为出发点，活不下去才是死；太宰治以死为出发点，根本就不想活。对夏目还有意义的道德问题（即自己的“心”所不能容忍的问题），对太宰根本就不存在。夏目漱石的作品，我还特别喜欢死前一年写的《玻璃门内》，常想，像是这样的文章，一辈子写出一篇也好。往修禅寺、赤蛙公園（系纪念岛木健作而建）、竹林の小径等处，风景都好。回旅馆，泡温泉。吃晚饭。菜单：餐前酒：果实酒；先付：黑米豆腐 美味高汤 山葵；前菜：鲜蟹肉棒 山葵凉拌海螺肉 腌渍甘海老 高菜寿司 根深肉卷 牛肉时雨煮 帆立贝黄身烧；先椀：泽煮碗 配胡萝卜 椎茸菇 山葱；造身：时令鲜鱼 搭配佐料；烧物：盐烤太刀鱼 菜踏当座煮 酸橘；洋皿：和牛牛排陶板烧；煮物：炖银鳕鱼 椎茸 岩槻；御饭：白饭 咸酱汤 香物；水果：时令水果。——伊豆修善寺湯回廊菊屋调理长山本正。（二〇一七年三月十二日补记：“造身”末项原作“妻色々”，李长声来信说：“生鱼之外，盘中搭配的东西叫‘妻’，意思是搭配的东西有各种。”“煮物”末项原作“岩月”，李长声说：“岩月，我给那个旅馆打电话问了，说是一种葱。”复云：“查到了。日本人乱写汉字，应该是‘岩槻’。”）在旅馆一隅看见挂的一块布上写着：“秋風鳴萬木 山雨撼高樓 病骨棱如剣 一燈青欲愁 夏目漱石”。旅馆所藏各种名人手迹文物甚多。

六月十七日 | 周五

六时起，六时半泡温泉，七时半吃早饭（日餐），八时十分乘巴士去修善寺駅，八时二十分抵，八时三十五分乘巴士往伊東，九时半抵，稍逛站前的湯の花通り商店街，十时零三分乘伊豆急行線，除每个车站处外，这条铁路只有一条铁轨，来往电车共用。约十时半抵城ケ崎海岸駅，步行一公里半往城ケ崎，两侧都是漂亮的建筑，有很好的植物，包括曼陀罗花，还有许多樱树——想来樱花季节，一定更美。游灯塔和吊桥，临海都是悬崖，觉得可与法国蓝色海岸媲美。十二时五十八分离城ケ崎海岸駅，乘伊豆急行線“黑船号”，这是座位面对车窗、可以观看海景的观光电车，车上还展示不少有关黑船的图片，有如一个小博物馆。二时十分抵下田。逛街，走到港口ペリー艦隊来航記念碑前，碑上有佩里胸像。下田有多处类似的“开国”纪念物。就是这位美国将军率领黑船强行登陆，逼迫日本签订一系列不平等条约，然而日本也就藉此打破闭关锁国，成为一个现代国家。这里对待佩里和黑船的态度，颇有可以思考之处。回想起彦根对于井伊直弼的各种纪念，或许也包括与佩里签订条约一事，同样是为“开国”做出了贡献。也就是说，井伊也好，佩里也好，无论如何都推动了历史前进。四时三十二分乘伊豆急行線回伊東，五时三十八分抵，又逛湯の花通り，六时十五分乘巴士回修善寺駅，松本清张的《订地方报纸的女人》最后写作家、芳子和另一个女人一起出游，芳子故伎重演，却中了作家的圈套，这地方就在伊東到修善寺的途中。没想到多年以后，我一天内往返都经过这条路，景色的确很美。想起这篇小说，感觉是种缘分。七时十分抵，七时十八分换乘巴士回修善寺温泉，七时半抵。回旅馆，泡温泉，吃晚饭。菜单：餐前酒：果实酒；先付：水煮月豆腐；前菜：新顺才 莲根豆腐 鬼灯桃什锦 茗荷寿司 杀威利休烧 沢蟹 软煮蛸 枝豆 海藤花 菊花丸十；先椀：鳢葛拍松 玉子豆腐；造身：时令鲜鱼各种配料；（趣肴会席料理，请任选其中一道：）台物：A 盐烤鲇鱼，B 紫阳花风炸什锦；洋皿：A 静冈产果汁番茄和夏季野菜，B 葡萄酒醋闷猪肋排；煮物：A 牛肉大和煮 米茄子 黑米味噌，B 笠子鱼汤叶包蒸；御饭：A 山药煮黑米饭 香物，B 金针菇梅肉茶泡饭 香物，C 冰镇乌冬面拌芝麻；水果：果冻。——伊豆修善寺湯回廊菊屋调理长山本正。（二〇一七年三月二十八日补记：李长声来信云：“丸十，地瓜也。日本叫‘薩摩芋’，统治薩摩藩的岛津家的家纹是圆圈里十字。”）服务员来自北海道，已工作半年，说每周大约可遇见一拨中国客人，多来自台湾，一共只见过一拨外国客人。

六月十八日 | 周六

四时半起，在旅馆的图书馆漱石の庵喝F做的咖啡，翻看旧书。泡温泉。七时半吃早饭（西餐），九时过离开菊屋，九时十三分乘巴士到修善寺駅，在对面商店买踊子三个，两布制，一木制。十时零六分乘伊豆箱根線离开，十时三十六分抵三島駅，换乘JR東海線，在熱海駅换车，一时十五分抵藤沢駅，车站电梯停用，为地震节电也。换乘江ノ電到鎌倉，游人甚多，拥挤不堪，据云皆为看花与看海而来。宿ホテルあじさい（紅谷）二〇四房间，甚狭小。逛街，购小物，去由比ガ浜海边，远逊冬天所去之七里浜。雨下颇大，鞋为之湿。六时返酒店。

六月十九日 | 周日

七时起，去八幡宮及附近，八时归，由旅馆安排在路对面的一家饭馆里吃早饭。九时四十七分乘JR到西大井，换乘车到新宿，宿ワシントンホテル（房间号忘记，好像是一五一六）。下午去神保町，往靖国通り走，神社前有骨董市，买了几样小物。回新宿，逛街。九时归，收拾行李。

六月二十日 | 周日

六时半起，七时十五吃早饭，八时半退房，先去神保町（昨日在御茶ノ水駅下，似不如今日在水道橋駅下更近便），在大雲堂买竹久梦二著、绘『出帆』（龍星閣，一九七二年八月一日印刷），精装，有书函（夫婦函）、运输匣。『出帆』最初连载于東京『都新聞』（一九二七年五月二日至九月十二日），一文一画，共一百三十四回，单行本先后有アオイ书房一九四〇年版、龙星阁一九五八年版和龙星阁一九七二年版，末了这种插图系采用完整保存下来的梦二原作，以原大尺寸直接制版而成。在版画堂买鲁奥版画一幅，系 *Miserere*（《诗篇第五十一》）之第十九幅“*SON AVOCAT EN PHRASES CREUSES CLAME SA TOTALE INCONSCIENCE*…”，我曾在《画廊故事》里谈过这组画。《现代美术辞典》说：“他先用中国水墨画出构图，用机械工具把它移到铜版上去，然后，再运用独特的版画技巧，并即兴使用一切可能的工具：刻刀、小滚子、锉刀、刮刀、玻璃纸。另外，他还发明了一些新的方法，例如大笔涂酸。如果对画出的效果不满意，他会无穷尽地重画，甚至连作十二幅到十五幅。”《西方现代艺术史》说：“这些蚀版画和铜版蚀镂画，充满了画家对第一次世界大战浩劫的痛苦，以及对于人类最后必将得到拯救的信心。从技术上看，这些版画在书画印刻艺术的印刷上也是上乘的。他以无限的耐心，一遍又一遍印上去的黑色，具有最生动的油画色彩的深度和丰富性，受到艺术家们的赞美。”又买蕗谷虹儿绘（金箔水彩）色纸一幅，画的是蔷薇，想到母亲，这是应该送给她的。还买了雕刻家植木茂所作小雕塑一件。去阿佐ヶ谷“壮美”画廊，拟买之两幅志村立美的画均已售出。两点过回酒店取行李。乘JR由新宿駅而日暮里駅而我孙子駅而成田駅而成田空港駅，在机场买点心数盒，七时乘CA168飞离東京，座位号27J、27K。晚九时半（北京时间）抵京，小沙来接。今天是他生日，赠之木制踊子一个，点心一盒。先回书房将所买诸物取出放好，再回住处。

四

东京 水户 四万温泉 伊香保温泉 宝川温泉 水上温泉

二〇一一年

九月三十日 | 周五

晨五时半起。六时五十分小张来接，往机场。航班为CA925，座位号50D、50E。此行想去群马县的几处温泉——前次只去了草津，这次再补去其他几处有名的地方。下午一时三十分（以下东京时间）抵東京。二时三十五分乘京成線往市川真間駅（在八幡駅换车），觅智新堂書店，今日休息（写明定休日木曜日、金曜日，我没留意）。F打电话给老板，原来就住在隔壁，索『虹児の画集』（大門出版美术出版部，一九七一年四月二十日发行，限定一千部之一〇八号），精装，有书函（夫婦函），卷首有画家手彩色画一幅，版画两幅。购之。买小物。在市川駅乘総武線在御茶ノ水下，去源喜堂买『若冲畫譜』（美乃美，一九七六年九月二十五日发行，限定一千二百部之二五六号），九十九个单页，二重书函（内为夫婦函），有运输匣。又去けやき書店索看『かんざし志村立美画集』，不甚佳，未买。在新日本書籍（SNS）索看『高畠華宵名画大集』，云已订出（实则一周后再去此书店即在架上，但亦觉不甚佳，未买）。晚七时过宿楽楽の湯ドーミーイン水道橋八〇一房间。泡温泉。去本郷散步，在百元店购物。回旅馆，泡温泉。十时半睡。

十月一日 ｜ 周六

晨六时起，泡温泉，吃早饭。乘JR到三鷹駅，换车到八王子駅，再换车十时过到町田。逛“町田天満宮骨董市”，买小物数件。走过站前街，有两个女人在表演音乐。买小物。乘小田急線到藤沢駅，换江ノ電到鎌倉。买小物数件。乘JR到東京駅，换车到水道橋駅，在原書房买小林清亲作三联浮世绘「清少納言」。日本浮世绘，有所谓初期、中期、后期和末期之分。我倒更留意“末期浮世绘”（安政六年即一八五九年至明治四十五年即一九一二年），譬如月冈芳年、小林清亲等的作品，觉得风格多少受到西洋绘画的影响，有些作品构图、内容都颇显新颖。这种影响亦明显见于日本竹久梦二到中原淳一这一路画家，也见于日本现代文学（如谷崎、川端、三岛等），但是外来影响最终不过是引发日本作家和画家对本国文化传统的某一方面加以继承和发扬而已。在梓書房看『岬にての物語』，未下决心，暂不买。七时过回旅馆，泡温泉。十时睡。

十月二日 | 周日

晨六时起，泡温泉。至本郷三丁目駅，买地铁日票，乘至門前仲町駅，逛“富岡八幡宮骨董市”，买“松山”作肉笔画一幅，又小物数件。乘地铁至有楽町駅，逛“大江戸骨董市”，买小物数件。下午二时过离开，乘地铁至四ツ谷駅，去神社后面的花园。逛骨董市，已近收摊。乘地铁至早稲田駅，逛穴八幡宮的“青空古本祭”。回旅馆。晚乘地铁往池袋，F 在池袋西口买小物。十时归，泡温泉，十一时睡。

十月三日 | 周一

晨六时起，泡温泉，吃早饭。七时四十分出，至水道橋駅乘 JR 到上野駅，换常磐線，八时二十四分开车，往水戸，十时半抵。乘巴士往偕楽園，园内多植物，有大片梅林，现唯见绿树满枝而已。好文亭亦修整不开放。逛街，路过 Art Tower Mito，建筑颇壮观，然大门紧锁。或受地震影响，整个城市很是冷落。在とらや書店买『蕗谷虹児抒情画大集』（講談社，一九七四年十一月三十日发行，限定八百部内之三九五号），卷首有画家肉笔彩色画「花嫁人形」一幅。又买蕗谷虹儿诗画集『銀の吹雪』复刻本一册。三时四十一分乘 JR 离水戸，五时抵我孙子，逛街，六时离开，乘 JR 到池袋，在池袋东口买小物。九时回旅馆，泡温泉，十一时睡。

十月四日 ｜ 周二

晨六时起，收拾行李，泡温泉、吃早饭。九时出，至水道橋駅乘JR在上野駅换高崎線，九时三十七分往高崎駅，十一时十五分抵，十一时四十三分换乘吾妻線往中之条駅，十二时十五分左右抵。乘“四万温泉号”巴士往四万温泉，历时四十分钟，在月見橋駅下车（实际上所预订的旅馆在山口駅附近）。逛小镇，镇子狭长，有些乡野气氛，在四万川一侧，水流甚急，水声很大。买手漉和纸等。预订的旅馆鍾寿館在川的另一侧，四时入住，分本乃館、脇乃館、奥乃館三部分，我们住的是“奥の三二六湯心の间”，十二叠，又有较大之“広缘”。泡温泉，有古式風呂三：一乃湯（石池）、二乃湯（方木池）、三乃湯（圆木池），又有男用之大乃湯，女用之花乃湯和露天温泉源乃湯。吃晚饭。晚去小镇散步，只有很少灯光。十时睡。

十月五日 ｜ 周三

晨六时半起，泡温泉，吃早餐。九时二十分离旅馆，二十八分在山口駅乘巴士往中之条駅，十时抵。十时十七分乘JR吾妻線往渋川，将近十一时抵。开始下雨。逛街，购小物。十二时十三分乘巴士往伊香保温泉，约半小时抵。走过石段街，去伊香保保科美術館，有“小林かいちの世界”展览，所绘皆明信片和信封，亦是“大正浪漫”之一部。又看“友永詔三木彫展”。然后去竹久夢二伊香保記念館，黑船館收藏竹久作品甚多，如「榛名山賦」、「青山河」等，皆得亲睹，唯「黑船屋」一年中只在九月展览一周，惜此番错过。竹久梦二的画中多有人生况味，此与永井荷风著《浮世绘之研究》所述浮世绘的特色相通；同为“大正浪漫”的高畠华宵及后来的蕗谷虹儿、岩田专太郎和中原淳一等则仅仅是在表现美了。丰子恺曾深受竹久梦二影响，他对此亦不讳言；然而值得注意的是，丰氏对梦二的兴趣限于其早期作品，即富于童趣者，不过是梦二之一小部分。丰氏所受影响甚至不涉及后来最为大家称道的“梦二式美人”——即周作人所说“艳冶的情调”、“那种大眼睛软腰肢的少女恐怕至今还蛊惑住许多人心”的那路作品。五时过入住横手館别館常盤苑“山吹”房间，十二叠。常盤苑建于大正九年（一九二〇）。泡温泉。晚饭系由“下女”送到房间。又去图书室看画册。十时睡。

十月六日 | 周四

晨六时半起，泡温泉，吃早饭（仍由“下女”送到房间），九时离开。去德冨蘆花記念館，包括展览和故居两部分，展览中有芦花晚年病（肾病、心脏病）中的照片，样子甚是凄惨。芦花（健次郎）与兄苏峰（猪太郎）失和十五年，至芦花临死那天，苏峰全家来探视，乃告和好，留有合影一帧。遂联想到周氏兄弟失和之事，虽然记得周作人的话："我也痛惜这种断绝，可是有什么办法呢，人总只有人的力量。"仍然不免心生感慨。我读过德富芦花的《不如归》、《自然与人生》。德富苏峰据说是继福泽谕吉之后日本近代第二大思想家，他的著作迄未读过。十时五十九分乘巴士离伊香保温泉，十一时二十五分到渋川駅，十一时三十六分乘 JR 上越線往水上駅，十二时十五分抵，四十五分乘巴士，约半小时，至温泉口駅下车，改乘免费巴士，至宝川温泉。洗混浴，是在一条河的两岸，有多个汤，男客裸身，女客唯搭一浴巾而已。十五点三十分乘巴士回水上温泉，十六时零八分抵，逛街。宿水上館三一二房间。旅馆装潢极佳，走廊及各处墙上悬挂名家画作，据云有五百多幅。此行所住三家旅馆均好，而又以此家为冠。旅馆共有十六个汤。泡岩風呂（包租露天温泉），吃晚饭，又泡桶の風呂，十时睡。

十月七日 ｜ 周五

晨六时起，泡白莲の湯，吃早饭，又泡温泉，我在牧水の湯（露天温泉），F 在水晶風呂。F 抄录了一份"温泉 100"，计日本排名前一百位温泉，我们已去其八。十时十分离酒店，乘酒店免费巴士到水上駅。十时三十四分乘上越線往高崎駅，十一时四十三分抵，五十八分换乘高崎線，下午一时四十左右到上野駅。换山手線到西日暮里駅，换地铁千代田線到根津，去弥生美術館看“中原淳一の少女雑誌『ひまわり』展（焼け跡に咲いた復興の花）”展览。受竹久梦二影响的一路画家，稍早的高畠华宵、蕗谷虹儿，与晚些的岩田专太郎、中原淳一，其区别似在前者健康，后者则颇有“蛊惑之美”。以“情色”形容岩田专太郎的某些画，以“爱娇”形容中原淳一的某些画，也许是恰当的。然后去東京大学，到三四郎池边，系因夏目漱石的小说《三四郎》而得名，我读此书在将近三十年前，结尾处尤其喜欢：抛弃了三四郎的美祢子再次见到他，所说的是《旧约》里的“我知我罪，我罪常在我前”；三四郎看到以美祢子为模特儿的画作，所想的是“迷途的羊，迷途的羊……”这都是“用典”，但是用得恰到好处，体会人物心理与彼此关系细致入微，真是杰作。在東大门口逛书店，无所得。去神保町，在版画堂订画数种。乘総武線到市川，买小物。入住楽楽の湯ドーミーイン水道橋，宿八〇一房间。十一时入睡。

十月八日 | 周六

晨六时起，泡温泉，吃早饭。在本郷三丁目駅乘丸の内線，在池袋换有楽町線到護国寺，今日这里本有骨董市，临时不开。

走到池袋，在西池袋三丁目八勝堂書店买『中原淳一作品集』（サンリオ，一九八四年十二月二十五日初版），有书函、运输匣；『小林かいちの世界　まぼろしの京都アール·デコ』（国書刊行会，二〇〇七年五月二十五日初版），有护封、腰封。此亦因为近来对两位画家很感兴趣，想多了解一点而已。乘JR山手線去新宿，新宿中央公園有跳蚤市场，买小物数件。去“アンティークフェアin新宿”（骨董市），买中原淳一绘『少女の友』赠刊。乘JR中央線到神保町，在通志堂买一户务译周作人著『苦茶随筆』（名取書店，一九四〇年九月十二日初版），此书外封盖有“削除済”戳，周作人一九六一年三月二十日致鲍耀明信有云：“又附有一户君所译『苦茶随筆』一册，此书经战前日本检查官注意，内有两处‘削除’[即「穷袴」中第六五至六六页，又「芳町」中一二七至八页（按，应为二三七至八页）]，今所寄一册，尚系完璧本也，译者寄赠‘削除済’本，则留为纪念，故未能寄上。”我所买即此“削除済”本也。在蒐堂买中原淳一石版画一幅，在玉英堂买武者小路实笃绘色纸，画的是一枝君子兰，有题词云“花ありて人生樂し”（有花的人生是快乐的）。署“實篤”，钤“實篤”章。武者小路实笃的画好就好在“拙”上，率性，自然，纯朴。在版画堂买瓦尔特·克兰（Walter Crane，一八四五—一九一五，英国维多利亚时代画家）版画六幅，竹久梦二石版画一幅。晚八时回酒店，收拾行李。

十月九日 ｜ 周日

晨六时起，泡温泉，吃早饭。九时退房。乘丸の内線到大手町駅，换半蔵門線到九段下駅，拟去神社前青空骨董市，然今日因举行泰国旅游宣传活动而停止。去昭和館，展览介绍二战前后二十年间日本人民普通生活，有实物、影像，很是详尽。因想起我小时候，譬如“文革”前后一段，种种生活习惯，衣食住行，用的器物，乃至人们的生活状态，如今的人已很难理解，也很难想象了。去源喜堂拟买『手漉和纸』一书，云已售出。买书之事至此告一段落。下午二时回旅馆取行李。在水道橋駅乘総武線至錦糸町駅，三时二十四分换去成田空港的快车，五时左右抵。在机场买点心数品。七时乘 CA168 航班回国，座位号 29J、29K。十时半（北京时间）抵首都机场，小张来接。回家。

五

大阪 堺 今井町 橿原神宫 有馬温泉 神戸 京都 宇治

城崎温泉 名古屋 東京

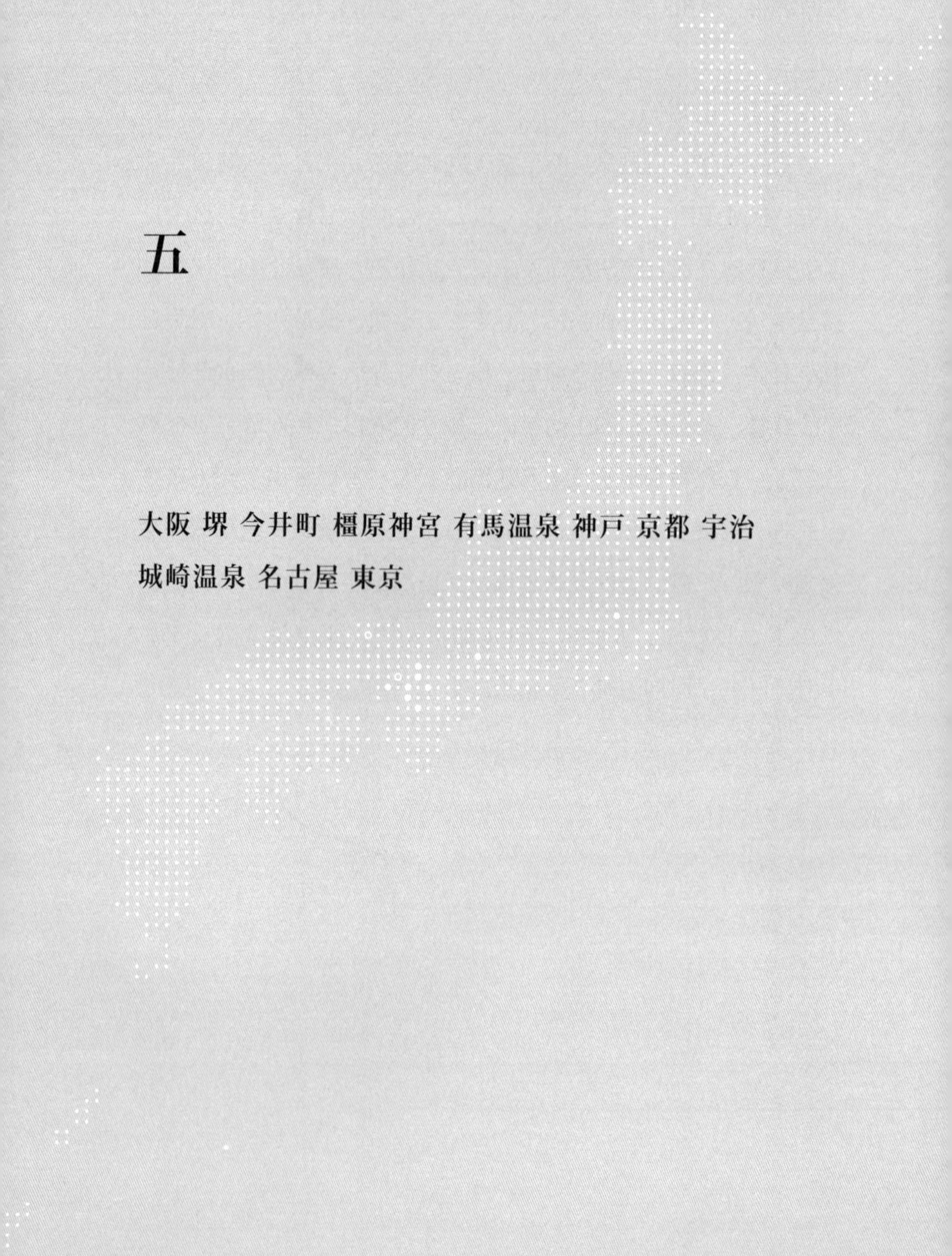

二〇一二年

一月十六日 ｜ 周一

今日是我五十三岁生日。晨五时起，六时小张来接，往机场，人甚多。乘CA927航班，座位号28B、28C。此行拟去大阪及其周边、名古屋和東京。因航空管制晚飞一小时，九点四十五分起飞，下午一时（以下东京时间）抵関西空港。二时三十二分乘JR往天王寺駅，换车到JR難波駅。步行至大国の湯ドーミーインなんば，入住三一五房间。泡温泉。此酒店周一至周四只有男汤，周五至周日为男女交替用汤。步行至心斋橋筋，逛街，又沿道頓堀川散步。泡温泉，F则去离酒店不远的公共温泉太平の湯。晚十一时睡。

一月十七日 ｜ 周二

晨八时起，吃早饭，泡温泉。九时四十分过离酒店，在JR難波駅乘JR到天王寺换车駅到堺，逛街，又乘JR到百舌鳥駅，去仁德天皇陵。在古董店买奈良高砂人偶一对。逛山之口商店街，走过善長寺、本愿寺等处。在北花田駅乘御堂筋線到綠地公園駅，在天牛書店买『おんな 岩田専太郎画集』（每日新聞社，一九七一年五月二十日初版），精装，有书函、运输匣，书名页后有画家肉笔画一幅，画的是一个女人的头像，其貌甚美，正是岩田擅场。我曾写文章说，“在日本美术史上，梦二也曾影响过一批画家，如高畠华宵、蕗谷虹儿、岩田专太郎和中原淳一等，他们所画的‘美少女’或健康，或浪漫，或妖艳，或妩媚，美则美矣，却同样存在于人生之外。”现在想，“唯美”就是这种存在于人生之外的美。乘 JR 到梅田駅，逛阪急古書のまち。在其中一家见到『手漉和紙大鑑』，惜分量太大，无法购买。乘御堂筋線到大国町駅，回酒店，泡温泉。十时半睡。

一月十八日 ｜ 周三

晨六时半起，泡温泉，吃早饭，八时过离开酒店，在大国町駅乘御堂筋線到梅田駅，八点五十左右在大阪駅乘JR往三ノ宮駅，九点二十分抵，换乘北神急行線到谷上駅，换有馬三田線到有馬口駅，换电车到有馬温泉，十时抵。有馬温泉与草津温泉、下呂温泉并称日本三大温泉，如今已去过其中两处。先泡金泉，逛有馬町，又泡銀泉。下午一时三十九分离有馬温泉，仍在有馬口駅、谷上駅换车，到三ノ宮駅。逛街。走到神戸港、中華街（南京町）。

在元町駅乘 JR 東海道本線到大阪駅，逛街。在茶屋町駅乘御堂筋線到大国町駅，八时过回酒店。

一月十九日 ｜ 周四

晨七时起，泡温泉，吃早饭。九时离开酒店。在近鉄難波駅乘近鉄到上本町駅，换车到大和八木駅，十时半抵。开始下雨。走到今井町，有六百家町屋，甚宜散步。介绍有云，“这不是观光旅游或为了展示而创建的‘主题公园’，而是炊烟袅袅有着住民生活，还保存着江户时代原本风貌的街道。”十二时过离开，去橿原神宫，约两公里。途中经过綏靖天皇陵和神武天皇陵。抵神宫，此乃明治二十三年（一八九〇年）为纪念初代天皇神武天皇，在神武天皇昔日宫殿所在地兴建，应该说是较新的建筑了，被誉为“古典新建筑的典范代表”。在橿原神宫前駅乘近鉄到八木西口駅，逛街。下午四时从大和八木駅乘近鉄到上本町駅，在谷町九丁目駅换乘谷町線地下铁到天滿橋駅，购物。又去天神橋筋六丁目駅，下车，大雨。乘堺筋線到动物園前駅换御堂筋線到大国町駅，七时半回酒店，泡温泉。十时睡。

一月二十日 ｜ 周五

晨六时半起，泡温泉，收拾行李，吃早饭。八时半离酒店。

下雨。在大国町駅乘御堂筋線到梅田駅，九时十分在大阪駅乘JR往京都，十时抵。把行李放在预订的酒店。十时四十九分乘JR奈良線往宇治，十一时半抵。去平等院，游鳳凰堂（阿弥陀堂），此建筑已有千年历史，隔水相望，尤其漂亮。参观鳳翔館展览。沿東海自然歩道而行，过喜撰橋，到塔の島，又到橘島，过朝霧橋，走“源氏物語散策の道”，经与谢野晶子詩碑，到宇治上神社。京都和奈良都来过多次，介乎其间的宇治却是美得令人难忘。四时过走到三室戸駅，乘京阪宇治線到黄檗，逛街。换乘JR奈良線到京都駅，六时半入住花蛍の湯ドーミーイン PREMIUM 京都五二七房间。泡温泉。十一时入睡。

一月二十一日 ｜ 周六

晨五时半起，泡温泉，吃早饭。七时离酒店，步行去東寺，有“弘法市”，买小物数件。又下雨。十时半离开，走到JR京都駅，乘JR去大阪，在東梅田駅换地铁谷町線到四天王寺前夕陽ケ丘駅下车，去四天王寺，有“大師会・太子会”，买小物数件。雨渐大，二时半离开。仍乘谷町線到東梅田駅，去浪速書林看书、画，想买的几幅画（竹久梦二的版画等）均已售出。五时过离大阪駅，乘JR到高槻，逛街，近七时离开。七时半抵京都。回酒店，泡温泉。十时半入睡。

一月二十二日 ｜ 周日

晨六时起，泡温泉，吃早饭，收拾行李。八时离酒店。八时五十一分乘福知山線，十时八分抵福知山駅，十时十分换乘山陰線往城崎温泉。九时后出太阳了，一连几天下雨，颇不便。车过下夜久野駅，始见积雪。十一时二十九分抵城崎温泉駅，沿駅通り拐进文芸館通，参观城崎文芸館。白桦派与此地关系颇密切，志贺直哉在御所の湯构思『暗夜行路』，他还写过一篇「城ケ崎にて」。有岛武郎亦在这里萌生死意，自杀于軽井沢。又前去之有馬及此地均有竹久梦二的足迹，凡我去过的温泉梦二几乎无不去过。他在这里住过的旅馆，房子还在，但是改成一家叫做“花兆庵”的杂货店了。走到南柳通り、北柳通り，中隔大谿川。正如志贺直哉在《在城崎》所描写的那样：“一汤温泉浴场前有小河在道路的正中缓缓流过，直至汇入圆山河。”出小城至円山川岸边，颇开阔。回城崎，沿南、北柳通り走到湯の里通り，路过地藏湯、柳湯、一の湯、御所の湯和まんだら湯。路过三木屋，志贺曾在此居住。走到極楽寺，有石庭。回到湯の里通り，在木屋町小路（公共休息所）小坐。二时半始落雨。三时半入住まつや旅館二〇八房间，八叠。旅馆提供城崎七大室外温泉通用券。穿浴衣、着木屐出门，泡一の湯、まんだら湯。又泡旅馆里的温泉。吃晚饭，海蟹料理。晚打伞在小镇散步。今日除夕，走到城崎温泉駅，F 给家里打电话。十时回旅馆，泡温泉。十时半入睡。

一月二十三日 ｜ 周一

晨七时起，泡温泉，仍下雨，打伞外出，泡御所の湯，较之昨日所泡两温泉规模大许多。回旅馆，吃早饭，泡温泉。十时离旅馆，往城崎温泉駅。十时半雨变为雪。买票，在站前泡足汤。大雪漫天。十一时三十八分往福知山，十三时十八分抵，出站外小逛。十三时五十四分乘山陰線离开，十五时十二分抵園部駅，十五时十五分换嵯峨野線，十五时五十一分抵京都駅。换乘地铁烏丸線到烏丸御池駅，去錦市場等处逛街，沿高瀬川而行，较前两次来，似有多家饭馆均不营业，颇显萧条。六时五十分步行至花萤の湯ドーミーイン PREMIUM 京都，入住七二四房间。泡温泉。十时半入睡。

一月二十四日 ｜ 周二

晨七时起，泡温泉，吃早饭，收拾行李。九时四十分离酒店，在京都駅买票，十时零六分乘東海道線离开，十一时三十三分抵大垣駅，十一时四十一分往名古屋，十二时十三分抵。宿柳の湯ドーミーイン名古屋六〇六房间。此酒店亦为周一至周四只有男汤，周五至周日为男女交替用汤。下午乘地铁去大須觀音駅，在コメ兵及仁王門通、万松寺通购小物。晚八时归，泡温泉，十时半入睡。

一月二十五日 | 周三

晨七时起，泡温泉，吃早饭。九时外出，买地铁日票。先去櫻山駅，在こもれび書房看『蔵書票の話』，书品太差，未买。在大学堂書店买『竹久夢二名作全集』（山阳新闻社，一九八三年九月三十日发行，限定九百七十部之九〇五号），A、B、C三分册，有书函（夫婦函），双层运输匣。迄今所买画册，数此种印刷最是精美。在三松堂書店看到辻惟雄编『若冲』，印制亦精，以行李太重未买，俟之他日。回酒店。下午逛街、购物。晚九时归，泡温泉，收拾行李。

一月二十六日 | 周四

晨六时起，泡温泉，吃早饭，七时二十五分离酒店，由免费巴士送到名古屋駅，八时十六分离开，九时四十二分到浜松駅，九时五十分离开，十一时一分到静岡駅，十一时十三分离开，十二时八分到沼津駅，十二时二十一分离开，十二时四十一分到熱海駅，十三时离开，十三时五十四分到大船駅，十三时五十九分离开，十四时六分到鎌倉。在网上看到有人乘普通JR从名古屋到東京，讲如何换车法儿，我们也特此一试，但却是在名古屋駅，承售票员给详细写在一张纸的。途中看到富士山。在御成通り购小物。十五时半乘JR往横浜駅，十六时左右抵。换乘地下铁到阪東橋駅，在なぎさ書房买岩田专太郎肉笔画一幅，长三十六点三厘米，宽二十五点六厘米，所绘亦是女人像；又蕗谷虹儿木版画四幅，系为大正十三年七月一日出刊『婦人グラフ』第一卷第三号所作插画。这份杂志插图系直接将版画粘贴上，也有意思。回横浜駅，换JR到東京駅，换山手線到秋葉原駅，近九时抵，入住すえひろの湯 ドーミーイン秋葉原五〇一房间。泡温泉。十时过入睡。

一月二十七日 | 周五

晨八时起，泡温泉，吃早饭，将近十时外出，乘総武線到水道橋駅下车，去神保町，在版画堂买竹久梦二“送込帖”，这是一个布面的册子，贴着竹久梦二一封三页纸的亲笔信和五十余幅版画。买安德列·洛特（André Lhote，一八八五—一九六二，法国立体派画家）木版画一幅，鲁奥铜版画一幅，毕加索石版画一幅。在夏目書房买武者小路实笃绘色纸，画的是一枚柿子，有题词云“桃栗三年柿八年達磨け九年俺け一生　實篤”，钤“實篤”章，包装纸上书“甘百目實大圖　昭和三十九年　秋　實篤”，钤“實篤”章；又买竹久梦二港屋版（みなとや版）木版画「治兵卫」[应是大正三年（一九一四年）所作。店里另有柳屋版（やなぎや版）该版画，则系大正七年（一九一八年）作]。在蒐堂买中原淳一石版画一幅。送回酒店。晚 M、C 夫妇请我们在やへこ鮨吃饭，有生鱼片、寿司等，喝清酒，其中几种最好喝的均产自新潟。十时过送他们到秋葉原駅。回酒店。

一月二十八日 | 周六

晨七时起，泡温泉，吃早饭。上午步行到神保町，在古書かんたんむ买『苦茶随笔』，与前次所买同为“削除済”本，拟赠老谢。去皇居東御苑。参观東京国立近代美術館、工芸館。前者布置得很有意思：在日本画家的作品中，偶尔穿插一两幅同期世界著名画家的作品。穿过北の丸公園，在九段下乘地下铁到渋谷駅，换東急東横線到代官山，逛街，去蔦屋書店。看见夏目漱石《心》至今还在畅销榜前列，似乎意外，毕竟是一百多年前写的书了；再想也很正常，这书写得实在太好，深切，透彻，完美之极，且读之毫无时间隔阂之感，一百多年相对于其持久的生命真不算回事儿。夏目名著甚多，如只举一本，或举《我是猫》，或举《明暗》，我还是推荐《心》。回渋谷駅，换山手線到秋葉原，回酒店。

一月二十九日 | 周日

今日甚冷。晨七时起，泡温泉，吃早饭，买地铁日票。先去“富岡八幡宮骨董市”，买小物数件。又去神社前的“青空骨董市”，无所得。又去新宿中央公園，前次来之跳蚤市场未开。在渋谷逛街。去“東郷の杜能美の市”，亦未开。去池袋逛街。六时过回酒店，收拾行李。泡温泉。

一月三十日 | 周一

晨七时起，泡温泉，吃早饭。去ニコライ堂和湯島聖堂。十时半离酒店，往成田空港。在だし茶漬けえん吃茶泡饭。晚七时乘 CA168 航班离成田，座位号 22B、22C。十时半（北京时间）抵北京机场。小张来接。将行李送到书房，然后回家。

六

大阪 京都 高野山 九度山 白浜 紀伊勝浦 熊野古道 那智山
新宮 本宮 湯峰温泉 鳥羽 伊勢 名古屋 下呂温泉

二〇一二年

三月三十一日 | 周六

晨五时起，六时小张来接，送至机场。所乘 CA927 航班预定八时四十分起飞，似在跑道上等了不少时间，我睡着了，至起飞时才醒。座位号 28A、28B。带了一册《日本随笔选集》，买此书已二十六年，读过其中一些篇章，此行打算通读一遍，但在飞机上也只看了起头森鸥外的一篇。十二时五十分（以下东京时间）抵関西空港，入境登记处人甚多，与去年六月和今年一月我来时大不相同，不知是赶上樱花季节，还是地震的影响已经过去。花了近一小时入境并领到行李，即去乘往大阪的 JR 电车，轻车熟路，全无出国感觉。此行拟去紀伊半島等地，假定名为“樱花之旅”，然而到处张望，丝毫不见樱花消息。窗外下起小雨，玻璃上划满雨线。经过堺，两个多月前曾到此一游。此列车是関空快速—大阪環状線，到天王寺駅后向左，而我们要去鶴橋駅，是在右环上，所以在天王寺駅下车。在车站里的小面馆里吃豆腐荞麦面。换乘環状線到鶴橋駅下车。出西门，南转，步行三分钟，要去的书店古書楽人館就在高架桥下。向老板索『三百年のおんな』一观，装帧颇精美，系“额装”，即可配镜框的，但这部画册有两种版本，特装本附版画两张，而此本没有，盖只是豪华精装本也。我买此书就冲着那两张版画，故未买。回到鶴橋駅，东门外为“鶴橋商店街振兴组合”，小巷纵横交错，窄处仅一米，商店一家挨一家，卖海鲜的，卖衣服的，卖瓷器的，还有专门卖昆布（海带）的（品种很多），等等。平生未见此等去处，来了几次，从未像此刻这么觉得接近日本普通人的生活。或许从前北京的东安市场或天桥类似这样子，亦未可知。吃大阪好烧。乘千日前線在谷町九丁目駅换谷町線，在南森町駅下车，出二号口，步行三分钟就到天神の湯ドーミーイン梅田東，入住四二二房间。去天神橋三丁目商店街。在書苑よしむら买『高沢圭一画集』（大日本絵画，一九七七年五月十日发行），精装，有护封、书函、运输匣。对这画家不熟悉，但看画册中，所绘女人甚美。旁边一室有些小物，买了几样。回酒店，泡温泉。晚十一时过睡。

四月一日 ｜ 周日

晨七时过起，泡温泉，吃早饭。八时二十分乘酒店的免费巴士到大阪駅的一个地下口。八时三十九分乘去野洲方向的JR，沿途樱花有含苞者，也有开放者，唯偶尔一树，不成规模。九时二十分左右到京都駅，九时三十五分乘近鉄到竹田駅，约十分钟抵。出西口，等候京都大アンティークフェア（京都大骨董市）免费接送客人的车，九时五十八分车来了，系一大客，停在高架桥下一临时竖立的纸牌子旁，上车的有四十余人，中老年女性居多。约五分钟抵京都府総合見本市会場的パルスプラザ大展示場。这集市是前天开始的，据说有三百家，看起来似乎更多，档次为我所去骨董市之最，价格亦颇不菲，买了三件不值一提的东西。下午二时乘免费巴士回竹田駅。地铁里贴着广告“沿線櫻マツプ”，标示可以赏樱的各站。乘地铁烏丸線到烏丸御池駅换東西線，在東山駅下车。走到平安神宫，游人不少。谷崎润一郎在《细雪》里写道：“她们所以把平安神宫作为赏花的最后一个节目，因为神苑的樱花是洛中最美的樱花，最值得欣赏。”御苑售票处有标示：“寒绯樱見頃”、“赤富大島見頃”。进了大门，樱树枝头尚且还是无数骨朵。进西御苑，看见小小一树开放，尚且将信将疑；中御苑有一树开得旺盛，池水中亦有红云般的倒影。似乎正是所竖木牌介绍的八重红枝垂樱，那里提到《细雪》中以此为京都春的象征。西御苑也有几树开花，但与中御苑那棵品种不同。四点过离开平安神宫，欲乘巴士，一连几辆皆满员，有别于过去来时。仍乘地铁，到京都駅，乘JR回大阪，五时二十二分离开，六时过抵。乘地铁御堂筋線到難波駅，去南海電鐵售票处看明日车票。走到心斎橋，逛街，清水通有多家二手店。一家名叫“コクミン”的店，门上的中文广告：“热烈欢迎中国旅客 大量各种品牌的化妆品比免税店要便宜 可使用多种信用卡”，广告上还画了中国国旗和银联卡。还有中文广播，内容类似。近九时返回旅馆，泡温泉。近十二时睡。

四月二日 | 周一

今天是父亲九十岁诞辰，而他去世已经十八年了。我在日本赶上这一天，感觉有点奇异，我甚至不能想象如果父亲来到日本，会是怎样情形。父亲喜欢写风景诗，而他晚年去的地方实在太少了，如果能多去点地方该有多好，譬如见到日本这般美丽的风景的话。七时起，泡温泉，吃早饭，又泡温泉。收拾行李。九时过离开旅馆，步行至中之島公園。散步。在茶屋町駅乘地铁御堂筋線，在心斎橋駅换乘長堀鶴見緑地線，这条地铁比别的深得多，大概是后修的罢。到大阪ビジネスパーク駅下车。车厢里有四个台湾客人，也在此下车，大概也是来赶樱花前线的。走到大阪城公園，看见一树樱花已经开放，名为“红枝垂”，其余仍是含苞待放的样子。但已有日本人（或是家庭，或是伙伴）聚在樱树下野餐（“花見”）了。只走进大阪城门数十步，未去天守閣，这是后来重修的，自不及前此所去彦根城和犬山城。但是这座天守閣正因为是后修的，看去甚为华丽，让我想起日光的東照宮，不似彦根城和犬山城那般朴素。大阪城外三の丸有片桃园，桃花倒是开得茂盛,不少游客(多能听到中国口音,以上海和东北人居多)在桃树下照相。在大阪ビジネスパーク駅乘長堀鶴見緑地線，在谷町六丁目駅换谷町線，在南森町駅下车。回旅馆取行李，乘地铁堺筋線，到日本橋駅换乘千日前線，到難波駅已是一时过。走到南海電鐵，买票。在案内所取些要去的紀伊半島几处景点的介绍材料。二时乘私营铁路南海高野線往高野山，共六节车厢，站上服务人员特嘱乘前四节，因后两节到橋本駅即脱下。二时五十分左右到橋本駅，果然脱下两节车厢（每两节即有一驾驶室，故虽脱下两节仍有驾驶室在车尾）。二时五十五分开车，改为单线铁道。约历四十分钟到極楽橋駅，换乘缆车，缆车也是单线，中间有一处改为两线，用以错车。约五分钟到高野山。预订大后天去紀伊田辺的巴士（在龍神温泉駅换车）。乘去大里的巴士，在警察前駅下车，近五时入住高野山温泉福智院八号客房，八叠，无缘侧。房间门可从里面锁上，而外面服务员有钥匙，是不锁的。福智院庭园甚美。去街上散步，走过警察署、本覚院、一乘院、普賢院等处，到大明王院折返。六时半回福智院。自此顿起吃斋饭，不复记。天气颇冷。泡温泉，此系普通泉水，水温二十七摄氏度，加热至四十二摄氏度。晚九时过睡。

四月三日 ｜ 周二

庙里客房上厕所在房间外面，此点颇有不便。五时过起床，六时到本堂，主持和另外两个较年轻的和尚在念经，颇有音乐之感，彼此配合，有如合奏。听者约十人。念到六点四十分为止，两年轻和尚退去，留下主持用一个麦克风向听众讲话。讲完后，两年轻和尚稍引听众参观本堂。泡温泉，吃早饭。约八时出门。先去金剛峯寺。主厅里的屏风绘春之樱花，夏之荷花，秋之枫叶，都非常华丽。有一间柳の間，是丰臣秀次切腹自杀之处。石庭名“蟠龍庭”，有五百余坪，全日本最大。曾在京都龍安寺两次观枯山水，然此处所见似又胜过一筹。离开金剛峯寺开始下雨，风也大，吹得伞都翻转过来。去霊宝館，收藏之佛像、曼陀罗画轴等多出自金剛峯寺，其余则是高野山别的寺院的收藏。又去大伽蓝，雨更大了。参观金堂和根本大塔。金堂内有木村武山所绘八幅菩萨像。根本大塔色彩特别艳丽，此塔曾屡建屡毁，现在的是一九三四年第六次建的。本拟去奥の院，以雨大而回福智院，泡温泉，稍驱寒气。雨更大，不得出门，隔窗看雨中庭园，几次来日本，无有如今天悠闲。三时过雨稍小，出门去德川家霊廟，其地离福智院不远。行至半路，雨又转大，勉力打伞前行。灵台共两座，一家康的，一秀忠的，才到灵台前，风狂雨骤，为一日之最，天亦黑沉，望空中乌云飞速而过，有如条条苍龙。赶紧离开，回到福智院门口，雨又转小，于是再去街上转转，到四点三刻，乌云散尽，露出蓝天，阳光下射。又去金刚峯寺，然后去大伽蓝。路上都是吹折的松树的枝、叶、果、皮，叶有嫩绿者，像是遭了灾了。在若干沧质朴的庙宇之间，根本大塔鲜艳无比，给人一种天国陡然在眼前浮现的奇异之感。五时半又下起雨来，回福智院。从电视中得知，関西関東等地均为暴风袭击，有树干折断、广告牌吹落者。六点过去泡温泉，停电一次。吃晚饭。F 预订了去写经体验教室写经。电视报道：今日日本列岛西部地区受快速发展的低气压影响出现类似台风的低气压天气，伴随有暴风雨产生。

四月四日 ｜ 周三

六时过起。泡温泉，吃早饭。八时过离开，八时二十分在警察前駅上巴士，八时四十一分在高野山駅乘缆车（一九三二年通车），八时五十二分在極楽橋駅换乘南海線（一九三〇年通车）。近九时出太阳了。九时二十分左右抵九度山。来此地系新井一二三介绍。先到真田庵，在院子里第一次看见满开的樱花。是五瓣的那种。此次实际上是逆着樱花前线而行，因开花晚了，在大阪京都没看见，而在这里看见了。然后走进町里，此地正举办人形展，商家橱窗里摆着各种各样的人形。越过丹生川，沿公路而行，右侧樱树成排，竞相开放，眼前为之一亮。有两种樱花，其一是五瓣的，其一是十几瓣的，花朵有较长的茎，所以都是垂下的，站在树下仰望，看见的都是开放的花。淡雅，清正，是有“格”的花。到慈尊院和丹生官省府神社，也有多树满开的樱花。回到九度山町，在九和楽吃柿叶寿司，共九个，卖寿司的老头儿给我们两张纸，上面印着岑参写给颜真卿的诗，旁注日文和一种特别的音符，他还给我们唱了一句以为示范。然后去旧萱野家，系大石顺教尼的纪念馆，见到原当主萱野正之助的孙子萱野正巳（现当主）及其女儿。展览有大石顺教尼的字、画，对该人生平颇感兴趣。还有铁斋的字、画。他们均系萱野正之助所援助者。下午一时离九度山，回高野山。去奥の院，走到灯笼堂。路上偶然看见“腕塚”和大石顺教尼之墓，前者埋葬着大石顺教尼的断腕（十七岁为其养父所斩断者），“腕塚”二字系德富苏峰九十岁所题；后者埋葬着她的遗骨（一九六八年以八十岁而终）。半日内两到大石顺教尼遗迹，亦奇缘也。还看到了织田信长的墓，较之在日光及此地见到的德川家康墓（不知哪个真的埋葬着德川家康），要寒酸太多了。周作人说，“……我们如心目中老是充满着日本古今的英雄，而此英雄实在乃只是一种较大的流氓”，但是同为“较大的流氓”，织田信长有那么一个遭人出卖、被迫自杀，毕生功业就此烟消云散的结局，我总觉得比丰臣秀吉、德川家康稍可亲近一点。在高野山的小超市里看到奈良五条的柿叶寿司，可惜已经卖完。五时过回到福智院。晚饭后又去大伽蓝，夜里看灯光照射的根本大塔，大塔的柱、椽是橙红色的，墙是白色的，窗是绿色的，椽子的端涂成金色，再加上塔尖的金属色，实在是太美了。高野山将于二〇一五年四月二日到五月二十一日举行开山一千二百年大法会（真言宗总本山金剛峯寺主持），到时一定人山人海。八时回福智院。吃晚饭，泡温泉。十时过睡。

四月五日 ｜ 周四

晨六时起，泡温泉，吃早饭。收拾行李。九时退房，获赠筷子两双。在勝間屋买奈良五条所出柿叶寿司一盒，共七个，拟路上食之。F又去大塔拍照，以昨晚所拍颜色失真之故。十时十五分在千手院橋駅乘巴士（高野山駅前—護摩壇山急行），车上乘客连我们共三人。巴士系向更高山上而行，沿途樱树尚未开放。十一时十五分抵護摩壇山。此处海拔一千三百七十二米，系一森林公园，名为高野龍神国定公園，是秋天赏红叶之地。在此换乘巴士（龍神温泉—秋津川—田辺駅—紀南病院），十一时三十分开。车上仅我们二人，还有一位是替换的司机。先沿古川而行，至大熊，又沿日高川而行。途中有四位乘客上车，皆老妇。十二时五分过龍神温泉駅，此地有著名的“三美人の湯”。经过奇绝峡，系赏樱胜地，路边樱花满开。下午一时半抵紀伊田辺駅前。在田辺逛街，颇有些卖手工艺品的小店。有一铁皮为墙的屋子，名为“のし屋——趣味の古美術美術品展示場”，所卖东西很便宜，但品质不高。三时七分乘JR往白浜，系特急，因上一班普通车一时十五分已走，下一班要等到四时四十一分。三时二十分左右到白浜駅。车站不大，有滚梯。站前有免费的“白浜温泉ツャトルバス”（分A、B两线）送往酒店，四时入住海のお魚茶屋鯛鼓判四一一房间，十二叠。旅馆离海边不远，房间窗户可望见大海。泡温泉，此温泉pH值八点四，水温七十六点四摄氏度（气温六点二摄氏度时测）。水略呈乳白色，池底有些白粉状沉淀物，今日男客人用岩風呂，池边岩石上布满针状结晶物。五时过往海边散步，紀南的梅子很有名，买了梅子酒和柚果子。六时半回旅馆。吃晚饭，有鲍鱼（小锅煮）。回房间，窗外风声大作，远处有闪电，然未闻雷声。下大雨。喝酒。

四月六日 ｜ 周五

夜里风声甚大。晨六时起。泡温泉，吃早饭。八点过出门。走到街上，左拐，先去千畳敷，风很大，一重又一重的海浪，给人的感觉就像大海被礁石激怒了似的。昨天在白浜駅拿到的材料上说，这个巨大的突起岩磐看起来就像一个巨大的榻榻米叠，真是这样。又去三段壁，颇像去年去的城ケ崎，但地形更复杂，景色也更美。浪也很大。这里亦是有名的轻生之处。在悬崖上的树丛中看到口紅の遺書詩碑，上书“白浜の海は 今日も荒れてゐる”（“白浜的海，今日依然波涛汹涌”），下署“一九五〇，六，一〇 定一 貞子”。这是六十多年前两个人跳崖自杀（当是男女情死）之前，用口红写下的遗诗。我想起《老子》说的“天地不仁”。“天地不仁”是说天地不具情感，且无所偏私。对于这里自杀的两个人来说，他们的爱情与死亡是何等重大，然而大自然对此无动于衷，还是原来的样子。我对于自杀者总有一种既悲悯又敬重之感，但或许这也不对，面对如此死法，生者大概只能缄默。沿原路返回，去所住旅馆斜对面的日本最古崎の湯，据说是《万叶集》中记载的城崎七汤中仅存的一处露天温泉。露天温泉系岩石凿成，躺在温泉中，仰望蓝天，听着涛声，浪花就在身边喷溅。露天温泉分男女，男池有两个，上面的一半在棚子里，下面的完全露天。上面水温较热，下面的泉水也是七八十摄氏度，但马上就被空气所冷却，躺在池中有热水和冷水交流之感。然后去白良浜沙滩。先去海滨一家名叫“中甚”的咖啡馆，布置颇洋气，六张桌子，座位都靠窗边，可以望见沙滩和大海。店主做饭慢条斯理，我吃咖喱饭，F喝美式咖啡加Pizza套餐，美式咖啡可以续杯，且是用茶壶续。白良浜被平安时期歌人寂念形容为“恰如白雪”，我从没见过这么细的沙子，说像盐也可以，表面结了一层薄薄的硬壳，一踩就碎裂了。木牌上的介绍文字说：该沙滩由硅石、石英石、砂岩等风化而成。LP旅行指南则云系从澳大利亚运来，但似与寂念的歌不合。白浜真是个好去处，据说是日本最美的海滨城市。行至沙滩尽头，继续前行，绕熊野三所神社所在小半岛而行，一米宽的小路上时有滚落的山石，一直走到松乃湯。逛行幸大街等处，在百元店购物，店面很大，东西也全。买日本交通图一份。回来路上在薬師寺前看见两棵满开的樱树，这里别处的樱花都已落了不少了。薬師寺每年四月十二日有“花会式”。五时回旅馆，泡温泉。吃晚饭，有龙虾（刺身），昨天餐前酒是梅子酒，今天是橙子酒。七时十分去街上，夜色里的白浜除了过往的汽车发出的声音和海浪声，很少有行人。店铺多已关门。走到銀座商业街，都是饭馆，有一“九十九”吧生意颇好，坐满了年轻人。到足浴横丁，系一吃饭处，已关张，足汤水已冷了，但尚张着灯。晚九时回饭馆。

四月七日 | 周六

晨六时十分起。泡温泉，吃早饭（有刺身）。又泡温泉。

鯛鼓判是个让人感觉很亲切，饭菜也很好的酒店。九时四十一分乘白浜温泉ツャトルバス往千畳敷、三段壁方向，路过在山顶上的南紀白浜空港，又路过アドベンチャーワールド（冒険大世界），多数乘客在此下车。最后一站是白浜駅。买十时五十九分去新宮的JR车票。电车共两节车厢，电车上多为游客。路上多为海滨风光，海浪似较白浜小得多。其中紀伊浦神看上去是个宁静的海滨小镇。路过串本駅，系本州最南端的车站，应该一停，可是这次来不及去了。下午一时二十七分抵紀伊勝浦駅，车站无电梯。出站走到码头，有两家大酒店的接送船（似可称为“免费boat”），一为浦島，一为中の島。乘二时零七分的船往中の島，约三分钟后抵。这座海中的小岛就是一家旅馆。入住中の島一一五房间，十叠。乘二点四分的船离开。在紀伊勝浦駅买去那智山的巴士往返票。三时五分发车。先到那智駅。三点二十四分到大門坂駅下车，走过大門坂，系熊野古道的一段，由碎石块铺成，宽约三米，两旁均为极高大之杉树，有树龄八百年者。路边摆一小堆橘子，每个五十日元，无售者，欲购将钱放入橘子旁的钱箱即可。我到日本的山里、乡村、小城，常想起“古风犹存”这句话。买了两个，食之甚甜。走过夫妻杉、唐斗石、十一文関所跡（昔收通行税处）等处。到熊野那智大社和青岸渡寺。大門坂及此处均有盛开的樱花。走到三重塔，看见瀑布，水量并不很大，但水声很响。在那智山駅乘五时十分的巴士回紀伊勝浦，五时三十五分抵。乘六时七分的船回中の島，六时十分抵。在暮色中走中の島山上游步道，沿途有多棵樱树。走过足浴空海の湯，到大展望台，有牧水歌碑，数株樱树开得正好。海中荒岛数个，景色奇佳。回程天色更暗。七时吃晚饭。泡温泉。坐在房间，望窗外海对面的紀伊勝浦，灯光投映水中，非常漂亮。

四月八日 ｜ 周日

晨五时半起。泡温泉，吃早饭，此地早饭是自助餐，总的来说，这旅馆的饭一般，远逊于鯛鼓判。乘八点过的接送船到码头，今日是周日，八时到十一时有“勝浦の朝市”，约十来家，卖刺身、寿司和海产品等。有“一日干”的新鲜乌贼，三百日元一个。买鲔鱼和鲹鱼寿司各一盒，又梅酒一瓶。去紀伊勝浦駅前的旅行服务中心问明天的巴士，似颇不易行。十时十八分乘JR去新宫，十时四十三分到。先去丹鶴城公園（新宮城跡），走过街道，今日好像是什么节日，不少店家都有活动，有狗和驴羊等动物展览，还有街舞表演。丹鶴城公園樱花开得特好，为此行所见之最。也有片片樱花飘落。记得有人以轰轰烈烈形容樱花开放，其实它开也是端庄的，落也是娴静的。不少日本家庭或伙伴在樱树下野餐，所吃的东西有刺身、寿司、便当、麦当劳食品等，喝啤酒、汽水，偶有清酒，还有烧烤，都穿平常衣服，坐塑料布（似为公园所供应，不知是否须预订或租用）上，一副平民的节日气象。我们也坐在樱花下吃带来的寿司，喝梅酒，第一次经历“花見”，时有落花飘在身上。又去熊野速玉大社，此亦为熊野三社之一。又去佐藤春夫記念館，这是作家原在東京关口町的故居（一九二七年建成），于平成元年移筑此地。佐藤春夫生于新宮，此地尚有佐藤春夫生誕の碑、成育の家跡等纪念地。日本人的“乡贤”意识似乎很强。多年前读佐藤春夫的作品，至今记忆犹新，故来此一看，类乎前次在金沢去看德田秋声記念館。佐藤春夫曾是日译『大魯迅全集』的译者之一，但展览并未涉及此事。走到新宮駅，站前有徐福公園，内有徐福墓。下午三时二十四分离新宮，三时四十九分回紀伊勝浦。在站前商店买了紀伊半島最有名的那智黑糖，吃起来有点像北京的粽子糖，包装上写明这糖用古法制作，已有百年历史。乘船回旅馆。沿山上游步道走到空海の湯，足汤前有两棵樱花树，也可以望海。又走到山顶大展望台，大片的山顶草坪，有数株樱花，落日之下，眺望静静的太平洋。山上在靠海一侧有一处标识：北纬三十三点三七，东经一百三十五点五七。七时吃晚饭。泡温泉。晚十时过睡觉。

四月九日 | 周一

晨五时半起。泡温泉，吃早饭。独自沿山上游步道走到大展望台，路上听见鸟叫，海仍是宁静的。泡温泉。乘九时一刻的船离开中の島。在码头水产品店买鲱鱼干和鳐鱼干。站前有一家卖蜜柑的店，种类多达几十种，买了其中一种春峰蜜柑。十时在紀伊勝浦駅前乘去本宮大社前的巴士，离开紀伊勝浦后有一段路，夹道都是樱花。先到新宮，路过昨日赏樱的丹鶴城公園，然后沿熊野川而行，十一时三十五分到本宮。本宮大社较之所去的另两个大社外貌质朴，那两处是铜顶，橘红柱、椽，此处则是草顶，木本色柱子。然后去看大斎原的大鳥居。下午一时二十六分乘免费巴士（因去年十二号台风下湯川橋崩坏，下汤川和汤之峰地区内设此免费巴士），一时五十二分到下湯峰駅，走上一条斜坡路，入住湯の峰荘三〇五房间。进得房间，窗户外面正对着两棵樱树，但见风中花瓣飘零。放下行李后离开酒店，步行十分钟到汤峰温泉小镇，小镇中有一条小溪湯の谷川流过，两侧都是旅馆与民宿，还有山中胜开的樱花，在小镇看到一家秘汤旅馆，老式古旧日本木房，门口挂着秘汤特有的纸灯笼。小镇有公共浴池，一种带药的，一种普通的，还有一个小小的露天温泉，水温八十九点六摄氏度，pH 值七点八。花八十日元买了两个鸡蛋，用网兜装着浸入水中，介绍说温度在九十摄氏度以上，十五分钟就熟了。除卖鸡蛋者，未在小镇内找到商店。走到下湯川，看见下湯川橋真的断了，不然在酒店附近的下湯の峰駅就能乘去新宮的巴士了。回旅馆泡温泉，名为龍の泉，水温九十一摄氏度，pH 值七点五。还有家族温泉可以使用。吃晚饭是在隔壁的三〇二室，餐前的梅子酒是冰镇后用泉水兑的，味道很好。切的薄薄京鸭和当地蘑菇及蔬菜做的小火锅的汤也是温泉水。刺身里的虾非常新鲜，还有紀伊半島最有名的鲔鱼，天妇罗鲇鱼味道也好。汤是海草菊花瓣做的，很清淡。甜点是杏仁豆腐，更是与众不同。要了一壶热的本地辛口清酒，配上今天的晚餐。这家旅馆饭菜做得很精致，量也正合适。饭后回到房间，看见窗外的樱树被灯光照亮，遂将房间的灯统统关掉，静静地坐在窗前观赏夜樱。泡温泉，用按摩椅，此为此番来之首次。十二时睡。

四月十日 | 周二

六时半起，泡温泉。七时吃早饭。昨日老板叮嘱今晨早饭一定要准时，吃温泉煮鸡蛋。所煮的蛋比昨天我们自己煮的嫩得多，昨天煮的时间还是长了。早饭的白粥很好喝，系第一次在日本喝粥。吃烤鱼。八时过退房，老板将我们送到湯峰温泉。此行这家酒店，还有白浜的鯛鼓判都给我们留下很好的印象。看来应该挑选那种或是偏僻地方最好的旅馆，或在热闹地方不是最大的旅馆。

八时二十分在此乘免费巴士，上的人太多，我们俩挤在一个位子上，司机边开车便打电话，在半途有一车等着，我们换上那车，想来起先让乘客都上车是怕误了要换乘的车，另叫一车来分载乘客则是不能超载。八时三十六分到本宫大社前駅下车，听见鼓声，快跑去看，原来大社鳥居下正有“正遷座百二十年大祭 太鼓演奏 奥熊野大鼓”，击鼓者有男有女，都穿着专门仪式的服装。八时四十分乘去新宫的巴士。路过R前次去过的川湯温泉，河滩上尚有去年现挖的温泉的痕迹。十时抵新宮駅。买去鳥羽的JR车票。十时五十二分开车。共两节车厢。沿途经隧道甚多。十二时三十八分经过尾鷲駅，上来不少男女中学生，沿途陆续下车，最远的要坐四站，用时半个多小时，这种地方上学亦不容易。车过梅の谷駅，樱花呈满开之势，此前自田辺市以降所见樱花多少有些凋谢，或此即樱花前线之交界处么。下午二时十六分到多気駅，换车到鳥羽駅，二时三十一分发车，三时十分抵。从JR站走到相接的近鉄駅，从一号口出，有戸田家的免费巴士接到旅馆，车样子仿旧式，红色。入住戸田家六〇七房间。十二叠，还有个两叠半的缘側。窗外就是伊勢湾。放下行李去真珠島，参观珍珠展览，四时二十分看采珠女作业表演。参观御木本秀吉生平展览。六点半回旅馆。泡風流野天風呂。七时半在房间吃晚餐。菜单：“时令彩色料理会席”。餐前酒：戸田家原酿酒；前菜：料理

长推荐的酒盗鲍鱼 酒肴拼盘；造身：伊勢海老 鲷鱼 乌贼 鲔鱼赤贝 芽物一套；焚合：炖本地小鰤鱼 蔬菜旨煮；温物：鲷鱼涮涮锅 各种蔬菜 药味料 柑橘醋；洋皿：三重健康酥炸春卷 用香草粉调味；扬物：炸伊勢海老培根 炸时鲜蔬菜 佐梅子调味汁；蒸物：特色茶碗蒸 海鳗；醋物：腌渍稚鲇南蛮 拌海云 配菜；红酱汤：鳥羽的海草 山葱；御饭：伊勢湾小锅什锦饭 章鱼 海老 羊栖菜 腌渍小菜；果物：时令水果。——戸田家料理长林诚。（二〇一七年三月二十九日补记：李长声来信云："旨煮，是一种煮物，用糖、酱油什么的煮芋头、笋、胡萝卜什么的，也叫甘煮。"）服务员系一南京学旅店管理的女学生，姓张，来此实习，共一年，六月结束，云共可得六十五万日元，回国前一次领取，但自己只能得三十万，余皆交学校。晚饭后去城山公園赏夜樱，此地系鳥羽城遗址。夜里的樱花比白天所见更美。仰望满天密密层层的樱花，感觉樱花与夜空是一体的，正降临人间。赏樱者不过二十人，有年轻男女，也有老人，聚在树下喝酒、烧烤、吃东西、听音乐。十时左右回旅馆。大堂所贴本地樱花情报，一是鳥羽城山公園，二是伊勢宮川堤公園，三是伊勢五十铃川河川敷，四是二見音無山公園，五是鳥羽日和山展望台，城山公園赏樱，被称为"绝景"。泡温泉。十二时睡。

四月十一日 | 周三

晨七时起，泡温泉，七时半在房间里吃早饭，又有烤鲭鱼。去山上漫步道，泡包租露天温泉，外面墙上挂着“浮世風呂”四字。小小温泉只有约两平方米，木池占了大半。窗外仍是樱花。看到小雨中的海湾。九时过退房，将行李暂存酒店。走到鳥羽駅，乘十时的JR去伊勢，一节车厢。十时十六分抵。雨渐大，风亦不小，伞为之背翻。先去河崎界隈，多百年老店，小街很静，不少店面关门。在古本屋ぽらん买了一本一九六七年的『太陽』“日本の城”专号。在去车站的路上看到质店的广告，遂寻路找到该店，买小物。然后去伊勢神社外宫，极尽质朴，与日光适为鲜明对比。看祭的活动之一“日本舞踊 伊勢音頭”，表演者名西川茂登樱。然后乘巴士去内宫，车程约十五分钟。内宫里尽是参天松树，又有几棵老樱树，我发现樱花是老树（树干苍虬，长着青苔）上开的最美。伊勢神宫“式年遷宮”，每二十年重建一次，下一次是明年，乃第六十二次。现在的神宫在右边，左边已经在建新的了，右边这座明年就要拆了。三时乘巴士离开内宫，二十五分左右到JR伊勢駅，四十九分乘JR往鳥羽，系从多気駅来者，共两节车厢，在此卸下一节。四时五分到。去かっぱ寿司吃旋转寿司，每碟百元。雨成瓢泼之势。回戸田家取行李，乘旅馆的车到鳥羽駅。五时三十二分乘JR去名古屋。紀伊半島之行至此终了。约晚七时

半抵名古屋駅，这里刚下过雨，路面尚湿。入住都心の天然温泉名古屋クラウンホテル一六〇〇房间，此酒店温泉即一月所住旅馆推荐F来泡者。泡温泉，泉水温度二十八点二摄氏度。睡得很晚。

四月十二日 ｜ 周四

晨七时过起，泡温泉，吃早饭，又泡温泉。九时过离开酒店，走过広小路，有朝市，卖水果蔬菜之类。在伏見駅乘東山線地铁，在栄駅换名城線，在東別院駅下车。去東別院。今日为“一如さん御坊缘日”。此即如周作人《缘日》所云：“缘日意云有缘之日，是诸神佛的诞日或成道示现之日，每月在这一天寺院里举行仪式，有许多人来参拜，同时便有各种商人都来摆摊营业，自饮食用具，花草玩物，以致戏法杂耍，无不具备。”只有一两家卖些旧物。买松茸一小包，想起母亲不在，很多食物家里就不再吃了，如冬菇即其一，普通生活的一部分就这样丧失了。这里也有多株老樱树，开花非常漂亮，而且落樱有如积雪，亦是头一次见到。走到上前津，在三松堂書店买辻惟雄编画册『若冲』（美術出版社，一九七四年六月十五日发行），精装，有书函、运输匣。走到大須觀音，逛仁王門通和万松寺通，买小物。回酒店，泡温泉，晚去名古屋駅问明天去下呂的票。回来走过納屋橋，据说这是名古屋最美的桥之一，沿堀川而行，有一家酒吧，服务员又跳又唱，顾客也打着拍子，非常热闹。回酒店，泡温泉，十二时睡。

四月十三日 | 周五

晨七时起，泡温泉，吃早饭，又泡温泉，收拾行李。十时退房。到车站，十时四十五分乘去大垣的新快速，十一时三分抵岐阜駅，十一时十五分换乘去多治見的电车（两节车厢），十一时五十七分抵美濃太田駅。出站一走。十二时四十分乘去高山的电车（两节车厢），十三时五十八分抵下呂。至此日本三大温泉我们都去到了。在下呂駅看到小岛功一九八四年画的下呂广告画，对这画家留下深刻印象，难得他将女性的妩媚表现得这么到位。下呂四面环山，中隔大川，不似LP旅行指南上所说的那么无趣。约十分钟走到小川屋，宿景観楼五一三房间，十叠。放下行李就沿湯の街去下呂発温泉博物館，长了不少知识。又去温泉寺，可观小城全景。寺前牌子上有介绍说，此地温泉曾断绝，有白鹭每日飞来，温泉又复喷涌，故此地有名的汤之一叫“白鷺の湯”。在湯の街ギャラリー木精看福井正郎版画展。走到白鷺橋，沿散策道而行，走到雨情公園，系为纪念诗人野口雨情而设立。又去合掌村门外一看。开始下小雨。六时回旅馆，这旅馆与在鳥羽住的戸田家都很有历史，走廊的橱窗里展览着自己的收藏，包括旅馆的旧物和旧照，但为了发展，早早都改造成铁筋洋灰的结构了。泡温泉，pH 值八点九，泉温五十五摄氏度。旅馆男汤名藥師の湯，女汤名白鷺の湯。吃晚饭。菜单：餐前酒：梅子酒；先付：玉米豆腐；前八寸：时令小菜七道；造身：鲔鱼 甘海老 汤叶豆腐 搭配时令蔬菜；温物：里芋馒头；小菜：飞驒荞麦 搭配萝卜泥 炒蛋丝 滑茸 高汤 佐以清拌葱丝；烧物：盐烤本地河鱼 煮腌菜 叶地加美；箸休：茶碗蒸；强肴：飞驒牛肉小火锅 搭配豆腐 白菜 朴树叶 舞茸 香葱；御饭：止椀 香物；水果：苹果蜜饯。——下吕温泉小川屋料理长川向和美。十时过睡。

四月十四日 | 周六

晨六时起，仍在下小雨。泡温泉，吃早饭。又泡温泉。九时半退房，乘旅馆的免费巴士到下呂駅，十时五分乘下呂到美濃太田的电车（两节车厢），路上所见山岚，为几次来日本之最美。十一时半过到美濃太田駅，十一时五十分乘去岐阜的普通电车（两节车厢），十二时二十四分抵岐阜。逛街。站前广场有织田信长的金色塑像。在長良橋通り上的一家杂货铺（店主是一老妇）买了一个人形，有玻璃盒，门可开阖，又小物数件。去高島屋。四时回岐阜駅，四时八分乘去丰橋的特快列车，四时二十八分抵名古屋。去看名鉄明天去机场的票。乘地铁東山線到栄駅，换乘鶴舞線到鶴舞駅下车，在大学堂書店买画册『加山又造—装飾の世界』（京都書院，一九七九年二月二十日发行），精装，有书函、运输匣。在山星書店买『古书游览』（『别册太陽』N.102，平凡社，一九九八年七月二十五日初版）。乘鶴舞線地铁到伏見駅下车，入住都心の天然温泉名古屋クラウンホテル一六〇〇房间。

四月十五日 | 周日

晨六时半起，泡温泉，吃早饭，收拾行李，又泡温泉。十时退房，走到名鉄名古屋駅，买去中部国際空港的车票。乘十时三十一分的电车，十一时六分抵。在机场为F父母买点心一盒。下午一时十五分飞机起飞。预定三时半（北京时间）抵首都机场，然降落颇难，颠簸剧烈，平生未曾经历。四时降落。叫出租车回望京。

七

東京 沖縄

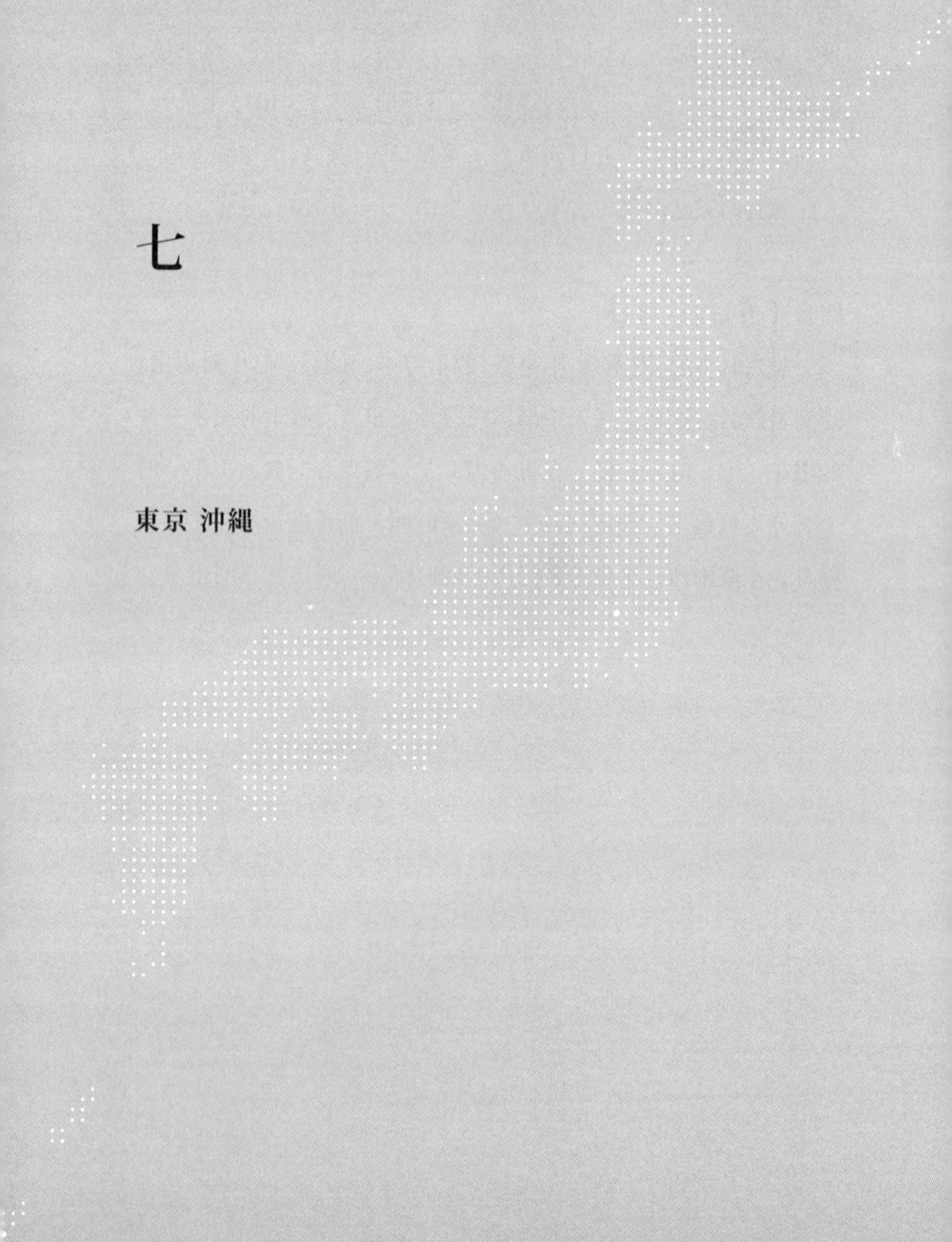

二〇一二年

六月十四日 | 周四

小张六时来接，往首都机场。乘 NH956 航班，原订八时二十分起飞，但迟至十时才离开。座位号 41C、41D。此行要去沖縄，头尾各在東京稍作停留。下午二时（以下东京时间）过抵成田空港。乘京成線在日暮里駅换山手線，到秋葉原駅。入住すえひろの湯ドーミーイン秋葉原三〇一房间。乘総武中央線到吉祥寺，逛街。九时回旅馆，泡温泉，十时半睡。

六月十五日 | 周五

晨七时起，泡温泉。去上野问去軽井沢的电车票，拟暂不去，改到御茶ノ水。去東京古書会館，有“ぐろりや会”，买唐君毅著《哲学概论》（孟氏教育基金会，一九六一年三月初版），扉页钢笔书“宇野先生教正 著者敬赠八月十五日”；徐复观著《中国思想史论集》（中央书局，一九五九年十二月初版），扉页钢笔书“宇野前辈先生指正 后学徐复观呈上六、八”；蒋中正著《苏俄在中国——中国与俄共三十年经历纪实》[中央文物供应社，一九五七年九月二日八版(订正本)]，扉页毛笔书“宇野哲人先生 蒋中正中华民国四十六年九月十五日”，钤章“蒋中正印”。三书皆宇野旧藏，此外还有几种，未买。宇野哲人（一八七五—一九七四），日本汉学家，我曾读其《中国文明记》一书，颇有些有趣的记载。又买钱稻孙译『汉譯萬葉集選』(日本學術振興會，一九五九年三月二十五日初版)，精装，有书函。在呂古書店买小岛功版画一幅，铅笔书“18/100”，钤“功”章，十六厘米长，十三厘米宽。在东城书店买伊藤漱平、中岛利郎编『鲁迅增田涉師弟答問集』（汲古書院，一九八六三月十日初版），精装，有书函、运输匣，书中夹有编者之一伊藤漱平毛笔所书签名条。《鲁迅全集》二〇〇五年版所收《答增田涉问信件集录》较之原件在形式上颇有改动，添加了好多原本没有的内容。在山田書店买岩田专太郎插绘画稿一幅。又去小宮山、玉英堂、版画堂等处。三时半乘中央線到西荻窪，逛街。归途在池袋小停。晚九时半回旅馆，泡温泉，十时半睡。

六月十六日 | 周六

晨七时起，泡温泉，八时乘総武中央線到新宿駅换小田急線，

到相模大野駅换小田急江ノ島線到大和，逛“やまとプロムナード古民具骨董市”，买小物。下午乘相模線到横浜駅，乘横須賀線到鎌倉。逛街。晚九时回東京旅馆，泡温泉，十二时睡。

六月十七日 | 周日

晨七时起，泡温泉。八时半乘総武中央線到高幡不動，逛“高幡不動ござれ市”，买小物。回新宿駅乘山手線到有楽町，大江戸骨董市因雨中止。乘地铁有楽町線换半蔵門線到九段下駅，逛神社前的青空骨董市，无所得。乘地铁都営新宿線到新宿駅换小田急線，在成城学園前駅下，在キヌタ文庫买画册『平山郁夫』（三彩社，一九七二年九月二十日发行），精装，有书函、运输匣，扉页毛笔书“平山郁夫”；东山魁夷著、绘『京洛四季』（新潮社，一九六九年九月十五日初版），精装，有书函，扉页毛笔书“東山魁夷”。六时半回旅馆。

六月十八日 | 周一

晨七时起，泡温泉，八时半离酒店，乘山手線到浜松町駅，换東京モノレール羽田空港線到羽田空港第 2 旅客ターミナル，今天四号台风经过沖縄，下午航班均取消，我们的飞机是十一时十分的，换成十时三十分的，下午一时过抵那覇空港，乘二时的免费巴士到 Outlet，三时半回机场，乘单轨列车到県庁前駅，入住ホテル日光六〇七房间。台风渐至，持伞到国際通り逛街。买刺身四品回酒店食之。去大浴场。——大浴场者，或是“人工温泉”，或是普通热水，水质与天然温泉无法比拟，但泡的规矩是一样的。

六月十九日 ｜ 周二

晨七时起，去大浴场，八时过在旭橋乘一二〇路汽车。阳光甚好，或适在台风眼中之故。到軍病院前駅，天降大雨，至晚不歇。逛美浜タウンリゾート・アメリカンビレッジ。下午一时离开。仍乘一二〇路，在牧志駅下车，逛新天地市場本通り，买小物，是一个装在提琴形的支架上的面具，非常漂亮。在公設市場买刺身两品，上二楼一台湾馆食之，并吃炒面，喝啤酒。九时回酒店，去大浴场。十时睡。

六月二十日 ｜ 周三

晨七时起，去大浴场。八时半离酒店，到波の上うみそら公園散步。十一时在県庁前駅买单轨列车日票(有效期二十四小时)，到首里駅，去首里城，此处被列为世界文化遗产，却完全是复原重建的，每座建筑旁都有原来的照片，真是恢复得一模一样。看

“舞への誘い”，包括“若衆こてぃ節”、“本貫花”、“浜千鳥”和“谷茶前”。又去玉陵。玉陵最后一位埋骨者是末代王世子尚典（一八六四—一九二〇），时已在琉球灭亡四十一年后。尚典有长子尚昌(一九八八—一九二三),尚昌有长子尚裕(一九一八—一九九六)，未葬此处。因想起孔子于“灭国”曰“兴”，于“绝世”曰“继”，其意甚苦。归途在古岛下车购小物。回県庁前駅，逛国際通り。今日预报有雨，而终日未落。晚八时回酒店，去大浴场。

六月二十一日 ｜ 周四

晨六时起，去大浴场，九时半离酒店，在県庁乘单轨列车到那覇空港，将原来下午四时四十分的机票换为十一时四十五分的，下午二时过抵羽田空港，乘東京モノレール羽田空港線到浜松町駅换山手線，到秋葉原駅。仍入住すえひろの湯ドーミーイン秋葉原三〇一房间。即乘総武線到両国駅，参观江戸東京博物館，四时进，五时半离开。走到隅田川，沿河而行，过吾妻橋，到浅草寺，在寺后面的小街散步，走到凌雲閣跡碑前。刚在江戸東京博物館里见到复制的凌雲閣——日本小说里常提到这名字，一八九〇年建，一九二三年地震时倒塌。据介绍，此塔曾是東京最高建筑，高五十二米，十二层，下面十层砖造，上两层木制；

第一层是入口，二到七层有四十六家卖外国物品的店铺，第八层是休息室，十到十二层是展望室。晚八时过离浅草，乘地铁浅草線回旅馆，泡温泉，十一时睡。

六月二十二日 ｜ 周五

晨八时起，泡温泉，九时离开，在末広町买地铁日票，先去東大前，在森井書店买三島由纪夫著、蕗谷虹儿绘『岬にての物語』（牧羊社，一九六八年十一月十五日印刷，限定三百部之第一二号），精装，有书函（夫婦函）、运输匣，扉页毛笔书“三島由紀夫”，又有蕗谷虹儿手彩色绘。去東京古書会館，有“书窗展”，无所得。去千駄木，参观金土日館，三层小楼，所展岩田专太郎的作品并不多，但有几幅没见过的很美。下午的时间浪费在寻找上次听人说明治神宫后面有与昭和館类似的明治馆上，其实信浓町神宫外苑有明治記念館，乃是结婚场所。去荻窪，在竹中書店买井伏鱒二著『黒い雨』（講談社，一九七〇年四月二十五日第二十一刷），有书函，前环衬毛笔书“井伏鱒二”，并钤“鱒二”章，价颇廉，算是捡漏。当年读《井伏鳟二小说选》，尤其是其中的《今日停诊》，曾经对我写小说有很大影响，这特别体现于我一九八七年写的《姐儿俩》中。记得写作之前，特地把他的书找出来重读一遍，觉得较之其他日本作家，好像别有一种心境，尤其到了战后，时已年过五旬，不免把一切都看淡了，所写的小说也就接近随笔，没有什么做作了。要而言之，趣味不在生活之上，而在生活之中。我悟得此点，当即引笔铺纸，很顺利地把那小说写出来了，虽然这也是我最后一次写小说了。九时回旅馆，泡温泉。

六月二十三日 ｜ 周六

晨七时起，八时乘 JR 京浜東北線往浦和，逛“浦和宿ふるさと市”。又去大宫、赤羽逛街。晚七时回旅馆，收拾行李。泡温泉，十时半睡。

六月二十四日 ｜ 周日

晨六时起，在末広町乘地铁到門前仲町駅，逛“富岡八幡宮骨董市”。乘東西線到中野駅换中央線到立川，逛诹访神社“多摩骨董市”，买 Vogue 镜子一面。又去高円寺、中野逛街。晚七时回旅馆，泡温泉，收拾行李。

六月二十五日 ｜ 周一

晨七时起，泡温泉，九时过退房。步行至神保町，在田村書店买『蓼喰ふ虫』（新潮社，一九五五年五月二十五日印刷，限定五百部中献本用三十部之第九号），精装，有书函，扉页前的签名页毛笔书“谷崎潤一郎”，并钤“潺湲亭”章。读过此书中译本，感觉是其后来一系列唯美之作的先声，唯译本题为《各有所好》，我颇不以为然。对于自己素所心仪的学者、作家和艺术家，一向有兴趣去看看他们的故居、纪念馆，再就是力所能及地收藏一件他们的手迹，如签名本之类，觉得颇有“如对故人”之感。但此事亦如契诃夫所说，“宁肯让我的盘子空着，也不装不相干的东西。”对那些兴趣不大，或根本不感兴趣，甚至反感的人，相关之处不如绕行。回旅馆取行李，在秋葉原乘総武線在錦糸町駅换成田線到成田空港，二时半过抵，在だし茶漬けえん吃茶泡饭，飞机五时二十分起飞，七时半（北京时间）抵北京首都机场。叫出租车回家。

八

鞍馬 貴船 大阪 名古屋 馬籠 妻籠 南木曾 松本 上高地
白骨温泉 福地温泉 高山 長浜 京都 宝塚 吉野山

二〇一二年

九月七日 | 周六

晨五时半小张来接，往首都机场。九时十分乘CA927航班往関西空港，座位号17J、17L。飞机上近一半座位空着。因为有了三年签证，自此行起，不再需要通过旅行社预订旅馆，计划以大阪和名古屋为中心去若干地方。十二时五十分（以下东京时间）抵达。一时二十分乘JR往大阪，二时半到天満駅下车。走到天神橋三丁目，有“天神橋三丁目プチ古書即売会”，无收获。在其后院楼上的ハナ書房买：森山大道摄影集『ハワイ』（月曜社、二〇〇七年七月十日初版），有护封、腰封，第一页碳素笔书“森山大道Daido”；森山大道摄影集『新宿+（しんじゅくプラス）』（月曜社，二〇〇六年十一月十五日初版），有护封、腰封，扉页碳素笔书“森山大道Daido”。匆忙间将零钱包遗落该店。吃乌冬面。宿天神の湯ドーミーイン梅田東七〇二房间。我独自在南森町乘地铁，到綠地公園駅，在天牛書店买川端康成著『定本雪国』（牧羊社，一九七一年八月十五日印刷，限定二百三十部之第一三五号），精装，有书函（夫婦函）、运输匣，扉页毛笔书“川端康成”。此书另有两种，均为同社同年出版，其一限定三十部，“著者自筆識語一葉綴込”，系非卖品；其一印量一千二百部，签名是印刷的。又买『古澤岩美デッサン集』（古澤岩美，一九七〇），扉页有画家签名。还买了《顾亭林诗集汇注》（上海古籍出版社，一九八三年十一月一版一刷）一套，以其价廉也。晚八时过返回酒店。泡温泉，吃面，十一时睡。

九月八日 ｜ 周日

晨七时起，泡温泉，吃早饭。九时过离开酒店，步行至北浜駅，乘京阪电车到出町柳駅，换乘叡山電車，十一时半抵鞍馬。游鞍馬寺。金堂（此寺为鉴真和尚在公元七七〇年所建）、奥の院等地皆到，翻越山脊，景色宜人，有一段路树根裸露，颇奇。行至貴船大社。沿貴船川步行至貴船口，此地多餐馆，设有川床——即在川上接近水面铺设木板，于其上设席吃饭，水流甚急，而以临近瀑布处最佳。近四时乘叡山電車离开，在出町柳駅换京阪电车到祇園四条駅下车，行至寺町通，去吉村大觀堂拟买谷崎『少将滋幹の母』，云已售出。逛街。在河原町通路口遇十数人分发传单，有一标语云“草莽崛起”。七时过乘京阪电车到北浜駅，回酒店已九时，泡温泉，吃面，十一时睡。

九月九日 | 周一

晨六时半起，泡温泉，吃早饭。九时半退房，走到天神橋，去八ナ書房，所遗留的零钱包仍被老板保存在原处，可感也。在南森町駅乘地铁，到心斎橋，去美国村。在難波駅买去名古屋的近鉄车票，路线如次：難波駅（十二时零二分发）—鶴橋駅（十二时零八分抵，十七分发）—伊勢中川駅（十四时零三分抵，零七分发）—名古屋駅（十五时二十七分抵）。出名古屋駅，换地铁到鶴屋駅，去山星書店看『三百年のおんな 特装本』，此书限量三百部，有版画两张，但虽系岩田生前出版，版画仍为加藤研究所所制，故犹豫未买。去大学堂書店看『東山魁夷代表画集』，限量二千部，有版画一张，有签名“魁夷”，但运输函有些脏污，书又太大，亦犹豫未买。此书前天已在天牛書店见到，但无运输函，外函稍脏，未买。乘地铁到大須觀音，买小物数件，较之近半年前东西贵且少矣。乘地铁到伏見駅，七号出口，第三个路口左转，九时过宿都心の天然温泉名古屋クラウンホテル一三一二房间。泡温泉。晚十一时睡。

九月十日 | 周二

晨六时起，泡温泉，吃早饭，八时十分退房。走到名古屋駅，乘中央線，途中换车如次：名古屋駅（八时四十二分发）—高蔵寺駅（九时十五分抵，三十分发）—多治見駅（九时四十三分抵，四十四分发）—下津川駅（十时二十七分抵）。换乘巴士往馬籠，半小时抵。闲逛村子。在邮局寄了一张明信片到大阪酒店，上面只盖了个纪念章。去藤村記念館，据说这是日本第一个文学馆。在第三展室看到一段记载：『東方の門』写至第三章“五”終了。昭和十八年八月二十一日午前九时顷绝笔，翌二十二日午前零时三十五分永眠。想起鲁迅所译藤村的话：“我希望常存单纯之心；并且要深味这复杂的人间世。”岛崎藤村的小说，二十多年前读过《破戒》、《家》、《春》，留下印象都很深，记得还曾与母亲讨论过，但此后再不见别种作品翻译出版了。徐祖正曾翻译他的《新生》，绝版已久。据周作人《岛崎藤村先生》一文，徐祖正为翻译岛崎藤村著《新生》，曾与作者多次通信，一九三四年还去拜访过作者。由此亦可知，这个译本何其难得。下午一时离开馬籠，沿中山道走到妻籠，共七点八公里，历时三小时一刻钟，山间古道，路边有标识，干干净净，沿途风景甚佳，空气亦好，时有树荫，颇觉凉爽（今日气温在三十摄氏度以上）。树上的果子熟了掉在地上，有股淡淡的酒味。馬籠和妻籠均属古中山道六十九宿。到妻籠，入住旅館藤乙“あすなろ”房间，十叠，但厕所在楼层别处。旅馆门外有水池，院内有花园，即在窗下，颇精致。泡汤（此旅馆只七间房，汤只一小木池，可容二人，属“家族”式，用时掀开木板，用毕盖上，至十时结束）。六时吃晚饭。七时一刻在村子散步，无路灯，只各家门口所安灯箱照明。一小时后回旅馆。今天在观光案内所看到一份居民的公约：这里的房子不卖、不拆、不出租。

九月十一日 ｜ 周三

晨六时半起，七时去村里散步，商店尚未开门，很少行人。八时回旅馆吃早饭。九时退房。去妻籠宿本陣、脇本陣、歴史資料館。十一时十分离开妻籠，沿中山道走到南木曽駅，共三点八公里，历时一小时十分。在南木曽闲逛，去桃介橋。此系福泽桃介（一八六八—一九三八，被尊称为“电力王”）为开发水力发电于大正十二年所建，全长二百四十七米，昭和二十五年后废弃，平成五年修复。十四点五十一分乘电车离开，十六点四十三分抵松本。宿ホテルニューステーション六二六房间，饭店有炭酸温泉名“巴の湯”。去城里闲逛，八时回酒店。去大浴场。

九月十二日 ｜ 周四

晨七时半起，去大浴场。九时出门，去松本市美術館，看“草間彌生：永遠の永遠の永遠”展览。对她的艺术有了较多理解，包括她的绘画语言（侧面的脸、眼睛、小虫、线、点、三角等等），她特有的视觉冲击力。顺便看了其他几个艺术展，其中细川宗英（一九三〇——一九九四）雕塑的王妃像颇美。近十二时离开，逛了几家旧书店，均无所获。去松本城，登天守閣，共五重。一五九三年建城，其间经历六家、二十三代藩主统治。日本共有四座“国宝”城：松本城、犬山城、彦根城、姫路城，我们已去其三。另有弘前城、丸岡城、松江城、备中松山城、丸亀城、松山城、宇和島城、高知城被列为“重要文化财”。（二〇一七年三月十二日补记：二〇一五年七月八日，松江城被指定为“国宝”，至此共有五座“国宝”城了。）又二战中名古屋、大垣、和歌山、岡山、福山、広島六座城堡毁于战火。又去旧開智学校，该校一八七三年创立，是日本最古老的学校，校舍原在女鳥羽川畔，于一八七六年建成，一直使用到一九六三年，次年移筑至此，被列为重要文化财。这里不仅可见当时学校教育种种情景，还保存了大量资料，如明治以降学校的日志、教材、毕业证书等。印象深刻的是一九四五年八月十五日终战那天校长的记载，以及战后经审查对内容有所涂抹的教材与原样的对比。又去旧司祭会館，一八八九年建，一九九一年移筑至此。逛街，吃信州荞麦面。天黑后一路漫步到松本城，坐在凉棚下的长椅上欣赏月光下的松本城，灯光照得不似彦根、犬山两城那般明亮，反而添了些飘逸之感。遗憾的是九月三十日到十月五日有“月見の宴”，赶不上了。八时回酒店。

九月十三日 ｜ 周五

晨七时半起，泡温泉。九时出门，去松本市時計博物館，是昨晚从马路对面走过，看见这座建筑拐角处装着一个巨大的钟摆，才得知有此博物馆。藏品系本田亲藏（一八九六——一九八五）捐献，其中精美者颇多，头一次知道“尺时计”、“广东时计”等。然后到松本駅，十时零八分乘松本電鉄上高地線，十时十四分抵大庭駅。步行十五分钟，参观日本浮世絵博物館，只开放一层展室，展览主题为“浮世絵に描かれた江戸の音楽”，共分十三章，有展品一百一十五件。然后去参观松本市歴史の里，系将几处文物建筑移筑至此，包括：旧長野地方裁判所松本支部庁舎（县宝）、旧松本少年刑務所独居舎房（三叠，有一便池）、旧昭和興業製糸場、工女宿宝来屋（此即电影《啊，野麦岭》所表现者）、木下尚江生家。展示休息栋中辟有一川島芳子記念室，有川岛芳子的照片、墨迹、当时报纸报道及出版物等，她曾在松本居住多年。

乘松本电铁上高地線回松本駅。下午一时四十八分乘三十二路巴士去浅間温泉，约半小时抵。阳光甚烈。小镇颇冷清，很少见行人。三时半在浅間温泉会館泡温泉，此系单纯温泉，水温四十九点七摄氏度。五时二分乘三十路巴士回松本。逛街。去旧书店，无所获，此地旧书价格似贵于東京、大阪。在车站前的搏木野吃手工荞麦面。晚七时过回酒店。去大浴场，十时睡。

九月十四日 ｜ 周六

晨七时半起，去大浴场。九时退房。九时二十一分乘松本電鉄上高地線往新島々駅，九时五十一分抵。原拟即往白骨温泉，但巴士两点多才有，故先去上高地。十时十分换乘巴士往上高地，十一时十分抵。游客甚多，多作远足装备。沿梓川而行，一路空气清新，走过小梨平，至明神，约三公里半，折返，走过河童橋，稍走不远即止，回上高地。四时十五分乘巴士（今日最后一班）往白骨温泉，五时半过在泡の湯駅（白骨温泉駅前一站）下车，预订的かつらの湯丸永旅館即在对面，距离温泉街尚须走二十分钟。老板娘在门口迎候。宿“かつら”室，在一楼，十叠，另有缘侧约二叠。室内无厕所。泡温泉，内湯男女分池，野湯则为混浴。水质白浊，身体入水即看不清楚矣。常见电影中有人裸体泡在澡盆中，洗澡水总是弄得很混浊，以免暴露，实则若是那样则水也脏得可以了，唯白骨温泉可以达到此等效果。六时半吃晚饭。饭后去旅馆外稍散步，地处荒山，不敢远行。又泡温泉。晚十过睡。

九月十五日 | 周日

晨七时起，拉开窗户，阳光甚好。泡温泉。吃早饭。又泡温泉。我们在日本泡过的温泉，以此地及草津温泉和有馬温泉金泉的水质最佳。昨日托老板娘查时刻表，上午只两班车，一为八点三十五分过离开，在亲子滝駅换车，到平湯温泉，一为九点四十五分离开，在上高地换车，我们选择后者，为的早上可以先去白骨温泉街转转，且上高地尚有另一方向没有走到，不妨再去一趟。在日本去过不少地方，以此地交通最不方便。八时五十分离开酒店，老板娘开车送我们到白骨温泉。稍逛，亦只一些旅馆、几处商店而已。九时四十五分乘巴士往上高地，中途在亲子滝駅换车，十一时十五分在大正池駅下车。沿自然研究路而行，景色较昨日所去处更美。上高地是群山环绕的一块平地，略有起伏，树木丛生，河水流淌，多有湿地。走过田代池，至河童橋。二时在上高地乘巴士往平湯温泉，二时二十五分抵。二时四十六分（时刻表上是二时四十分车到，在日本遇到汽车误点还是第一次）乘巴士往福地温泉，三时到。入住旅館山水三一〇房间，十叠，另有缘侧约三叠，室内有卫生间、淋浴房。是角房，两面有窗，山景极佳。小雨。先泡旅馆的公共温泉，再泡包租温泉福乃湯，共有三个包租温泉，另两个是寿乃湯和宝乃湯。四时半穿浴衣、着木屐、打伞往村里走走，此处有七家旅馆可以互用包租温泉，我们又泡了草円旅馆的温泉。六时归来，坐在窗前观山岚。在我看来，岚是日本最美的自然景观之一。在房间里吃晚饭。又去泡草円的温泉。晚十时睡。

九月十六日 | 周一

晨六时起，泡旅馆的公共温泉。七时去朝市，买桃子一，即食之，又买苹果和梨各二。吃早饭。泡旅馆的宝乃湯。去村子里闲逛。又泡旅馆的公共温泉。九时五十分退房。又去朝市买桃子一食之，买梨二。十时二十四分（时刻表上写的是十时十六分）乘巴士往高山，十一时半抵。腰疼，或为椎间盘突出犯了。把行李放在预订的旅馆，去逛街，阳光颇烈，游人较去年六月为多。参观高山陣屋。得Y短信，云："今天社科院告知我们，应北京发布的暂停中日文化交流的通知，我们这次日本之行取消了。"本来计划二十五日与其同游京都。三时半入住穗高荘山の庵一八房间（"笠"）。泡温泉。五时半往街上散步，参观飛騨高山歴史美術博物館。七时回旅馆。吃晚饭，以牛肉烧烤为强肴，从未觉得牛肉如此美味。我们所住日式旅馆，晚饭最好吃的是修善寺菊屋、水上温泉水上館、白浜鯛鼓判和这里，然又以此旅馆住得最差。晚泡温泉，十时睡。

九月十七日 | 周二

晨六时半起，泡温泉。七时半吃早饭。八时去宫川朝市，买苹果二。又去陣屋朝市。朝市多卖水果、蔬菜等土产品。九时回旅馆泡温泉。九时四十分退房。走到高山駅，十时二十四分乘高山線往美濃太田駅，十三时零六分抵，十三时二十九分乘电车往岐阜，十四时二分抵。逛街，去了两家旧书店，无收获。忽下一阵大雨。十七时八分乘电车往名古屋，十七时二十九分抵。大雨。在车站吃荞麦面。宿都心の天然温泉名古屋クラウンホテル一三一四房间。泡温泉。不适。

九月十八日 | 周三

晨六时起。泡温泉。吃早饭。八时往伏見駅，买地铁日票，先去大須觀音，逛“大須観音骨董市”，约有三十来家，无所得。继往櫻山駅、本山駅附近两处旧书店，均无所得。中午十二时过到矢場町駅，去名古屋ランの館，有珍奇兰花多本（LP旅行指南云，有二百五十余种），而且布置得特别精致，庭园亦很漂亮，真可谓花的乐园，当然也是人的乐园，尤其是爱花人的乐园。花是如此之美，我平生还是首次感到，又想起母亲，这里是她该来的地方。下午去上前津駅，在三松堂書店买『近代文学百人』（『别册太陽』N.11，平凡社，一九七五年六月二十五日初版）。此书所收录者均系出版时已去世者，故井伏鳟二、石川淳等不与焉。去大須觀音，买小物数件。又去鶴舞駅，在山星書店买岩田专太郎画册『三百年のおんな 特装本』（毎日新聞社，一九七三年十二月一日发行，限定三百本之第一六五号），图版二十五页，木版画两页（「色は匂くと」、「春宵」），有书函（帙）、运输匣。此书印制实在精美，犹豫数日，终不舍得放过。此为特装本；另有非特装本，无版画，即我在大阪旧书店所见者。想起老谢关于书的装帧（不仅是书本身，还包括书的包装）有云，中国是尽量给自己省事，日本是尽量给自己找事，还不仅仅是“精益求精”。到伏見駅，六时回旅馆。整日几乎都在下雨，忽大忽小。晚九时过睡。

九月十九日 ｜ 周四

晨六时半起，泡温泉，吃早饭，又泡温泉，九时四十分退房。往名古屋駅，十时二十五分（按时刻表应为十时十五分）乘电车，到大垣駅。十一时二十六分（按时刻表应为十一时十五分）乘电车，到米原駅。十二时三分乘电车往長浜，十二时十三分抵。宿長浜ロイヤルホテル九一五房间，窗外即是琵琶湖。泡露天岩風呂，名为“長浜太閤温泉”，水呈铁锈色。据介绍，泉水刚流出是清澄的，经日光照射，发生氧化，而改变颜色。去黒壁スクエア，参观黒壁ガラス館，看到多件非常漂亮的玻璃制品，还去了水琴窟，工作人员把水倒入地面上一个孔里，我把耳朵对着旁边竖立的一根竹管，听到音乐声。逛黒壁スクエア多家古董店，其中一家专卖英国老家具。在長浜駅对面的超市买寿司、刺身等，晚回旅馆食之。六时回到琵琶湖边，暮色降临，可以遥望被灯光照亮的彦根城。回酒店，泡温泉。旅馆只有大堂有WiFi，类似情况在以前住的几家洋式旅馆都遇到过。晚饭后又泡温泉。腰痛稍好转。

九月二十日 | 周五

晨六时半起，泡温泉，吃早饭。又泡温泉。十时四十分退房。十一时七分乘JR新快速往大阪駅，十二时四十四分抵。换乘環状線，在天満駅下。逛天神橋五、四、三、二丁目。三时过入住天神の湯ドーミーイン梅田東七〇一房间。泡温泉。四时过去梅田逛街，八时归。泡温泉。

九月二十一日 ｜ 周六

晨六时起，身体较昨日好多了，实乃温泉之效。泡温泉，吃早饭。近八时离开酒店到大阪駅，乘JR往京都，九时过抵，逛東寺“弘法市”，买小物数件。下午去二条城，我十六年前来过。又去法然院，到时已关门，去年今年两次来此而不得入。在附近寻找谷崎润一郎墓，久久才找到，在最上一排，有二墓石，一为“寂”，埋葬的是谷崎和松子夫人，一为“空”，埋葬的是松子夫人的妹妹和妹夫，均署“潤一郎書”。回京都駅，十八时三十六分乘JR回大阪，近十九时半抵。在阪急古書のまち的上崎書店买谷崎润一郎著『お艶殺し』（全国書房、一九四七年六月十日印刷），毛边，精装，有书函，作者签名是印刷的，但钤有“潺湲亭”印章——按作者昭和二十一年（一九四六）居住京都東山区南禅寺下河原町，称“前の潺湲亭”，昭和二十四年（一九四九）移居下鴨泉川町，称“後の潺湲亭”，此乃前の潺湲亭也。九时回酒店。泡温泉。

九月二十二日 ｜ 周日

晨六时起，泡温泉，吃早饭。八时过在南森町駅乘地铁到四天王寺前夕陽ケ丘駅，逛四天王寺“大師会・太子会”，买小物数件。近十一时离开，乘地铁到梅田駅。十二时零五分在大阪駅乘JR往宝塚，十二时二十六分抵。走花のみち，路过宝塚大劇場，正在演的是“宙组”的『銀河英雄伝説@ TAKARAZUKA』。参观手塚治虫記念館，“铁臂阿童木”的记忆犹新，虽然总的来说，我觉得他稍嫌简单。又去逛手工集市。宝塚给我的印象是优雅、悠闲，非常美好。下午三时十六分乘阪急电车离开，在西宫北口駅换车，四时十分左右到三ノ宮駅。逛北野异人館，都是很漂亮的洋房。五时三十五分离开，乘JR在尼崎下车，逛街。近八时离开尼崎，在大阪駅换车，到天满駅。回酒店，吃面，泡温泉。

九月二十三日 | 周一

晨六时起，泡温泉，吃早饭，收拾行李。十时退房，在南森町駅乘地铁到天王寺駅，十时五十分在大阪阿部野橋駅乘近鉄急行往吉野駅，十二时十九分抵。换乘缆车（一九二八年四月建成）到吉野山。去黒門、銅の鳥居、金峯山寺，参观蔵王堂。此堂特具古朴之美。走过中千本，一路景色极佳，至花矢倉，本想去水分神社，遥望一狗挡道，狂吠不已，不敢近前，终未去成该处。返回下千本，宿旅荘桜山荘花屋三〇八房间（“福寿”），这是一家民宿。我们住的是角房，两面有窗，窗外有三株樱树，赏樱季节一定很美。泡温泉。六时吃饭，九时入睡。

九月二十四日 ｜ 周二

晨六时起，吃早饭，七时四十分退房，先去脳天神社，有种与很远的古代直接接触的感觉。和尚送给我们一人一个煮熟的鸡蛋。九时四十分在吉野山駅乘巴士到奥千本口駅，走到金峯神社，继续走到西行庵，是山上一小块平地，有一草庵，庵中是西行法师木像，我觉得吉野山最美的地方是这里。十二时在奥千本駅乘巴士到竹林院前駅，参观竹林院。门口无司票者，自投门票钱入一匣内。在やって吃柿叶寿司。下午一时五十分在吉野山駅乘缆车下山，二时八分在吉野駅乘近鉄急行往大阪阿部野橋駅，三时半过抵。在天王寺駅乘地铁到心斎橋駅，出六号口，在心斎橋筋一丁目 Folli follie 店门口左转，买小物。乘地铁到南森町駅，六时过入住天神の湯ドーミーイン梅田東七〇六房间。泡温泉，吃面，晚十一时睡。

九月二十五日 ｜ 周三

晨六时半起。泡温泉，吃早饭，八时过出门。八时三十五分在北浜駅乘京阪电车往三条駅，九时半左右抵。换乘十路巴士，十时半抵北野天満宮前駅，逛北野天満宮“天神市”，买小物数件，又去了天満宮。下午一时半离开，乘巴士到祇園四条駅，换乘京阪电车往東福寺駅。去東福寺，参观普門院庭園和方丈庭園，很美。此地多枫树，将来有机会当来赏枫，即如去吉野山赏樱，皆是我的心愿。去伏見稲荷神社，千本鳥居的确壮观，此种新景点如此雅致，亦难得也。五时四十九分在稲荷神社駅乘京阪电车往北浜駅（本拟在中書島駅下车，去伏見看看，天色已晚，将来再去罢），七时左右抵。走过天神橋一丁目，八时回酒店。泡温泉，吃面。

九月二十六日 ｜ 周四

晨六时半起，泡温泉，吃早饭，又泡两次温泉，来日本近二十日，无如今天上午之悠闲矣。收拾行李，十时五十分退房。走过天神橋，发现三月底曾买过书的書苑よしむら已经关门且求转让。十一时四十八分在天満駅乘環状線到天王寺駅，十二时二十五分换乘JR往関西空港。车箱共八节，下午一时零一分到日根野駅，前后分离，各四节，前部往関西空港，后部往和歌山。一时二十分抵関西空港。二时去航空公司柜台登记，云飞机晚点，每人发给一千日元吃饭。我们去三楼的さち福や吃了芥末章鱼茶泡饭。飞机原定四时四十分起飞，到六时飞机来了，共下一百三十四人，往北京者则连我们共三十人左右，包括几个日本人。所乘CA872航班六时四十五分起飞，八时五十五分（北京时间）降落，座位号为25B、25C。此番赴日旅游，实是历次中玩得最好的，唯天气太热，气温始终在三十摄氏度上下，除了去山里的几天外都被太阳晒得够呛，算是一点遗憾。回家已十时（北京时间）过，入睡已一时过矣。

九

東京　富士五湖

二〇一二年

十一月十六日 | 周五

晨四时半起，五时半离家，六时二十分左右在四区门口乘机场大巴往首都机场，七时十分抵。所乘 NH956 航班本应在八时五十五分起飞，延误至十时四十分才起飞。座位号 24F、24G。这回可以说是“红叶之旅”，选定的地方是富士五湖。在飞机上开始重读松本清张《点与线》。下午二时二十分（以下东京时间）抵达成田空港，办理入境手续、取行李，三时二十七分乘京成線往上野駅，四时五十分抵，换乘山手線到新橋，駅前 SL 广场有“福祉バザール新橋古本市”，买荒木经惟摄影集『東京人生』（Basilico，二〇〇六年十月十七日初版），精装、有护封、腰封。前环衬有荒木经惟的碳素笔签名和自画头像。曾在李长声的文章中读到：“有人说，对日本文化的入门认识，文学从谷崎润一郎的《阴翳礼赞》开始，电影从《楢山节考》，摄影从荒木经惟。”乘山手線在秋葉原駅换総武線到水道橋駅，宿楽楽の湯ドーミーイン水

鞆の浦

鞆の浦

鞆の浦

鞆の浦

黑川温泉

宫島

東京　町田

京都　鴨川

郡山至会津若松途中

会津若松

会津若松

東京　柴又

東京　柴又

鳥羽

高野山

榊原温泉

白浜

名古屋

京都　高瀬川

大阪　大阪城

関

名古屋

弘前

伊根

天橋立

别府

五所川原

八幡平

由布院温泉

黒川温泉

田沢湖

長野

道橋七〇二房间。泡温泉。读《点与线》毕，与其说这是一本关于犯罪的作品，不如说是一本关于犯罪的可能性的作品。这作品有着难得的复杂与简洁，只是佐山和阿时也要恰好在那四分钟之内来到站台，早了晚了就不会被安田和两位女招待看到，对这一点未免稍有疑问。《点与线》在写犯罪的可能性上，可以说是无与伦比；相比之下，在写与之对应的一面，也就是遇害的可能性上，未免稍逊一筹。于十时半睡。

十一月十七日 | 周六

六时起，泡温泉，七时半退房，在水道橋駅乘総武線到新宿駅，八时十八分改乘小田急片瀬江ノ島線到大和。开始下小雨，渐大。上空有战斗机数架掠过，轰鸣声很大，后随一飞机上有一圆盘，通体银色，大概就是预警机罢。逛“やまとプロムナード古民具骨董市”，买小物数件。下午一时十八分乘小田急片瀬江ノ島線去下北沢。下午三时半冒雨到神保町逛书店。回ドーミーイン水道橋，为等雨停候之良久，与F闲谈关于日本的书的构想。八时过冒雨移行李至水道橋駅，乘総武線在秋葉原换乘中央線，神田駅下。九时，雨停，果如天气预报一般。宿神田セントラルホテル七〇一房间。去大浴场。

十一月十八日 | 周日

昨日遇雨，稍不适。晨六时起，去大浴场。八时半离酒店，在神田駅乘山手線，九时抵有楽町。逛“大江戸骨董市”，买小物数件。十二时离开。乘山手線到新宿駅，换京王線，到高幡不動，逛“高幡不動ござれ市”，又买小物数件。此处有菊花展，看见多样从未见过的品种，可惜母亲没有看到。有几株枫树已经红了。三时过乘京王線在明大前駅换井の头線到吉祥寺，逛街，在藤井書店买荒木经惟摄影集『恋愛』（扶桑社，一九九一年十二月二十日二刷），精装，有护封、腰封，前环衬签字笔书“斎藤固様　荒木经惟”。斎藤固似即曾任多摩市体育协会顾问、多摩市软式野球连盟名誉会长者。我对荒木经惟的评价是：以为嬉戏，其实纯情，这尤其见于这本写真集中，而前天买的『東京人生』则是充分展现了世相，这些大概都是他的“非典型”作品罢。六时半乘中央線往新宿，在京王高速买明天的汽车票。在新宿逛街，在富士荞麦（即是将近两年前住在附近时常来吃的那家，味道甚好）吃天妇罗乌冬面。乘中央線回神田駅（用时十二分钟），九时半抵酒店，泡温泉，十一时入睡。

十一月十九日 | 周一

晨六时半起，泡温泉，收拾行李，八时退房，在神田駅乘中央線，八时二十分过抵新宿駅。走到京王高速汽车站，九时十分乘往山中湖的巴士，几乎满员。近十一时在河口湖駅下车。走到湖边，然后向北岸行走，沿途见多株通红的枫树，途中偶然回头，看见巨大的富士山就在眼前，以前只是在飞机和电车上见过，还有就是在鎌倉的旅馆，都是很远，很小，且有云遮住，现在巨大而赤裸，山顶冰封的样子很清晰，简直吓人一跳。走到 Café Garden Terrace，很雅致，喝下午茶。此其我又想到母亲，她若来这里当是如何高兴。走过キみじ回廊，此地枫叶最美，枫树最里层的叶子是绿的，稍外变黄，最外变红。有台湾男女在此照结婚相。四时过入住サニーデリゾート（ホテル＆湖畔别邸千一景）二〇三房间，十叠，窗外就是富士山。然今天天只是渐渐黑了，未见晚霞染红山顶景色。泡露天温泉，亦正对着富士山，水温二十八点三摄氏度，pH 值七点一。晚七时吃晚饭，有龙虾刺身，似与吃过的湯回廊菊屋、水上館、鯛鼓判相当，甚至更在其上。

十一月二十日 ｜ 周二

晨五时起，临窗而望，阳光照亮富士山顶，然并无“红富士”景象，记得上次住在鎌倉时却是见到了。泡温泉，吃早饭，九时三十六分在サニーデ前長崎公園入口駅乘河口湖周游巴士，十时四分抵河口湖駅，十时三十八分乘巴士往本栖湖，途中环绕精进湖近一周，较荒凉，但有一处观望富士山甚美，富士山前还有两座小山。十一时半左右抵本栖湖，亦较荒凉，然湖水甚蓝，在湖边走走，又走到竜ガ岳登山道入口，途经本栖湖キセソプ场。下午二时十分在本栖湖口駅乘巴士，二时三十分左右到西湖入口駅（御殿庭交叉口），沿公路走到西湖，约三公里，两边皆杂木林，除来往汽车外，别无行人，路过的西湖野鳥の森公園风景绝好。沿西湖北岸而行，走到西湖東口，约有四公里。四时四十六分乘巴士，到河口湖ハーブ館駅下车，时约五时，天色已黑，走过河口湖大桥，沿湖岸而行。キみじ回廊枫树被所布置的灯光照亮，非常美丽，为此行赏枫之最。六时十分回酒店，泡温泉，吃晚饭，刺身为海胆。

十一月二十一日 ｜ 周三

晨六时起，泡温泉，吃早饭，去大石公園走走，九时过回酒店，泡温泉，十时退房，乘酒店的免费巴士到河口湖駅，搞清明日行程时间，到预订的旅馆放在行李，去八木崎公園，然后走过河口湖大桥，到北岸。在 Alpaca Mix 喝下午茶（大吉岭红茶），这也是那种咖啡店兼杂货店，想到母亲若是来此，一定也很喜欢。又走到キみじ回廊，色彩与昨晚又不同，四时返程，五时入住富士の宿三一二房间，十二叠半。泡温泉，吃晚饭。这旅馆楼顶有个富士展望台，大概有很多摄影家来住，走廊里都挂着富士山的摄影作品，一层图书室有不少白簱史朗的签名摄影集。

十一月二十二日 ｜ 周四

晨六时起，登上楼顶展望台看富士山，多云。泡温泉。七时四十分吃早饭，八时吃完，本拟走到河口湖駅（有四公里）乘八时四十分的巴士，但旅馆安排了车送我们，结果乘上了八时十分的车。八时半到旭日丘駅下车，到山中湖边走走，然后去文学の森公園，十时参观三島由紀夫文学館。这是一幢二层楼房，据介绍，共收藏图书约三千六百册，杂志约二千四百四十册，电影话剧资料约六百五十种，特别资料（作者手稿等）约一千五百四十种。但是中译本我只见到作家出版社那套中的几本。另外还复原了作家的书房。看了所放映的一部五十多分钟长的专题片，末尾未提三岛最后的自决，只是把一束光聚到四部曲长篇小说手稿最后一页“『丰饒の海』完。昭和四十五年十一月二十五日”这几个字上。三岛的一生实在活得辉煌极了，其为二十世纪日本文学的巅峰，无可动摇。另外有个『サド侯爵夫人』的专门展，只是该剧在日本演出的部分，在国外演出的部分另行展览。关于此剧，三岛说：“可以说，这是‘女性的萨德论’，为了强化这一观点，必须以萨德夫人为中心，每个角色都要由女人来担当。”还参观了德富蘇峰館，展品中有其所写『近世日本国民史』，竟是整整一百卷的巨著。十二时十三分乘巴士往御殿場駅，下午一时到，一时十分乘小田急巴士往箱根秋石駅，一时半到，换乘巴士到强羅駅，约二时到。二时二十三分乘小田急箱根登山電車，一路车窗外都是杂木林，风景很好。三时抵箱根湯本，逛街。所去过的几个温泉小城，此地最繁华，似乎是“商业加温泉”，然则亦失去了淳朴味道。宿箱根水明荘三〇二房间，九叠加二叠半，泡温泉，吃晚饭。又泡两次温泉，晚十时半睡。

十一月二十三日 ｜ 周五

晨六时起，泡温泉，吃早饭，又泡温泉。九时退房，九时十分乘箱根登山線到小田原駅，约九时半抵，九时四十三分乘快速急行小田急線往新宿駅，十一时过抵，换乘山手線到五反田駅，去南部古書会館，有“五反田遊古会”，无所得。乘山手線在神田駅换中央線，到御茶ノ水駅，开始下雨。去東京古書会館，有“和洋会”，买安部公房著『箱男』（新潮社，一九七三年三月二十五日初版），精装，有护封、塑料书套、书函，前环衬黑色碳素笔书：“奥野健男様　安部公房”。奥野健男（一九二六—一九九七，文艺评论家、化学技术人员，多摩美术大学名誉教授；安部公房著『方舟さくら丸』（新潮社，一九八四年十一月十日初版），精装，有书函、腰封。封面、前环衬均有白色签字笔书“安部公房”。安部公房肯定在日本顶级作家之列，但与其说他是一位日本作家，不如说是一位世界作家。其实二战后日本的文学作品，大多已经不大有我所喜欢的“日本味”了。但日本作家以西方作家的路数写小说，在相关领域比西方作家更进一步的，只有安部公房及远藤周作而已。惋惜安部公房的早逝，由此联想到诺贝尔文学奖，谷崎润一郎、三岛由纪夫未获此奖，毫不影响他们的声誉和地位；川端康成获奖，巩固了他的地位；井上靖、安部公房、远藤周作未获奖，对其地位不无影响，而西胁顺三郎竟至很少有人提及了；大江健三郎获奖，则提高了他的地位。又买『殺意と創造』（新藤兼人の映画著作集一，ボーリユ，一九七〇年九月三十日初版），扉页毛笔书“新藤兼人”；『本能日记・映画创造の実際』（新藤兼人の映画著作集四，ボーリユ，一九七〇年四月一日初版），书名页钢笔书“新藤兼人”。上世纪八十年代看新藤兼人导演的《鬼婆》、《裸岛》，曾受到很大冲击。还买了茅盾著《印象・感想・回忆》（文化生活社，一九四一年五月五版）。在源喜堂书店买 *HIROSHI SUGIMOTO*（Hirshhorn Museum、Mori Art Museum、Hatje Cantz，2005），扉页和书名有杉本博司用银色签字笔所书英文签名和英文题赠上款。这是“時間の終わり展”的图录，该展览分别在 Mori Art Museum,Tokyo

（二〇〇五年九月十七日—二〇〇六年一月九日）和 Hirshhorn Museum and Sculpture Gardan（二〇〇六年二月十六日—五月十四日）举办。走到神田，宿神田セントラルホテル五一二房间。晚乘山手線去池袋逛街，九时回酒店，去大浴场。十一时睡。

十一月二十四日 | 周六

晨六时起，去大浴场，乘七时四十三分的京浜東北線往浦和，八时半左右抵。逛“浦和宿ふるさと市”，附近又有教会办的义卖会，买小物数件。在“浦和宿古本いち”买竹久梦二画册『凝視』（龙星阁，一九七一年十一月一日印刷，限定六百二十部之三四〇号），“表纸纯白羊皮丸革，天金，本金箔押装，特织紬制帙入”，并有运输匣。原是为入江新八所著同名连载小说作的插图，这里只收录了梦二的画。乘京浜東北線去蕨，逛街。又去高円寺，西部古書会館有“中央線古書展”，无所得。又去荻窪，在岩森書店买谷崎润一郎著『細雪』（中央公论社，一九四九年一月二十五日印刷），“帙入特制爱藏本，全叁卷，谷崎潤一郎毛筆自題署名入り題簽”，所谓“谷崎潤一郎毛筆自題署名”，即“帙”贴签上的“細雪 潤一郎著”数字。《细雪》我非常喜欢，但虽然差不多是谷崎最著力也是最有名的作品，在我看来却未必是他的代表作，而是其“另类之作”，因为未免太纯净了，也太端庄了；相比之下，《春琴抄》及《钥匙》、《疯癫老人日记》可能更具代表性。不过如李长声所说，《细雪》结尾处所写“那天雪子拉肚子始终没有好，坐上火车还在拉”，倒是可见作者一贯有关美的意趣。我还曾看过不止一版电影《细雪》，印象最深的是市川昆版，但有意思的是，导演对妙子这个人物的理解与原著作者好像有点差异。小说中妙子基本上是被否定的角色，结尾处描写她身上的不洁气味以表现其品行不端，可为例证。导演却选择长得最美的古手川佑子来演妙子。古手川佑子美丽，娇嗔，率性，高贵，日本八十年代的女演员，我最喜欢松坂庆子和她。逛街。晚乘中央線回神田駅，八时抵酒店。与Y通电话，她在京都。

十一月二十五日 | 周日

晨六时起，去大浴场，八时半退房，在神田駅乘山手線到秋葉原駅换総武線，在水道橋駅下，移行李往楽楽の湯ドーミーイン水道橋，入住八〇七房间。又到水道橋駅，乘総武線到新宿，有“第三十一回新宿西口古本まつり”，买『ああ银幕の美女』（朝日新闻社，一九七六年九月三十日初版）、『昭和日本映画史』（每日新闻社，一九七七年十二月一日初版）和『昭和文学作家史』（每日新闻社，一九七七年八月一日初版），末二种属于『别册一億人の昭和史』。十二时零一分乘京王線往京王多摩川，逛了两个集市：“東京蚤の市”，门票三百日元；“Green Market”，门票四百日元。这里东西较東京及附近骨董市贵不少，但来人很多，且多为年轻人，或是携小孩之年轻父母。下午三点过离开，乘京王線在調布駅换车，又在明大前駅换车，到吉祥寺駅换中央線到西荻窪、阿佐ヶ谷，逛街。晚八时零一分乘総武線到水道橋駅，回酒店，泡温泉。

十一月二十六日 | 周一

晨七时起，泡温泉，九时过出门，先去東大附近，在琳琅閣書店买松枝茂夫译周作人著『中国新文学之源流』（文求堂書店，一九三九年二月十一日初版）。至此，周作人生前八种日译本均已收齐：松枝茂夫译『北京の菓子』（山本書店，一九三六年七月二十八日初版）、松枝茂夫译『周作人随筆集』（改造社，一九三八年六月十七日初版）、『中国新文学之源流』、松枝茂夫译『周作人文艺随筆抄』（冨山房，一九四〇年六月一日初版）、一户务译《苦茶随筆』（名取書店，一九四〇年九月十二日初版）、松枝茂夫译『瓜豆集』（創元社，一九四〇年九月二十日初版）、松枝茂夫译『结缘豆』（實業之日本社，一九四四年四月五日初版）和松枝茂夫、今村与志雄译『鲁迅的故家』（筑摩書房，一九五五年三月五日初版）。这些译本对于校订周氏著作不无裨益，如周作人作《两株树》，初刊一九三一年三月《青年界》第一卷第一期，有此一节："此树又名鸦舅，或者与乌不无关系，乡间冬天卖野味有柏子舄（读如呆鸟字），是道墟地方名物，此物殆是乌类乎，但是其味颇佳，平常所谓舄肉几乎便指此舄也。"此文后收《看云集》（开明书店一九三二年十月出版）、《知堂文集》（天马书店一九三三年三月出版），相关文字一仍其旧。"柏子舄"及"舄肉"殊不可解，但又不能臆校。查松枝茂夫译『周作人随筆集』，有「二本の樹」一篇，即此文也。译文相应处作"柏子鳥"、"鳥肉"、"鳥"，复查小川利康提供的周作人致松枝茂夫手札复印件，一九三七年十一月二十二日一通有云："柏子鸟（舄系误植），鸟读如 Tiau，不作 Niau 音。呆鸟见《水浒传》，李逵口中常有之，亦当读作 Tiau。（此处原系猥亵语，但柏子鸟读 Tiau 乃是方言，意仍云トリ也。）"据此可对周著加以校订，且知当初《看云集》系用《青年界》刊本而非原稿付印，而《知堂文集》非据《青年界》即据《看云集》，故而一误再误。可惜我两次经手重印《看云集》、《知堂文集》时，都还不曾看到上述材料。《两株树》此段文字当作："此树又名鸦舅，或者与乌不无关系，乡间冬天卖野味有柏子鸟（读如呆鸟字），是道墟地方名物，此物殆是乌类乎，但是其味颇佳，平常所谓鸟肉几乎便指此鸟也。"又买桥川浚编译『徐文長物語』（大阪屋號書店，一九四三年一月二十日初版，中、日文），精装，有护封。亦是与周作人有关的作品。还买了 Samuel H. Wainwright 著 *Beauty in Japan*（G.P.Putnam’s Sons，New York，1935）。在森井書店买岩田专太郎铅笔、铅笔加墨笔画色纸各一幅。在本郷三丁目駅乘地铁丸の内線往茗荷谷，遍寻港や書店不着。乘丸の内線到大手町駅换半蔵門線到神保町，在東城書店买《旧都文物略》（北平市政府秘书处，一九三五年十二月出版）。书前二序，一署杭县袁良，一署秦德纯，乃前后北平市长，据邓云乡云，前一篇系袁之秘书长陈宝书代笔，后一篇系秦之机要秘书柯昌泗代笔。鲁迅一九三六年十月十二日即去世前一周致宋琳信云：“惠寄书籍，早收到，惟得如此贵价之本，心殊不安也。”所说的就是这本《旧都文物略》，当时定价八元。又买伊藤虎丸编『駱駝草附駱駝』（アジア出版，一九八二年一月发行），精装、有书函。在版画堂买竹久梦二版画两幅。乘半蔵門線到大手町駅换丸の内線到南阿佐ヶ谷，又去西荻窪、中野逛街。乘东西線到大手町駅换丸の内線到本郷三丁目，八时回酒店，收拾行李，夜一时睡。

十一月二十七日 | 周二

晨五时起，继续收拾行李，六时过又睡，八时四十分醒，泡温泉，十时十五分退房，去神保町，在けやき書店买细江英公摄影集『日本の写真家 32 細江英公』（岩波書店，一九九八年三月二十五日初版），精装，有护封、腰封。扉页钢笔书“鶴岡善久様 惠存 細江英公 1998 9.1.”。鹤冈善久（一九三六— ），诗人，评论家。日本的摄影家，经过反复的比较，我还是最喜欢细江英公。画面或简洁，或繁复，一概极为有力，当得起“震撼人心”这话。而且出手的水平都在同一水准上，绝无敷衍凑合之嫌。近一时回酒店取行李，在水道橋駅乘総武線，一时四十分到錦糸町駅，去成田空港的电车是每小时的二十四分抵达此处，不愿在此久候，于是换総武線快车到千葉駅，三时换车（其实还是二时二十四分过錦糸町駅的那一趟）往机场，三时四十四分抵。在だし茶漬けえん吃茶泡饭。乘 NH0955 航班，座位号 24G、24F。飞机五时四十五分起飞，乘客约三成。八时二十二分（北京时间）抵北京，乘出租车回家，收拾东西，近一时睡。

十

福冈 久留米 太宰府 唐津 大川内山 長崎 雲仙 熊本

阿蘇温泉 別府温泉 鹿児島 指宿

二〇一三年

二月十一日 | 周一

中午十二时过去四区门口机场巴士站，有一出租车司机只要每人二十元，就送到机场。在机场吃麦当劳，逛免税店。JL024航班下午四时四十分起飞，座位号48H、48K。此行要去九州，但在東京转机，九州可去之处颇多，一次不能赅括，只能俟之下次补全。晚八时三十分（以下东京时间）抵羽田空港，乘東京モノレール羽田空港線在浜松町駅换山手線，到神田駅，十时入住神田セントラルホテル七〇一房间。去大浴场，十二时睡。

二月十二日 | 周二

晨五时半起，去大浴场，六时五十分离开酒店。八时到羽田空港，乘八时四十分的JA307航班，座位号34H、34K。十时半抵福岡空港。买地铁一日票，先去祇園，把行李放在预订的酒店，随后去大濠公園，欲参观福岡市美術館，因临时闭馆而未果。又去唐人町，拟去棒球馆，以落雨未带伞而止。到天神，逛地下街，又乘地铁到六本松，去葦書房，无所得。又去博多駅，逛百元店Daico，吃旋转寿司。八时过入住御笠の湯ドーミーイン博多祇園四〇九房间。泡温泉。

二月十三日 ｜ 周三

晨七时半起，泡温泉，吃早饭。九时过离开酒店，乘地铁到天神，在西铁天神駅乘十时八分的大牟田線往久留米，十时四十五分抵。步行去石橋美術館，本馆展“日本近代洋画”，附馆展“金閣、銀閣の寺宝蔵”之“日本美術の立役者・集结”。前者印象深的有古贺春江「誕生」，藤田嗣治「横たわる女と猫」，青木繁「海の幸」，后者印象最深的是俵屋宗达的「蔦の細田図屏風」。下午一时二十四分离开久留米，在二日市駅换车，二时左右到太宰府。先去天満宮，御本殿前的“飞梅”正盛开。又去光明禅寺，有很美的石庭和花园。又去九州国立博物館，有特别展“ボストン美術館日本美術の至宝”，展品包括「吉備大臣入唐絵巻」、「平治物語絵巻」、狩野永纳的「四季花鳥図屏風」、尾形光琳的「松嶋図屏風」，有一章为“奇才曾我蕭白”，展品有「雲竜図」等。又有馆藏展。五时离开。买梅饼两枚啖之。乘五时四十一分的车到二日市駅，五时五十分换车，约六时二十分抵天神。先乘地铁去赤坂，“拉面一条街”共有屋台十一家，颇破旧，在元祖長浜台屋吃博多拉面。又乘地铁到唐人町，穿过Hawks Town，到Fukuoka Yahoo！ Japan Dome（福冈雅虎日本巨蛋），然后乘地铁去中洲川端駅，逛街，走过人形小路。十时半回酒店，泡温泉，十二时过睡。

二月十四日 | 周四

晨七时半起，泡温泉，吃早饭，九时十分离酒店，在祇園駅乘地铁，到姪浜駅换车，十一时二十分到唐津，去幸悦窯，又去市内逛街，走到旧唐津銀行前，十二时三十分乘JR往伊万里，系单节车厢小电车（黄色），一时二十分抵，二时乘巴士去大川内山，二时十五分抵，此处有多家窑，在鲁山窯买人形一对。四时二十八分乘巴士回伊万里，五时零二分乘松浦鉄道往有田駅，换JR，八时三十九分抵長崎，乘“1”有轨电车到築町駅，很多年没乘过有轨电车了。入住出島の湯 ドーミーイン長崎一二一五房间。逛街，附近即是長崎新地中華街，有春节灯会。泡温泉，吃面，十二时睡。

二月十五日 | 周五

晨八时半去，泡温泉，九时半出门，先在築町駅乘电车，去大浦天主堂、グラバー園(Glover Garden),这园给我的感觉非常好,在此逗留许久。走过オランダ坂。又乘电车,去諏訪神社,在大工町一杂货店买小物两件。又去興福寺,此地受中国影响甚重,昨晚之灯会一也,寺庙的样子二也,与日本寺庙大相径庭,世俗气重而殊无禅意,故只去了这一个。又去眼鏡橋、原爆落下中心地公園、浦上天主堂、一本柱鳥居,颇觉惊心动魄,又令人感慨良多。在浦上駅附近的质店买小物。到長崎駅,乘巴士往淵神社駅,乘六时四十五分的缆车到稲佐岳駅,看長崎夜景,据介绍,系与香港、摩纳哥并称世界三大夜景。七时半乘缆车下山,乘巴士到稲荷町駅,到中央公園看舞龙表演,与灯会同为"春节祭"的内容。又走过新地中華街。九时半过回酒店,泡温泉,睡觉。

二月十六日 | 周六

晨七时半起,泡温泉,八时半离酒店,乘电车到長崎駅,九时抵。去日本二十六聖人殉教地,又参观記念館。读过远藤周作著《沉默》,一直想到这里一看。一五九七年二月五日,丰臣秀吉在长崎将二十六位方济各会成员与基督徒钉上十字架杀害,其中有日本籍二十人,包括十二岁、十三岁和十四岁者各一,西班牙籍四人,墨西哥籍一人,葡萄牙籍一人。一八六二年六月八日罗马教宗庇护九世将这二十六人封圣。一九六二年日本二十六圣人記念館落成。于此亦可见对待历史的一种态度。十时乘JR往諫早，十时二十七分抵。十时五十六分乘巴士往雲仙，十二时十三分抵。宿雲仙湯元ホテル六〇五房间，十叠。酒店里陈列着高滨虚子的照片、手迹，他曾在此住过。下午二时乘预订的小巴士往仁田峠駅，乘缆车到妙見岳。看见树枝上挂满雾冰。三时二十分乘同一车返回。去“地狱”，硫黄蒸汽弥漫。又在小镇散步。晚餐菜单：前菜：三点盛 什锦；吸物：白子鱼丸；造身：地鱼拼盘；盖物：冬瓜小馒头；蒸物：茶碗蒸；变钵：地野菜地狱蒸；扬物：什锦天妇罗；醋物：“加油”；锅物：（島原半岛名产）具杂煮；香物：三点盛；时令水果。——湯元ホテル调理长荒木茂。（二〇一七年三月二十八日补记：李长声来信云：“煮物叫‘强肴’，烧物叫‘钵肴’，用其他肴代替烧物，就叫‘变钵’，这个菜谱上变为蒸物。”）晚九时半有焰火晚会“雲仙灯りの花ぼうろ 2013”。小时候“十一”母亲带我去过几次天安门之后，好像再也没有这么专注地看过放花了。

二月十七日 | 周日

晨七时半起，吃早饭，泡温泉二次，此地温泉硫黄味甚重。九时离旅馆。九时十分乘巴士，九时五十分抵島原。去武家屋敷街，参观武士宅邸，街道中央有水渠，引水入户。十一时十分乘島原铁道（一节）离开島原駅，十一时二十分过抵島原外港。十二时五分乘渡轮过有明海，有很多海鸥绕船飞翔。十二时三十五分抵熊本港。下午一时十五分乘巴士往熊本，此地举行马拉松赛，堵车严重。近二时抵熊本交通センター。广场有四人乐队演唱。将行李放在预订的酒店。去小泉八雲熊本旧居。小泉八云夫妇一八九一年十一月至次年十一月住在这里。读过他的《怪谈》，不过小林正树选取其中四个故事所改编的电影《怪谈》给我的印象似乎更深。又去熊本城、熊本市現代美術館，参观“奈良美智君や僕にちょっと似ている”展。逛街。商业街道甚宽，是一特色。晚八时入住六花の湯ドーミーイン熊本一一〇三房间。吃面，泡温泉。十一时睡。

二月十八日 ｜ 周一

晨八时半起。下雨。泡温泉。吃早饭。九时半离开酒店，乘巴士到熊本駅，乘十时三十四分豊肥本線往肥後大津（两节），十一时零九分到。F在车站看行李，我独自擎伞逛街。十二时零八分乘特急往阿蘇，十二时四十分左右抵。去观光案内所打听，工作的日本人会说中文（曾在广州和北京学习五年，北京是在人民大学）。在车站吃面。一时二十分乘巴士往阿蘇山西駅，二时零五分抵，缆车以雾浓停驶。二时零八分乘巴士下山，回阿蘇駅。

三时十五分乘巴士在阿蘇温泉口駅下车，此地名内牧温泉。入住阿蘇プラザホテル六二一房间，十五叠。四外闲逛，雨稍霁，又雨，五时归。泡温泉，吃晚饭。菜单：餐前酒：柚子蜜酒；前菜：福豆　鬼胡萝卜　蛤黄金烧　炸海老云丹　饭蛸　花萝卜；造身：寒八鱼　鲷鱼　鲔鱼　芽物一份；洋皿：烤小牛肉蔬菜馅酥皮派；盖物：味噌焖猪肉；蒸物：茶碗蒸；变皿：地场野菜和烟熏鲑鱼沙拉；锅物：熊本味彩牛药膳火锅；御饭：樱海老和蕗什锦饭；香物：里之物三类拼盘；留椀：麦味噌汤；甜点：蛋糕和草莓。——阿蘇プラザホテル北冈政洋。在住过的日式旅馆吃的日餐，可排在前四，居菊屋、水上館、鯛鼓判之后。又泡温泉。酒店陈列瓷器、名画甚多。晚十时睡。

二月十九日 ｜ 周二

晨七时起，仍下雨，泡温泉，吃早饭（自助餐），又泡温泉。九时二十分离旅馆，乘旅馆的免费巴士到阿蘇駅，十时四十分过乘巴士往黒川温泉，途中雨变成雪。十一时四十分抵，此地风景绝佳，倘再来当在此住一夜。十二时二十六分乘巴士离开，沿途皆是白雪。下午二时抵由布院，闲逛，四时二十分乘巴士离开，五时十一分抵別府駅。入住別府ホテル清風一〇一八房间，为和洋式，和式部分六叠。逛街。回旅馆吃晚饭。泡温泉，三层和七层各有温泉，七层为露天温泉，可眺望大海。

二月二十日 | 周三

晨七时起，泡露天温泉。吃早饭（自助餐），又泡露天温泉。九时五十分离旅馆，到竹瓦温泉前，又参观小小的平野資料館。十时五十七分乘JR，十一时六分抵大分駅；十一时十二分乘JR特急にちりん9号・宮崎空港行往宮崎駅，下午二时十二分抵；二时十六分乘JR特急きりしま13号・鹿児島中央行往鹿児島中央駅，四时二十二分抵。乘有轨电车到高見馬場駅，宿霧桜の湯ドーミーイン鹿児島一二一六房间。逛街。买寿司为晚餐。八时归，泡温泉，十一时睡。

二月二十一日 | 周四

七时起，泡温泉，八时过出门，乘电车，买城市游览日票，到高见橋駅下，去維新ふるさと館。看了放映的“維新への道”（约二十五分钟）和“薩摩スチューデント、西へ”（约二十分钟）。感觉此地仍然有股奋发激荡之气，历百五十年犹未消歇。十一时零三分乘城山・磯コース巴士往仙巖園，十一时三十二分抵，游仙巖園（磯庭園），喝茶，这里与桜島火山隔海相对，景色殊佳。又去尚古集成館。下午二时零五分乘巴士往鹿児島中央駅，二时半抵，逛街，三时三十七分乘指宿枕崎線往指宿，四时二十八分抵，去指宿温泉砂むし会館砂楽，做砂蒸浴。归途沿海边而行，天已黑了。在指宿駅等车时泡足汤。七时四十六分乘车往鹿児島中央駅，八时五十二分抵，乘电车到高見馬場駅，九时半回酒店。泡温泉。来日本多次，尤其是到彦根、下田、長崎和鹿児島，感觉对待二十六圣人、佩里、井伊直弼和西乡隆盛的态度，似乎是将历史仅仅视为一个进程，任何事件都是其中的一个环节，而判断的标准在于是否对于这一进程起到推进作用。

二月二十二日 | 周五

晨六时起，泡温泉，七时离酒店，七时十分在天文館乘去机场的班车，八时十四分到鹿児島空港，乘九时十五分的 JL1866 航班往東京羽田空港，座位号 16A、16B。十时四十五分抵。乘東京モノレール羽田空港線到浜松町駅，换山手線到秋葉原駅，换総武線到御茶ノ水。去東京古書会館，有“第 390 回 ぐろりや会”，买『黒澤明作品画集』（TOKYO FM 出版，一九九二年九月十八日初版），精装，有书函；吉川幸次郎译『胡適自傳』（養徳社，一九四六年十二月十五日初版）。又中文杂书两种。在新日本書籍 (SNS) 买『孤愁』（北冬書房，一九八一年三月三十一日二刷），精装、有书函、腰封，前环衬毛笔书“鈴木清順”。

又买『佐伯俊男画集』（アグレマン社，一九七〇年五月二十日印刷），有书函（筒函），后扉毛笔书“佐伯俊男”。此书限量五百本，其中二百五十本以一千日圆的价格出售，另外二百五十本寄赠日本文化界的人物。不知此册是在哪种之列。我喜欢佐伯俊男笔下有一种很冷、很黑，近乎绝望的幽默，或者说是一种带有明显恶意的滑稽。或谓佐伯俊男的画不美，其实只是不符合其所习惯的某一种美而已。而对我来说，什么都能接受，除了一样，就是平庸。佐伯俊男的画充满奇思妙想，从不平庸，我喜欢他可以说由此起始。在夏目書房买勅使河原宏陶器集『勅使河原宏人と作品』（草月出版，一九七五年九月二十五日发行），有书函（筒函），前环衬毛笔书“德永道子様 一九七六 勅使河原宏”。德永道子，生平不详，旧书网上有一册『八月八日の終電車』（むぎの穂文庫，一九九六），作者为“田熊正子 德永道子”，不知是否此人。入住神田セントラルホテル七一二房间。在小川町乘地铁丸の線到本郷三丁目，在森井書店买三島由纪夫毛笔书色紙：“忍 为羽村義敏氏 三島由紀夫”。有画框。上款不知何人。又买大島渚著『青春』（大光社，一九七〇年十月二十五日初版），精装，有护封、书函。前环衬钢笔书“林玉樹様 大島渚”。大島渚是一位执意表现强烈的恨，强烈的爱，而不屑于表现所谓正常人生、普通爱情的导演。在他的电影里，“性”、“暴力”、“犯罪”和“走投无路”都是关键词。这些在《爱之亡灵》一片中表现得最充分。不仅犯罪者，连被害者也失其所据。导演在这里表达出一种最高的怜悯。一提到大岛渚好像就要说到《感官世界》，在我看来那只是他的挑战秩序之作。在挑战秩序这一点上，他与戈达尔、帕索里尼、法斯宾德有某种共同之处，当然也各有特点。至于《御法度》，是大岛渚展现自己另一种才能的作品，唯展现得尽善尽美，是为难得。难忘《御法度》最后一个镜头：一棵满开的樱花树被饰演土方岁三的北野武拦腰砍倒，这是导演大岛渚向观众，向世界，向他自己的电影生涯的告别式。林玉树生平不详，只知道是『世界の映画作家 6　大島渚』的作者之一，还是第十五次『新思潮』杂志的撰稿人之一。在琳琅閣書店买中文杂书三种。在神保町买小物。回酒店。小川利康请我们在旅馆隔壁的凑や吃饭，又去銀座 Arsène Lupin 酒吧喝酒，系太宰治等作家爱去之地。带给他《周作人致松枝茂夫手札》五册和一半稿费，又茶叶两盒，《旦暮帖》一册。得赠『周作人随筆抄』（文求堂，一九四一年十一月三十日三刷）一册，饭田吉郎编『現代中国文学研究文献目録　增補版（1908-1945）』（汲古書院，一九九一年二月发行）一册。

二月二十三日 | 周六

晨七时起，去大浴场，八时半出门，乘総武線到高円寺，去西部古書会館，有“好書会”，买竹中伸译老舍著『駱駝祥子』（新潮社，一九四三年六月十日二刷），又中文杂书二种。在高円寺、武蔵境、吉祥寺、西荻窪、阿佐ケ谷、市川、小岩买小物，晚九时归。

二月二十四日 | 周日

晨七时起，去大浴场，近九时出门，乘京浜線到大船换東海道線，到茅ヶ崎。去ほづみ書店，欲买柳田国男著『炭焼日記』（修道社，一九五八年十一月十日印刷）。书不在店内，老板开车去取。去海边，风景很美。吃三明治，喝红茶。一个多小时后回书店，书已取来，精装，有书函，系限定一千五百部之第三五号，扉二毛笔书“柳田國男”。书中夹修道社广告二纸，其一有云:“柳田國男 炭焼日記 番号入り一五〇〇部限定版 著者近影、署名筆蹟入り。四六判総クロース装函入本 发売中 定価五〇〇円”。关于签名本，我的看法是：已买其书，读之心喜，欲见其人，买或求签名本。一时过乘東海道線到辻堂，在洋行堂买书：草壁久四郎監修『黒澤明の全貌　昭和 58 年度 (第 38 回) 芸術祭主催公演』（現代演劇協会，一九八三年十月一日发行），书

名页碳素笔书“黑澤明”。阿部嘉昭、日向寺太郎编『映画作家黒木和雄の全貌』（アテネフランセ文化センター、映画同人社，一九九七年十月三十一日初版），前环衬毛笔书“田村高廣様惠存　黒木和雄”，田村高广（一九二八—二〇〇六），著名演员；市川昆著『成城町271番地　ある映画作家のたわごと』（白樺書房，一九六一年九月二十五日初版），精装，有护封，前环衬钢笔书“市川崑”；五所平之助著『わが青春』（永田書房，一九七八年六月十日初版），精装，有书函，前环衬碳素笔书“生きることは　一と筋がよし　寒椿　小野熊太郎さん　平之助”，钤“五所平之助”，小野熊太郎生平不详，好像是一位医生；『新藤兼人　人としなりお』（シナリオ作家協会，一九九六年十一月三十日初版），精装，有护封、腰封，前环衬碳素笔书“新藤兼人”，笔迹颇拙，盖是八十四岁老人所写，与前次所买一九七〇年的两册可对比也。途中买小物。二时过往鎌倉（仍在大船駅换车），近三时抵，逛御成通り，买小物。四时过往関内駅（在大船駅换车），去伊勢佐木町，在なぎさ書房买岩田专太郎绘插画一幅，二十七厘米长，十九厘米宽。买小物。在阪東橋駅乘地铁到横浜，逛高島屋。乘JR到神田駅（在東京駅换车），近九时回酒店。收拾行李。去大浴场，十一时过睡。

二月二十五日 ｜ 周一

晨七时起，去大浴场，九时过退房。走到東京駅，看新恢复的丸の内駅舍（一九一四年创建时旧貌）。乘中央線到御茶ノ水，买色纸画框两个。回酒店取行李。乘山手線到東京駅换去成田空港的电车，下午二时十五分发，三时四十二分抵第2ターミナル，几乎只有JAL一家航空公司，排很长队办手续。在在だし茶漬けえん吃鲔鱼茶泡饭，所乘JL869航班六时十分起飞，座位号19A、19C。九时十三分（北京时间）抵首都机场。乘机场大巴回望京。

十一

东京 茅ヶ崎 平泉 盛冈 金木 弘前 八幡平 田沢湖
乳头温泉郷 角馆 秋田 鸣子温泉 仙台 軽井沢 长野
小布施 别所温泉

二〇一三年

五月十七日 | 周五

晨四时起，收拾行李。五时半出门，到四区机场巴士站候车，六时二十五分车来，七时一刻抵机场三号航站楼。所乘 JL860 航班八时二十五分起飞，座位号 18A、18C。此行主要拟往东北地区。十二时四十二分（以下东京时间）抵成田空港。买 JR EAST PASS。乘京成線到日暮里駅换 JR 山手線到秋葉原駅，换中央線到水道橋駅，入住楽楽の湯ドーミーイン水道橋五一六房间。去森井書店，买川端康成毛笔书色纸："風月好 康成"，钤"康成"印。有画框。本拟买岩田专太郎所画小色纸「女性図」，颇美，但看去有些脏污，决意不买。去東京古書会館，有"趣味の古書展"，无所得。去喇嘛舍，有寺山修司签名本『日本童謡集』，犹豫未买。在けやき書店买筱山纪信摄影集『三島由紀夫の家』（美術出版社，一九九五年二月十日初版），有护封、腰封，扉页背面金色签字笔书"篠山紀信"。此书系将摄影家后来拍的各种景别的照片与三岛当年在家中的旧照穿插在一起而成。回酒店。又去附近逛街，晚九时半归，吃面，泡温泉，十一时睡。

五月十八日 | 周六

晨七时起，泡温泉，八时退房。到水道橋駅

换小田急線，在相模大野駅换车，十时到

ムナード古民具骨董市”。买小物若

版画。下午一时过乘小田急江ノ島線往

改名，像是顶出去了）买『佐伯俊男彩色画集

イレア出版，二〇〇七年四月二日初版），有护封、

书名页毛笔书“佐伯俊男”。乘 JR 東海道線往茅ヶ崎，

抵茅ヶ崎館。这是小津安二郎与编剧野田高梧创作剧本时经常

榻的旅馆，战后到一九五七年之间，如《晚春》、《东京物语》、《早春》、《茶泡饭的滋味》等都在这里完成。我们就住在小津和野田曾经住过的“本館中二階ニ番のお部屋”。天花板上还留有小津当年煮火锅熏的痕迹，窗外就是庭园，花木非常茂盛。在庭园闲逛，后门可遥望大海。洗澡，系大正年代的澡堂，木制浴池，上面铺了几块木板用来保温，洗澡时把木板挪开，泡完再把它盖好。六时半吃了很好的晚餐。菜单：小付：凉拌芦笋；造身：茅ヶ崎鱼市当日鲜鱼造身；煮物：汤炖煎豆腐丸子；扬物：炸抹茶

在我看来，一个人去旅行，是因为他觉得只待在家里不够，需要见识更大的世界。在这方面，我所希望的是『有期而遇』，并非盲目地到处乱逛。

面衣香蕉；烧物：湘南宫路猪肉西京味噌渍烧；醋物：醋渍青花鱼；御饭：绿茶泡饭 羹 香物；时令“爱的板栗”。——茅ヶ崎館田村友则。去海边一走。十时回旅馆。一楼的休息室里，墙上贴着小津照片、海报多张，柜中放着不少与小津有关的书，包括新潮社一九九五年出版的石坂昌三著『小津安二郎と茅ヶ崎館』。十一时睡。

五月十九日 | 周日

晨五时半醒，洗澡，在庭园散步。八时半吃早饭，十时离旅馆。老板娘送给我一张小津和她丈夫的合影，还在背面盖了章。去茅ヶ崎駅乘JR東海道線往辻堂，在洋行堂买黒澤明画集『影武者』（講談社，一九七九年十一月一日初版）、『夢』（岩波書店，一九九〇年四月二十六日初版）。乘电车到横浜，换车到関内駅，在伊勢佐木町买小物两件。乘京浜東北線在田町换山手線到有楽町。出站时脚步踏空，险些跌倒，背包坏了。逛“大江戸骨董市”，无所得。東京的骨董市价格已呈乱相，似可回避矣。乘山手線换総武線，到水道橋駅，入住楽楽の湯ドーミーイン水道橋五〇一房间。去東京古書会館，有“地下の古書市”，无所得。拟修背包，去神保町一家店问，以价昂未修。在水道橋駅乘総武線到新宿駅，换乘山手線到池袋。李长声请我们在魚の禅吃饭，与席者尚有邵迎建、亦夫、张石。李长声带给我北野武著《浅草小子》中译本（上海人民出版社二〇一〇年三月一版一刷）一册，前环衬碳素笔书“止庵様 ビートたけし 2013.4.10.”，乃是托译者吴菲请北野武签的。非常热爱北野武的电影，无论《花火》、《菊次郎的夏天》、《那年夏天宁静的海》、《坏孩子的天空》，还是《阿基里斯与龟》、《极恶非道》。尝说：他在《花火》等电影里扮演的那个总是不由分说就直接动手的人，才是我们这个没有规矩的时代的英雄。连黑社会杀人都要先问一句“你是谁不是”，这是规矩；不想对方根本不回答已经出手把他给干掉了。所以北野武的主人公总是能战胜黑社会。得邵迎建赠书一册，我们二十一年前见过。晚十一时回酒店。

五月二十日 ｜ 周一

晨五时起，收拾行李，六时半离酒店，在水道橋駅乘総武線，开始使用 JR EAST PASS，在秋葉原駅换山手線到上野駅，八时零二分乘東北新幹線 HAYATE103 号往一ノ関，十时二十二分抵。日本是个无拘巨细都极讲规则的国家，旅游者尽快了解相关规则并遵守之，则尽享便捷；若是自行其是，就会平添不少麻烦。逛街。十一时三十六分乘東北本線往平泉，十一时四十四分抵。乘循环巴士到中尊寺，去本堂、金色堂、能舞台等处。金色堂是让人看了永远难忘的建筑。乘巴士回车站，步行到毛越寺，回车站。十五时二十六分乘東北本線往一ノ関駅，十五时三十四分抵。十六时十四分乘新幹線 YAMABICO63 号往盛岡，十六时五十二分抵。逛街，买小物。入住ホテルエース盛岡四一七房间。晚去街上吃咖喱饭，十时睡。

五月二十一日 ｜ 周二

晨六时起，吃早饭。七时十五分离酒店，到盛岡駅，七时五十八分乘新幹線 HAYATE95 号往新青森駅，九时二分抵。九时十四分换乘奥羽本線・大館方向，九时四十六分抵川部駅。九时四十九分乘五能線往五所川原駅，十时十八分抵。十时二十四分乘津軽鉄道往金木，车厢里摆着一排太宰治的著作，十时四十五分抵。这里有两处太宰治故居，其一是太宰治記念館斜陽館，系明治四十年（一九〇七年）亦即太宰出生前两年，父亲津岛源右卫门所修建的豪宅。是一幢日西合壁、采用传统人字木屋顶的建筑，陈设也颇见奢华。另有一处是太宰治疎開の家（旧津島家新座敷），乃是为躲避空袭搬迁的地方，在当地也是出类拔萃的建筑。十二时四十九分乘津軽鉄道往五所川原駅，十三时零九分抵，十三时十六分乘五能線往弘前，十四时过抵。乘免费出租车，入住岩木桜の湯ドーミーイン弘前九一五房间。去最勝院(五重塔)，途经公园，有奈良美智雕塑作品“犬”。去弘前城，景色殊佳，樱树尚著花，护城河中满布落樱。逛街，这城市不似别的城市房屋之间挨得那么紧密。晚七时回酒店，泡温泉。十时睡。

五月二十二日 ｜ 周三

晨七时起，泡温泉，吃早饭，又泡温泉。九时半退房。去禅林街長勝寺。十一时回酒店取行李，乘免费出租车往弘前駅。在车站附近买小物。十二时零三分乘奥羽本線往大館，十二时四十五分抵，逛街，颇萧条。十三时四十七分乘花輪線，不知该在八幡平駅还是在松尾八幡平駅下，问乘务员，知应在大更駅下，十六时零二分抵大更駅，换乘巴士（应是十六时十八分到，但十六时三十分才到），此番经历可谓有惊无险。车程约三十五分。入住八幡平ロイヤルホテル五〇八房间，和式，十叠。去附近大森林里散步，尝读岛田庄司著《Y之构造》，起意来此旅游，如今终于成行，果然是个美丽神秘的地方。记得小说里写道：“八幡平的湿地，绝对不能随意踩踏，被踩过的地方恢复原状需要一百年。”六时半归。泡温泉，吃晚饭。菜单：前菜：时令菜三种盛；造身：三种盛时令鲜鱼拼盘 配料一套；煮物：生姜馒头蕨 芫。烧物：赤鱼盐麴西京烧 配菜。扬物：海老真薯 青身鱼；蒸物：茶碗蒸；醋物：田舍荞麦；御饭：嫩笋饭；御椀：红酱汤。

香物：香物拼盘；水果：牛奶果肉布丁 草莓。——八幡平ロイヤルホテル和食料理长鹤田猛。又泡温泉。窗外风吹树声，彻夜不息。晚十时睡。

五月二十三日 | 周四

晨五时起，出外散步，走到松川溪谷。七时回酒店，又小睡。泡温泉，吃早饭，又泡温泉。十时退房。乘巴士往盛冈，十一时四十分抵。十二时二十四分乘秋田新幹線KOMACHI29号往田沢湖駅，十二时五十八分抵。十三时十五分乘巴士往田沢湖畔，十三时二十七分抵。漫步湖边，不甚有意思。十四时三十二分乘巴士往乳頭温泉郷，路边仍见积雪。在妙乃湯前駅下车。宿妙乃湯“りんどう”房间，八叠，窗外即是一道瀑布，水声很大。这旅馆是托山口守教授代订的。旅馆布置、晚饭均很雅致。菜单：餐前酒：山桃酒；先付：松前红叶笠；前菜：红鳟饭寿司 矶海螺旨煮 鲭鱼西京烧 照烧鸭 海鳗箱押寿司；吸物：稻庭乌冬；造身：红鳟和岩鱼；烧物：盐烤岩鱼；强肴：超辣醋味噌；煮物：螃蟹高汤煮烤鳗鱼馅茄子；锅物：切蒲英锅；御饭：秋田米饭（仙北市角館町产炭壤米）；香物：腌菜拼盘；水果：山竹。——乳頭温泉郷妙乃汤料理长加藤春美。泡混浴、包租温泉（五时半至六时）。十时睡。夜雨，颇冷。

五月二十四日 | 周五

晨六时起，泡温泉。八时吃早饭。八时三十五分退房。八时四十分乘往田沢湖畔的巴士，九时半到田沢湖駅。九时五十一分乘新幹線 KOMACHI3 号往角館，十时五分抵。去武家屋敷。在新潮社記念館参观樋口一叶展。十三时十五分乘新幹線 KOMACHI29 号往秋田，十三时五十九分抵，走到中通温泉こまちの湯ドーミーイン秋田，入住五三一房间。走到五丁目橋，到板澤書房，前已托张苓致信此店，约好今天看『岩田専太郎木版美人名作撰 しら梅』一书，果然如书店所说，「湯上り」、「昼下がり」两幅脏污厉害，未买。逛街。在车站附近买小物数种。在なんまや吃刺身，喝啤酒。七时半回酒店，泡温泉，吃面。十时睡。

五月二十五日 | 周六

晨六时起，泡温泉，吃早饭。七时半退房，走到秋田駅，乘八时零二分新幹線 KOMACHI29 号往盛岡，九时三十九分抵。将行李放在车站，乘循环巴士到巴士中心中三前駅下，去“南部铁器”，有两家，一为鈴木主善堂，一为鈴木盛久工房，所售铁瓶至少八万多日元，未买。在质店买小物若干。走到盛岡駅，下午一时十分乘新幹線 YAMABICO58 号往古川駅，二时零六分到，二时十二分乘陸羽東線往鳴子温泉，二时五十九分抵。去观光案内所请所订酒店来车接，宿鳴子湯乃里幸雲閣四一四房间，十叠。在小镇闲逛，多是卖小芥子的商店。五时半归来，泡温泉，pH值七点二，甚热。吃晚饭，菜单：前菜：时令三种盛盘；造身：时令三点盛盘；锅物：牛肉火锅；煮物：枝豆馒头；烧物：海鲜朴叶烧；蒸物：茶碗蒸；醋物：帝王蟹；御饭：樱海老小锅什锦饭；止椀：海老身上清；香物：宫城县产腌菜；甜点：今日推荐。——鳴子湯乃里幸雲閣调理长沼崎良司。又泡温泉。九时半睡。

五月二十六日 ｜ 周日

晨六时起，泡温泉，吃早饭，回房间小憩。九时半退房，旅馆有车送到车站。在站前泡足汤。十时零四分乘陸羽東線往古川駅，十时五十分抵。十一时零六分乘YAMABICO52号往仙台，十一时二十一分抵。把行李放在预订的酒店，去東北大学，有鲁迅曾上过课的阶梯教室（为铁栅栏拦着），校外有鲁迅故居跡。去瑞鳳殿（仙台藩祖伊達政宗公御廟），建于一六三七年，一九四五年毁于美军轰炸——此地在城外山中，不知何以遭到轰炸——一九七九年重建。逛街。吃咖喱饭。八时入住萩の湯ドーミーイン仙台駅前八六九房间。泡温泉，吃面。十时睡。

五月二十七日 ｜ 周一

晨六时起，泡温泉。七时二十分退房。走到仙台駅，七时五十二分乘新幹線HAYA巴士A4号往大宮駅，八时五十八分抵，九时零二分乘ASAMA509号往軽井沢，九时四十六分抵。乘免费巴士（只有四至六月才有）去石の教会、軽井沢高原教会。回到軽井沢駅，逛Outlet。十四时十二分乘ASAMA525号往長野，十四时四十四分抵。在長野駅乘去善光寺的巴士到大门駅下，入住松屋旅館“黒姫”房间，十叠。去善光寺，又去權堂逛街，在古本团地堂买“大新宿区まり協賛 新宿映画祭——第八回日本映画の発見 今村昌平ノ世界”小张海报，上有黑色签字笔所书“今村昌平”。这影展在一九八八年至一九九五年之间办过八次，此乃最末一次，是当年十月七日至十月十三日举办的，放映了「豚と軍艦」、「にあんちゃん」、「にっぽん昆虫記」、「黒い雨」。又买小物数件。回旅馆吃饭，又去逛街。所去五个城市（盛岡、弘前、秋田、仙台、長野），以这里最幽雅，最漂亮。晚九时归，洗澡，十时睡。

五月二十八日 ｜ 周二

晨六时起，吃早饭，八时退房，走到長野電鉄善光寺下駅，乘八时三十八分的车往小布施，九时零五分抵。逛街。九时五十九分乘巴士往浄光寺，走到岩松院，有葛饰北斋为本堂天井绘的凤凰图。十一时二十分乘巴士，去北斎館参观。所展览的肉笔画中，我最喜欢「白拍子」。又，北斋的版画『百物语』，似乎下启月冈芳年，乃至佐伯俊男，也就是说佐伯俊男继承了“妖怪画”这一传统。十三时零三分乘長野電鉄往善光寺下駅，回旅馆取行李，乘巴士往長野駅。十四时二十六分乘 ASAMA530 号往上田，十四时五十九分抵。十五时零二分乘私营上田電鉄往别所温泉，十五时二十九分抵。乘免费巴士往上松屋旅館，入住七〇三房间（“前橋”）。小雨。一己在日本的旅游经验，可归纳为：温泉通 JR 的，往往不如只通私铁的；通私铁的，又不如只通巴士的。越难去的地方，就越有意思。在小镇闲逛，去北向観音、安楽寺（有国宝八角三重塔）、常楽寺。回旅馆，泡温泉，吃晚饭，又泡温泉。九时半睡。

五月二十九日 | 周三

晨六时半起，泡温泉，吃早饭，又泡温泉。十时二十分退房，旅馆有车送到别所温泉駅。十时三十三分乘上田电铁往上田駅，十一时零二分抵。十一时二十二分乘新幹線 ASAMA522 号往軽井沢，十一时四十一分抵。去旧軽井沢逛街，天降小雨，打伞而行。在一家画店看到中原淳一一幅版画，一时犹豫未买，殊觉后悔。

十四时二十四分乘ASAMA528号往東京駅，十五时三十二分抵。换乘中央線，往吉祥寺，去藤井書店看『佐伯俊男作品集』，书品太差，未买。又去西荻窪、阿佐ケ谷，在三处买小物数件。晚九时入住楽楽の湯ドーミーイン水道橋五〇一房间。泡温泉。十时半睡。

五月三十日 ｜ 周四

晨七时起，泡温泉。收拾行李。九时在水道橋駅乘総武線往高円寺，去西部古書会館，有“BOOK＆A（ブック＆エー）”，买杂书一册。在高円寺、荻窪逛街，买小物数件。下午二时过乘総武線到水道橋駅，去神保町。去中野書店拟买『第八回ヨコハマ映画祭 パンフレット』（ヨコハマ映画祭実行委員会，一九八七年一月三十一日发行），这是神奈川县横浜市的电影节，自一九八〇年起举办至今。书不在店里，遂托李长声代买。[八月十一日补记：得李代买『第八回ヨコハマ映画祭』，森田芳光（获「脚本賞」）、林海象（获「新人監督賞」）、安田成美（获「主演女優賞」）、渡辺典子（获「助演女優賞」）、原田贵和子、今井美树（均获「最優秀新人賞」）和冈本喜八（获“特别大赏”）在各自的照片页签名。] 在矢口書店买今村昌平著『撮る』（工作舍，二〇〇一年十月二十日初版），精装，有护封、腰封，书名页毛笔书“今村昌平”，钤“今村昌平”章。一向热爱今村昌平的电影，如《红色杀机》、《复仇在我》、《楢山节考》、《鳗鱼》、《赤桥下的暖流》等。性，本能，欲望，疯狂，死亡，都是今村昌平影片的关键词。他关心的是处于最原始状态时人的本能和欲望，人在那种处境下如何生活，与其他人的关系怎么样。他认为这才反映了人的真实面目，也反映了真实的日本现实或日本人。他是通过拍电影对日本社会进行人类学分析，想拍出这个社会更本质的东西。或许可以提到当年今村等日本新浪潮导演对小津的批评，佐藤忠男说:“小津希望描写人性美的一面，今村想要丑的一面、真实的一面。不管在选择题材上，还是在美学的爱好和情趣上，小津和今村在一切方面都正好相反。”在我看来，今村（也许还可以加上大岛渚）的电影与小津的电影之间，可以说有一种互补的意义。另一方面，今村和大岛拍的都是“世界电影·日本篇”，小津（也许还可以加上伊丹十三）拍的则是“日本电影”。又买原一男著『全身小説家　もうひとつの井上光晴像』（キネマ旬報社，一九九四年十月七日初版），前环衬碳素笔书“大原清秀様 全身映画監督 原一男 97HAGI”。大原清秀（一九四三—），剧本作者。又买竹中直人著『月夜の蟹』（角川書店，二〇〇〇年十一月二十五日初版），精装，有腰封、塑料书套。前环衬毛笔书“竹中直人”。在小宫山書店买三岛由纪夫毛笔书色纸：“潮騒　为岡崎彰男氏　三島由紀夫”，钤“由紀夫”章。有画框。上款不知何人。老板还赠给我两册老杂志，一是一九七〇年十二月十一日出版的『アサヒグラフ』，内有报道「三島由紀夫 割腹す」，一是一九七〇年十二月十三日出版的『毎日グラフ』，内有报道「三島由紀夫 衝撃の自決」。在神保町买小物数件。六时半回酒店。七时到水道橋駅，李长声请我们在庄や吃饭。十一时回酒店。

五月三十一日 | 周五

晨七时起，收拾行李，九时退房。在水道橋駅乘総武線往新宿，有“アンティーク in 新宿”骨董市，无所得。下午一时过回酒店取行李，乘电车往成田空港。今日品川附近 JR 有故障，电车晚点。四时过才到，在だし茶漬けえん吃茶泡饭。六时十分乘 JL869 航班飞离日本，座位号 53A、53C。正点抵达北京机场，乘出租车回书房。

十二

東京 万座温泉 草津温泉 北軽井沢 横浜 熱海 伊東 下田
堂ヶ島 松崎 恋人岬 伊豆長岡

二〇一三年

十一月十一日 | 周一

晨三时半醒，五时过出门，六时十五分在四区门口乘巴士，七时过到首都机场，九时十五分乘 NH956 航班飞往東京，座位号 33H、33K。这次想去群马县和伊豆半岛过去没去过或没玩好的几处温泉。下午一时十分（以下东京时间）抵成田空港，二时零七分乘京成線往上野駅，换山手線到秋葉原駅，再换総武線到水道橋駅。入住楽楽の湯ドーミーイン水道橋二〇六房间。去神保町，在けやき書店买川端康成著『古都』（新潮社，一九六二年六月二十一日初版），精装，有书函、腰封，前环衬毛笔书“瀬川攝子様 川端康成”。川端笔下有种柔弱缠绵（有时洁净）之美，是其特色，这尤其见于《古都》。上款不知何人。又买志贺直哉著『雨蛙』（改造社，一九二五年四月十五日初版），精装，原有书函，“和紙貼函表題作他一〇編の短編集”，此册缺；扉页蘸水钢笔书“志賀直哉”。志贺直哉在日本有“小说之神”的美誉，周作人译《现代日本小说集》收其短篇小说两篇，是中国较早介绍的他的作品，可惜近三十年来只有《暗夜行路》一种译介。多年前我读《暗夜行路》，纠结而沉郁，印象至今犹深。在夏目書房买『yayoi Kusame 草間彌生』（草間彌生展実行委員会，一九九二年发行），扉页黑签字笔书“Kusama 1992”，这是为草月美術館（一九九二年九月二十一日—十月三十一日）和新潟市美術館（一九九二年十一月七日—十二月十三日）举办的“草間彌生展　はじける宇宙”印的图册。去阿佐ヶ谷，买小物若干。近九时归，泡温泉，十一时半睡。

十一月十二日 ｜ 周二

晨六时过醒，泡温泉，八时二十分退房。在水道橋駅乘総武線到秋葉原駅，换山手線到上野駅，换JR快速アーバン到高崎駅，换吾妻線到万座·鹿沢口駅。在附近逛逛。下午三时二十三分乘西武高原バス往万座温泉，三时五十九分抵。下雪了。宿日進館二十七号房间，八叠，厕所在外。泡温泉。吃晚饭，系自助餐。九时睡。

十一月十三日 ｜ 周三

六时半醒，泡温泉，吃早饭。九时三十五分离旅馆，因为拍摄雪中温泉的照片，耽误了巴士，遂由旅馆派车送到嬬恋プリソスホテル駅，赶上西武高原バス，十时二十五分到万座・鹿沢口駅，十时四十五分乘巴士，经仙之入駅，十一时十五分到草津温泉。泡大滝の湯。走到西の河原公園。上次来见到的馒头店门口端着馒头请人品尝的老人还在那里，感觉仿佛时光停滞了一样。宿草津湯菜の宿杓凪華“やまぶき”房间，十叠。泡温泉。五时前后到周围散步，约半小时。吃晚饭。菜单：温物：二重蒸；造身：银光鱼 下仁田魔芋；锅物：上州和牛的鱼丸锅；烧物：盐烤鲇鱼；中皿：炙烤上州黑毛和牛 配特选菜肴一份；杂鱼米饭 味噌汤 香物；甜点。——杓凪華料理长石田。九时睡。

十一月十四日 | 周四

晨六时半起，泡温泉，吃早饭。菜单：“今日有助于您健康的六道菜”。烧鲑鱼；地粉面团锅 搭配各种蔬菜；蓼科农园细入家的纯天然温泉蛋；小岛家的越光水稻米饭；信州味噌的味噌汤；甜点；饮料请自行领取。又泡温泉。九时四十五分离旅馆，走到巴士站。十时三十分乘草軽交通・急行草軽線往浅間牧場（草軽交通）駅，十一时十二分抵。在附近的茶屋打电话给所预订的旅馆，约好下午一时来接。往浅間牧場散步，走到天丸山，返回。一时乘旅馆的车到北軽井沢，宿軽井沢のバリ島二〇六房间。这是一家很别致的家庭旅馆，两幢别墅，十一间房间。泡岩風呂（家族式）。二时去四周散步，有很多别墅，几乎都是空的。四时归。又泡温泉。晚餐印尼风味，甚佳。菜单：Soto ayam（印度尼西亚风味香辣鸡肉汤）；饮茶（三种饮茶）；Ayam plala（鸡胸肉香草沙拉拼盘）；Kepiting goren（梭子蟹蟹斗蘸参巴酱油）；Lobster（大蒜黄油烤龙虾）；Sayili rody（蔬菜煮椰果肉）；Ayam masala（烤香辣鸡肉）；Nasi goreng（印度尼西亚风炒饭）；Dessert（芒果布丁）。十时睡。

十一月十五日 | 周五

晨六时半起，泡温泉，到周围散步，有极小之雪。八时半吃早饭，也很好。九时四十五分离开，旅馆主人开车送我们到浅間牧場（草軽交通）駅，九时五十七分乘巴士往旧軽井沢，十时二十七分抵。本拟买六月在此所见中原淳一版画，但画店关门。去軽井沢 Outlet，购物。下午三时乘巴士往池袋，六时过抵。逛街，买小物。八时离开，乘地铁丸ノ内線到本郷三丁目駅，九时入住楽楽の湯ドーミーイン水道橋四〇六房间。上网，得沈鹏年讣告，他于十四日晨去世，享年八十六岁。沈氏晚年与我有些往来，平心而论，他确实掌握不少真实材料，但亦间有虚构成分，如藉周作人一九六一年十月八日日记“上午沈鹏年来访，谈甚久，赠予

《过去的工作》等二册”而记下的周氏向他透露“‘中心蕴藏’的难言之隐”，我就无法相信。他一生真是吃了“假作真时真亦假”的亏了。

十一月十六日 | 周六

晨六时醒，泡温泉，七时半出门。到水道橋駅乘総武線到新宿，八时二十一分乘小田急小田原線急行往大和，九时十分抵。逛“やまとプロムナード古民具骨董市”，买小物若干。约二时到横浜，乘みなとみらい線到元町・中華街駅，参观神奈川近代文学館，常设展之外，还有题为“生誕 140 年記念 泉鏡花展一ものがたりの水脈一”的特别展。我读过泉镜花的小说选《高野圣僧》，印象中要算是近代最能传承日本文学传统的作家，当得起“醇正”二字。五时出。逛元町，吃意大利面。七时离开，到横浜駅，逛街。八时过离开。九时半回酒店。十一时半睡。

十一月十七日 | 周日

晨七时醒，泡温泉，收拾行李。九时退房。在本郷三丁目駅乘地铁丸の内線换半蔵門線—東急田園都市線到三軒茶屋駅下，逛“世田谷公園フリーマーケット”，买小物。又乘東急田園都市線—半蔵門線换東西線到東陽町駅，逛“東京イースト 21 フリーマーケット”，买小物。吃海鲜丼。乘東西線换丸の内線到高円寺、阿佐ヶ谷、荻窪，逛街，买小物。七时半归，八时十分在本郷三丁目駅下车，回酒店，等L来取行李不至，近九时离开，乘丸の内線到淡路町駅，移住神田セントラルホテル八〇一房间。十二时睡。

十一月十八日 ｜ 周一

晨六时起，去大浴场，近八时退房。在神田駅乘山手線到東京駅，八时二十一分换乘東海道本線往熱海，十时零六分抵。去海边，大风。在熱海港富士丸八号吃海鲜丼。参观起雲閣，此地曾是旅馆，作家山本有三、志贺直哉、谷崎润一郎、太宰治等住宿过。一九四八年三月七日至三十一日，太宰治在起雲閣别館写作『人間失格』。其间于三月十八日、十九日，与山崎富荣在“大鳳”房间住了两晚，乃是情死前三个月的事。在此喝下午茶。到附近一家杂货店买小物数种。回熱海駅，下午三时三十五分乘伊東線往伊東，约四时抵，逛街，五时宿陽氣館“山彦”房间，十叠，房间内有个小“汤”。旅馆 Lobby 在山下，住宿处在山顶，自设一缆车相连，山顶有露天温泉。在房间内吃晚饭。九时半睡。

十一月十九日 | 周二

晨七时起，泡温泉，在房间内吃早饭。十时离旅馆，逛街，到東海館，今日休息，未能参观。十二时零四分从伊東駅乘伊豆急線往下田，下午一时十五分左右抵。将行李放在所订旅馆泉荘，与老板约定有客人来吃晚饭（事先已与R说好）。逛街，在本覚寺门口遇R，一起去了仙寺（日美下田条约签定地），参观宝物館，看所藏“黒船・異文化交流関連史料”和“秘仏コレクション”。又走到ペリー艦隊来航記念碑，沿大川端通り走过みなと橋，到弁天島，即当年吉田松阴欲偷渡佩里黑船处。又去玉泉寺（最早的美国总领事馆），已是落暮时分。乘巴士到伊豆急下田駅，在超市买新潟产“菊水の辛口”一瓶。回旅馆。给了我们相通的两间房，各八叠，一名“胡喋”，一名“ダぎ”，其间的隔间三叠。大概因为有客来访，吃饭休息互不干扰，然而仍是原来的价钱。室内有个小“汤”。泡温泉。六时半R来，请他先泡温泉，然后三人各着浴衣，在房间内吃饭，喝酒，聊天。他十时走，付旅馆五千日元。十二时睡。

十一月二十日 | 周三

晨七时醒，泡温泉，在房间内吃早饭。九时半退房，十时乘巴士往堂ヶ島，约十一时抵。在堂ヶ島公園游玩。十二时三十五分乘巴士往松崎，十二时四十五分抵。去伊豆文邸、伊豆的長八美術館、岩科学校、松崎港、中瀬邸，这的确是个美丽的小镇。四时半入住長八の宿山光荘“寒ばたん”房间，外间四叠，里间八叠，窗外即是庭园，厕所在房间外。在房间内吃饭。晚九时睡。

十一月二十一日 ｜ 周四

晨七时醒，泡温泉，在房间内吃早饭。去看了“長八の间”以及旅馆所藏他的作品，十时退房，十时二十分乘巴士往恋人岬（途中换了一次车），在该处逗留了一个多小时，风景甚美，可望见富士山。沿海边走到駿豆學園駅，途中多次看到富士山。一时三十九分乘巴士往修善寺，约二时半抵，三时十二分乘伊豆箱根線往伊豆長岡，三时半抵，在车站附近逛街，三时五十五分乘巴士往温泉場中，宿伊豆長岡温泉南山荘三〇一房间（“千鳥らどり”），十四叠。泡温泉，在房间内吃饭（寿司和海鲜丼）。晚八时半睡。

十一月二十二日 ｜ 周五

晨七时醒，泡温泉，在 Lobby 吃早饭，甚简单，只咖啡、面包而已。此旅馆依山而建，实为两道长廊所围绕的一处园林，但于吃饭方面就马虎些了。九时十五分退房。去源氏山公園，走过大黑天、寿老人、弁财天、西琳寺，在大観荘附近乘巴士往伊豆長岡駅，十时三十分乘伊豆箱根線往三島，约十一时抵。逛街，买小物。十二时零六分乘東海道本線往熱海駅，换乘東海道本線・東京行到大船駅，换乘横須賀線，二时四分抵鎌倉。去川喜多映画記念館，观“～永遠の伝説～映画女優　原節子”展览。看到她在德日合拍电影 *The New Earth*（一九三七）中的多幅剧照，还有些当时的生活照，非常漂亮，据说，她“因为具有可以和外国女性媲美的身材和相貌而在日本被捧上神坛”。小津电影里的女演员，我除了喜欢原节子，还喜欢高峰秀子、有马稻子、司叶子和岩下志麻。男演员，除了笠智众，还喜欢佐分利信。逛街，买小物。四时半离开，乘横須賀線到大船駅，换乘東海道本線到藤沢駅，换乘小田急江ノ島線到町田。在高原書店买大林宣彦著『4 / 9 秒の言葉　4 / 9 秒の暗闇 +5 / 9 秒の映像 = 映画』（創拓社，一九九六年六月三十日初版），有护封、腰封，扉页银色签字笔书“村山祥邦様 大林宣彦”。村山祥邦是位记者。又买『小津安二郎新発見』（講談社，一九九三年九月二十八日初版），有护封。逛街。乘小田急線到新宿駅，换中央線到神田駅，宿神田セントラルホテル八〇一房间。

十一月二十三日 ｜ 周六

晨七时醒，去大浴场，近八时在神田駅乘京浜東北線到浦和，与L见面，得她从龍生書林代买之奈良美智绘本『ともだちがほしかったこいぬ』（マガジンハウス，一九九九年十一月十八日初版），精装，有护封、腰封。书名页签字笔书“順子さんへな 2001”。奈良美智签的是自己名字ならよしとも中的“な”。上款不知何人。逛“浦和宿ふるさと市”及附近一个跳蚤市场。十一时过离开，乘京浜東北線到王子駅，换地铁南北線再换東西線，到南砂町，逛“南砂イオン脇 1F 歩道 フリーマーケット”。在两处买小物若干。吃印度咖哩饭。然后乘東西線换半蔵門線到神保町，逛“趣味の古書展”，无收获。回酒店，L取走我们为她带来的行李。乘中央線到吉祥寺和西荻窪，买小物。九时回酒店，去大浴场。十一时睡。

十一月二十四日 ｜ 周日

晨七时起，八时过乘山手線到錦糸町，逛錦糸町イベント広場跳蚤市场，有约四百家之多。L来，还遇见R。十二时过离开。乘半蔵门線到押上駅，换乘都営浅草線到浅草，逛“浅草駅見世松屋の屋上フリーマーケット”，仅三家而已。吃饭。L走。我们乘都営浅草線到日本橋，走到人形町、甘酒横丁，皆东野圭吾小说中写到的地方，《麒麟之翼》有云：“加贺自从赴任以来，脚步已经遍及这片街区的每一个角落。”加贺恭一郎系列第一本《毕业》没有确切地点，从第二本《沉睡的森林》开始，背景移到東京，加贺在警视厅搜查一科和练马警察局供职（其间稍有穿插），直到第八本《新参者》，加贺调到日本桥警察局，作者的東京认同感才明显增强。五时离开，乘都营浅草線换大江戸線到両国，李长声在安美请客，与者尚有亦夫、邵迎建、L。晚十一时过回酒店，十二时睡。

十一月二十五日 ｜ 周一

晨七时起，去大浴场，收拾行李，十时退房，我到神保町逛街，在田村書店买周作人所谓“完璧本”『苦茶随筆』一册，书函无“削除済”章，内文各页不缺。这是神保町少有的服务态度一向欠佳的书店，然购得此种，仍觉可喜。十二时过回酒店，与F同乘山手線到日暮里换十二时五十八分的京成線往成田空港，约七十分钟抵。在だし茶漬けえん吃茶泡饭。十七时二十五分乘航班NH955飞北京，座位号22A、22C。约二十时三十分（北京时间）抵。打车回家。

十三

大阪 鸣门 德島 上板 日和佐 室戸岬 高知 四万十 足摺岬

内子 松山 道後温泉 觀音寺 琴平 高松

二〇一四年

一月二十四日 ｜ 周五

晨四时半起，五时三刻离家，六时一刻在四区东门乘机场巴士到机场第三航站楼，乘 CA927 航班，座位号 31A、31C，往関西空港。此行拟往四国一走。十二时三十分（以下东京时间）抵。乘関空快速—大阪環状線到天満駅下车，宿天神の湯ドーミーイン梅田東七〇六房间。走到阪神駅，去阪急古書のまち，在りーちあーと买『加山又造版画集　1965 ~ 1978』（フジ美術，一九七八年八月十日发行），精装，有护封，书名页后画家照片页毛笔书"加山又造"。日本的画坛"五大山"，我最喜欢加山又造，尤其是他画的裸女，曾专门写过一篇文章。乘阪急電鉄往宝塚。沿花のみち而行，到宝塚大劇場，见到不少粉丝分列两侧，等着演员出来。有招牌显示明天现场售坐票五十张，站票一百四十张，在此排队，看情形原订周一来也买不着票，此行看不上该团演出了。在宝塚駅 Subway 吃 ham 三明治，ham 很好，只是面包比欧洲差些。乘阪急回梅田駅，换地铁到心斎橋，逛街。晚九时半回酒店，泡温泉，十一时过入睡。

一月二十五日 ｜ 周六

泡温泉，在だにわ橋駅乘京阪電車，九时四十五分到三条駅，十时零五分换“10”巴士到北野天満宮前駅，逛“北野天満宮骨董市（天神市）”。骨董市价格涨得很厉害，一如東京，大不如前了。下午一时半离开。乘“51”巴士到烏丸四条駅下，逛新京極、錦市場，在田邊家吃茶泡饭。五时十八分乘京阪電車往天神橋，六时十八分抵。往駒鳥文庫，欲买书，未开门。沿天神橋一至六丁目逛街，晚八时过回酒店，泡温泉，十一时睡。

一月二十六日 ｜ 周日

晨七时半起，泡温泉，九时离酒店，在南森町駅买地铁一日票，先到難波駅，逛“凑町リパープレイス”，约二十家，买小物若干。又到なかもず駅，逛“堺蚤の市”，又买小物若干。回酒店放下东西，又去駒鳥文庫，仍未开门。去梅田，买周二去鳴門的高速巴士票。到緑地公園駅，去天牛書店，欲买的几种书，或已售出，或找不到，或不合意，空手而归。到心斎橋逛街，在ダイコケ药妆店购物，遇J及其男友。到南森町，回酒店。泡温泉，十一时睡。

一月二十七日 | 周一

今日天气甚佳，无甚特别安排。泡温泉后，先到天神橋三丁目，去八ナ書房，无可买之书。去梅田，在ダイコケ药妆店购物。我去りーちあーと买安藤忠雄著『安藤忠雄とその記憶』（講談社，二〇一三年三月二十五日二刷），有护封、腰封，前环衬粘有作者所绘“Naoshima Ando Museum”一幅小画，黑、绿二色，并有“TADAO”签名，F去阪神，一小时后我们在阪急碰头。九层有“旨し、美し——金沢・加荷・能登展”，这几个地方的多家手工艺和食品店参加，看了几家制作便当和寿司，颇富艺术感。然后在十层阶梯广场稍休息，广场两边是咖啡厅，中间为品牌活动区，正前面是一大屏幕，不停地放时尚 Video，有如置身美术馆中。到地下一层，各喝一杯 pure 橘子汁。F说，阪神更平民，阪急更艺术。去大丸梅田店，在七层ハーブス喝 Asam 茶和 Apple 茶，这咖啡厅给人的感觉有如日本那些小资电影一般。乘电梯到風の広場，沿楼梯走到天空の農園。这里种着郁金香，还有小片菜地，以及风力发电设备。能看到周围高楼的楼顶。下到風の広場，边上有ファミリーマート店，各买一小食品，坐在店里窗边高椅上，边吃边欣赏大阪下午景色。然后到 JR 大阪三越伊勢丹，商品陈列很好，艺术品层有西阵织产品展售。去ルクア大阪，似以年轻人和时尚品牌为主，在 Ragtag Vintage 购小物，还是免税，没想到这样的大楼里还有这种商店，价格亦较街上二手店合宜。在同一楼层中间位置另有一家卖 Vintage 的店，价格与街上的二手店相当。走回天神橋三丁目，在鶴丸饂飩本舗吃了乌冬面，这是我们喜欢的一家小馆。回酒店，泡温泉，十时睡。

一月二十八日 | 周二

晨七时起，泡温泉，八时退房。八时三十五分走到大阪駅前四季劇場旁的ハービスOSAKA，等八时五十分去徳島的车。在尼崎遇见堵车，原来是一辆货车撞到护墙上了。本应十时三十五分到鳴門公園口駅，大约十时四十五分才到。去涡の道观海流旋涡，内海与太平洋两股海水撞在一起，颇为壮观，虽然三四月才登峰造极。今日上午最佳看潮时间是十时三十分前后一小时，我们是十一时到的。然后到千畳敷展望台，又去茶園展望台，沿山中小道走到千鳥ヶ浜，沿海边散步，共走了约六公里，下午二时五十一分在鳴門東小前駅乘巴士，四时零三分抵徳島駅。入住ホテルサンルート徳島一〇一六房间。逛街，在活魚水産吃北海丼。七时过回酒店，泡温泉，温泉含铁，呈茶色，市中心难得有这么好的温泉。十时睡。

一月二十九日 | 周三

夜里醒了几次，但还是睡到了七时半。泡两次温泉。退房。十时十八分乘去高松的电车（两节，上车时有十一个人，其中一个西方人），十时四十四分在板東駅下。开始巡拜之旅。先走到第一所靈山寺（零点八公里），再到第二所極楽寺（一点四公里），下午一时到第三所金泉寺（二点六公里），二时二十分到第四所大日寺（五公里），三时到第五所地蔵寺（二公里），在此看了五百罗汉堂，四时四十分到第六所安楽寺（五点三公里）。每到一寺，均诵读《心经》一遍。所经之路，或是公路，或是山间小路，或穿行村镇而过。宿四国霊場第六番札所温泉山安楽寺宿坊一〇七房间，十叠。（L 此前已代为电话预订："一个房间已经预定好了，晚饭六点左右可以，希望能五点前到。报了您的姓，其他啥都不用了。"）泡温泉，名为"弘法の湯"。五时半由和尚带着参观庙中佛像、法物，此寺外貌亦如之前所去诸寺，不大且质朴，但内藏宝物甚多，那些寺或亦如此。六时吃晚饭，今日留宿者连我们共四人，另有一中年妇女，一老者，皆日本人，同处一室，共桌进餐，但所提供的并非素食。又泡温泉，七时半入睡。

一月三十日 | 周四

晨六时醒。七时吃早饭，四人仍如昨晚坐法。八时左右离开。

走到第七所十楽寺（一点二公里），又走回来，九时三十七分在東原駅乘锻冶屋原線巴士往徳島，一小时后到。将行李放在旅馆，然后按照“徳島市街散策观光MAP”散步，去了春日神社、錦竜水、瑞厳寺、中洲總合水產市場、城山等地。下午二时过回到徳島駅，在そごう徳島店九层吃刺身定食，质量一般。三时入住ホテルサンルート徳島一〇二九房间。泡温泉两次，九时睡。今日除夕。

一月三十一日 ｜ 周五

晨六时醒，泡温泉两次，九时退房，在车站地下吃早饭。十时九分乘JR牟岐線往日和佐，十一时二十四分抵，去二十三番薬王寺，遇到前日在安楽寺宿坊的老者。然后走过日和佐，到海边，折返回车站。下午一时零五分乘JR牟岐線往海部駅，一时三十九分抵，一时四十二分乘阿佐海岸鉄道往甲浦駅，一时五十三分抵。一时五十九分乘高知東部交通・高知－甲浦線（安芸－甲浦岸壁）・安芸本社営業所行往室戸岬。在日和佐駅又遇那位老者，且同乘电车、巴士。二时四十分在青年大師像駅下，宿ホテル明星五一二房间，六叠，面海。先去临近的星野リゾート ウトコ オーベルジュ & スパ一看，然后沿海边的乱礁遊歩道一直走到室戸岬的尖上灌頂ヶ浜，然后去了一个观景台恋人の聖地，又沿遍路道登山，到第二十四所最御崎寺，此番所去诸寺，此处气象最好。已五时过，夕阳西下，寺内除一打扫的工人，别无他人。沿原路下山，六时回到旅馆，已是暮色茫茫了。泡露天温泉，是海洋深层水。六时半吃晚饭，吃到刚出锅的也是迄今我觉得最好吃的天妇罗。又泡温泉。九时睡。

二月一日 | 周六

晨七时醒，看见海上日出。吃早饭，泡温泉。八时二十分离旅馆，在附近看海。八时三十二分乘高知東部交通・高知－甲浦線（安芸－甲浦岸壁）・安芸本社営業所行往奈半利駅，九时三十二分抵。此处自动买车票机器只收千元，为换钱买了一百五十元一袋的橘子，很甜。九时四十八分乘土佐くろしお鉄道ごめん・なはり線往高知，又见了大前天和昨天遇见的老者，他在唐浜駅上车，在のいち駅下车。十一时二十五分抵高知。先去所订的旅馆放下行李。然后去高知城。比我们去过的几个城要小，保存有庭院建筑，很有意思。在城下有个老太太卖土佐名物冰激凌，买了一个柚子冰激凌筒，味道很好。去ひろめ市場，在门外的一家卖海鲜的店吃海鲜丼，还要了一小瓶土佐鶴酒，颇觉享受，然相比之下，还是不如在德島吃的海鲜丼。ひろめ市場里有卖吃的摊位，还有许多条案，可以吃饭，很热闹。吃了一个印度抛饼和一小盒芥末章鱼。又到茶屋町逛街。这条街很长，两边都是商店，很洋气，凭粗略感觉，此地的人似乎颇懂得“慢生活”。商店街的确是日本特有的一景。晚六时入住ホテル No.1 高知二二二一房间。本馆和别馆楼顶分别是男女大浴场，是人工的“光明石温泉”，泡了两次，晚九时睡。

二月二日 | 周日

晨六时起。昨夜下雨了。去大浴場。七时去逛日曜市，摊位颇多，多是卖土特产的，尤其是蔬菜水果，一律都摆放得特具美感。我去日本的小城或农村，常联想到小时候读的“文革”前的中国小说，如骆宾基著《山区收购站》、王汶石著《黑凤》之类，的确就是那种很质朴的感觉。日本的电车或巴士司机、站长、卖菜的农民，都像中国“文革”前的人物。记得这两本书都没写到“阶级斗争”，所以尤为接近。当然到了東京、大阪等地，便无此种联想。本来想说古风犹存，但古我所未见，所见者“文革”前而已，那时若不搞运动，不搞阶级斗争，淡漠意识形态（当然这都是不可能的了），庶几近之。八时半回酒店退房。九时三十五分乘 JR 土讚線往窪川駅，十一时四十九分抵，十二时八分乘土佐くろしお鉄道中村線往中村，下午一时八分抵。下车后去找观光案内所，附近有个特别大的古着店，卖服装为主，也有些二手名牌，买小物。再往前走十多分钟，又有一家古着店，东西颇多，又买小物。

如此小城不知为何竟有两家大古着店。一路看到不少宣传四万十的小册子，说是“小京都”、“日本最后的清流”。到观光案内所问预订的旅馆在哪里，服务人员说有两公里远，还要上山。遂一路走过小城，宁静，干净，还有点现代感。路过幸德秋水墓。周作人在《知堂回想录》中说，“大逆事件”给他“一个很大的刺激”，因为“这回的事殆已超过政治的范围，笼统的说来是涉及人道的问题了”。“在日本其时维新的反动也正逐渐出现，而以大逆案为一转折点。”我早知道大逆事件，不想现在这么近距离地接触到了。幸德秋水是本地人，这里还有他的故居旧址。墓碑旁的说明介绍：二〇〇〇年，四万十市议会为幸德秋水平反。我们要住的旅馆新安並温泉なごみ宿安住庵在小城一头，為松公園顶上。听名字以为是所老房子，其实还是铁筋洋灰的建筑。进门第一感觉是小资味很重，也很纯，这是我们从乐天网上订的，应该是日本人喜欢的那种酒店。到处都是主人用心收集的小物，且是用心摆放的，连登记入住的单子都是手工绘制，房间钥匙的牌子也是自家做的，上面的字是手写的，主人再在一张纸上写了我们的房间号，是四楼的“天空”，十叠。下山，去四万十川畔，走过红色铁桥而返。回来，主人在房间里放了一张手写的表达感谢之意的卡。泡温泉，吃晚饭。吃饭是在一层，有几间房，我们单用一间。是有十三品的料理，器皿很讲究，菜做得也讲究，我们对主人说菜实在太 beautiful，主人开玩笑说那就不要 touch 了。今天又吃了土佐鲣鱼，昨天在明星酒店也吃了这种鱼。

二月三日 | **周一**

晨六时起床，泡温泉，旅馆昨晚好像只住了我们俩，而旅馆主人似乎也住在这里。七时半吃早饭，八时半退房。九时三十五分走到中村駅。十时十四分乘巴士往足摺岬，上车时又遇到了巡拜的日本老者，已经是第五次偶遇了，不免相对而笑。十二时零四分在白皇神社前駅下，把行李放在所订的旅馆，然后去第三十八番金剛福寺（建筑很新）、天狗鼻、足摺岬灯台、白山洞門等处，在一家类似合作社的商店买橘子和泡面，请售货员烧了壶开水，冲开泡面食之。足摺岬与室戸岬的区别，其一这里是亚热带天气，山路林荫有如天然大氧吧；其二这里树多，即使悬崖边也长满了树。三时四十分入住ホテル足摺園六〇六房间，十二叠。旅馆大堂收账处墙上挂着一幅田宮虎彦所书色纸，阅览处有个“田宮虎彦文庫”，陈列了他的三本著作，墙上挂着三幅他写的色纸，其中一幅是“千人の眼　千人の指”。我很喜欢这个意思，设想一下“横眉冷对千夫指”的不是伟大如鲁迅，而是一个蠢货，那也许就能体会“千人的眼、千人的指”的意味了。田宮虎彦的作品译成中文的不多，我只读过一本短篇小说集《菊坂》，是标准的现实主义一路；更使我感慨的是这位作家的人生结局：一九八八年一月二日，他因脑梗塞半身不遂住院，三月二十六日退院，四月九日晨九时从位于十一楼的自宅跳下自杀，终年七十六岁。这旅馆最好的是展望台的露天温泉。边泡边看海，尤其是夕阳西下时，很美。四时许下了一场雨。今日五时三十九分日落，然落日为乌云所蔽。展望台室内置一免费按摩椅，泡完温泉，在此按摩。晚饭满满一大桌，来日本十多次了，还没有吃过如此丰盛的晚饭，有点像中国的年夜饭，鱼就有六七种，虾有三种吃法，足足吃了一个多小时。

二月四日 ｜ 周二

七时醒，泡温泉，吃早饭。八时四十分退房，乘八时五十分的巴士回中村，十时半抵。又去了前天去过的两家古着店，无所得。还去了车站附近的Present-in，卖日用品和服饰用品，是很时尚的店。十二时零三分乘土佐くろしお铁道中村線·窪川行，一时抵若井駅，这车站是大片农田中的一个小棚子，不过两平方米，墙上挂着一个竹编花筒，里面插着一束小花。可能是附近农民放的罢，在日本处处能体会到这种人们对于普通生活的热爱，可以说是一种落到实处的爱国主义，也就是具体而细微地珍惜、爱护自己这片生于斯也死于斯的地方。风夹雨，很冷。一时三十三分乘JR予土線·宇和島行，三时二十四分抵北宇和島駅，三时二十五分乘JR予讚線·松山行，四时二十五分抵八幡浜駅，四时三十三分乘JR特急宇和海20号（特急），四时五十四分抵内子。入住松乃屋“知清”房间，八叠，直接临窗，无旅馆房间通常有的缘侧。打伞去本町通。沿途下雨，至此时转为小冰雹了，又似为霰。六时半回旅馆，泡温泉。男女温泉晚八点后都改为家族温泉，女温泉很小，只能进两人，窗外是一个不到两平方米日式小花园，窗户打开，就当泡露天温泉了。七时吃晚饭，菜做得精制，器皿也讲究，刺身新鲜，茶壶汤、亲子汤都很独特，米饭里加入谷类，别有风味，菜品丰富，但量刚刚好，只有足摺園的三分之一。吃完又泡一遍温泉。与D、Z夫妇通视频，他们今夜在城崎。晚十时入睡。

二月五日 | 周三

八点吃早饭，是在旅馆一侧开的对外饭馆吃的。日式旅馆多是家庭式的，实际是饭馆兼旅馆，虽然多数并不单卖饭，以价格论，其实差不多是卖饭，而住是半送或全送的，当然那些特别贵的旅馆除外了。这里早饭很简单，但布置讲究，有黑豆、海带和豆腐做的小菜，米饭还是加入谷类，很好吃。九时退房，把行李留在旅馆，开始在小镇漫步。有很多生产手工彩绘蜡烛的作坊兼商店。

八日市都是老建筑，而且没有电线杆，漂亮程度唯过去去过的妻籠可比。参观内子座，这是一九一六年建成的老剧场，现在还用于演出。过去我只在小津的电影里见过这种老剧场，现在终于明白内部结构和一些规矩了。如观众席是很多木格子，左侧从前到后标以“1、2、3、4……”，前面从左到右标以“あ、い、う、え……”，这样一纵一横就是一个座位号。两个座位是连在一起的，中间有个木挡，可以取下。两个格子共放六个布座垫。舞台两侧上方各有四家广告牌，多是服装道具生产店铺的。舞台中间是木制的圆型，由地下室的人推动旋转。十二时零四分乘JR予讃線往松山，十二时五十二分抵，在车站附近逛逛，然后乘私铁伊予鉄道5号線往道後温泉，约二十分钟抵。先在道後温泉附近逛逛，下午三时入住道後グランドホテル四一五房间，十二叠。玄关还有两叠，进门有一放鞋的土间。吃晚饭。菜单：餐前酒：梅子酒；前菜：推荐三种盛盘；造身：今日推荐的大份造身拼盘；台物：名产“甜猪肉”道后蒸；煮物：酱汁鲷鱼；烧物：滨千鸟的味噌烧；蒸物：和风根菜浓汤；醋物：海蕴拌海鲜；御饭：“乡土料理”伊予的鲷鱼饭；椀物：清汤；香物：两味腌渍小菜；甜点：伊予柑蕨饼和水果慕斯蛋糕。泡温泉，晚上还做了岩盘浴。十时睡。

二月六日 | 周四

七时醒。吃早饭，泡温泉。近九时出门。先去伊佐爾波神社，在高高的多层石阶之上，很漂亮。又去石手寺，香火比我们已去过的十处寺庙都旺。开始下雪，南国的雪到地上就化。乘“52”巴士到大街道駅下，逛大街道、銀天街，买小物数件。很冷。逛高島屋，暖和得不想出来。去松山城，雪停了，变成零零星星的雨，到山顶又变成雪，待我们下山时就停了。乘伊予鉄道 5 号線往道後温泉。四时十分去道後温泉本館神の湯泡温泉，里面人很多，各色人等，有住在附近旅馆的游客特意来的，也有看似较底层的老者。道後温泉的水很柔，予人一种纯质之感。想起周作人的日文译作，他自己最看重式亭三马著《浮世澡堂》、《浮世理发馆》，“浮世澡堂”的市俗景象，现在日本的公共旅馆里依旧能看到，遂觉得作者的描写真是传神，虽然当初道後温泉要比书中所写的奢华多了。回旅馆吃晚饭，这旅馆价格很便宜，但努力把一切做好，今天是第二天吃饭，菜谱按惯例要换，但比昨晚还好。泡温泉。晚十时睡。

二月七日 | 周五

晨六时起，泡温泉，七时吃早饭，七时二十五分离酒店，到道後温泉駅，乘七时三十八分的伊予鉄道 5 号線，七时五十八分抵JR松山駅。八时二十分乘JR予讃線往觀音寺，十一时二十九分抵。去第六十八所神恵院、第六十九所觀音寺，开始下雪。下午一时十七分乘JR快速サンポート南风リレー号·高松行，一时五十分抵多度津駅，一时五十八分乘JR土讃線·阿波池田行往善通寺，二时零六分抵。去第七十五所善通寺，包括東院西院，迄今所去十四座寺庙中，此处最为壮观。三时二十五分乘JR往琴平，三时三十分抵。雪渐大，天更冷了。宿つるや旅館四〇五房间，十四叠，无缘侧，房间布置较简单。去街上逛逛，天寒难耐，即回旅馆，泡温泉。此番四国之行，去了日本百大温泉的两处，一是松山的道後温泉，一是琴平的こんぴら温泉。这里温泉温度不是很高，水质透明，泡完皮肤很光滑。吃晚饭。虽然我们订的是特价房，两人一晚只有一万二千日元，但所住诸旅馆，以这里吃得最舒服。量不很大，但食材做工都很讲究，特具水准。菜单："御会席料理"。先付：云丹豆腐；造身：天然鯛鱼 鰆鱼烧霜 墨鱼；盖物：酱汁鯛鱼；台物：鰤鱼黄金锅；扬物：让你拥有与之接吻般感觉的香炸海老；蒸物：年糕片茶碗蒸；御饭：土鸡肉焖米饭；留椀：浅蜊红酱汤；香物：三种盛盘；水果：巧克力巴伐利亚布丁。晚十时睡，窗外雪越下越大了。

二月八日 | 周六

晨六时起，想昨天下过小雪，天又很冷，今天该放晴了罢。向窗外望去，老街小巷子里积着厚厚一层雪，而且还在落雪。先泡温泉，此番来四国，这个温泉泡得最舒服。七时二十分吃早饭，也不错，住这旅馆真是超值。七时四十五分出门，借了旅馆门后放着的竹杖，去金刀比羅宮。这时路上的积雪已有五六厘米厚了。没想到在日本南部遇到这么大的雪。一路上很少有行人，两边的店铺也多半没有开门。一两个早起的老人向我们打招呼，大概是说这么大的雪还上山。我们去过很多日本神社，多半都在平地，或小山上，很少有这么高的。一共登了七百八十五级石阶。先后到大門、旭社、御本社，雪中山景、神社建筑均极美，在寂静中会突然有大块的积雪从房顶上重重砸在地上的声音。可以说是此行最美的记忆了。九时四十分回到旅馆，退房。十时十三分乘琴平電鉄往高松，十一时十三分抵。先去观光案内所了解明日船票，然后逛兵庫町、丸亀町，入住さぬきの湯ドーミーイン高松二一一房间。放下行李后逛南新町，去栗林公園。日本三大园林都是经历上百年几代人修建，栗林公園也是这样，园子很大，风景也好，我去过的日本园林，以金沢兼六園、栗林公園和奈良依水園最美。这里有个大水池，养了很多鱼，有红、白、黄、黑、红白花、黄白花、黑白花的，买鱼食喂鱼。最好玩的是鱼听到人的脚步声，就把嘴甚至整个头都伸出水面，一撅一撅好像在说“这里，喂我”，这些鱼长得又肥又大，大概是总有人喂，且水池里的水还是温泉的缘故罢。回旅馆，泡温泉。

二月九日 | 周日

晨六时醒，本来想睡个懒觉的，但还是这么早就醒了。泡温泉两次。近十时退房，在瓦町駅乘琴平電鉄志度線往屋島，走到四国村门口，未进去，乘巴士往屋島山顶，去第八十四所屋島寺，寺后有血池，此地系源平决战之古战场，我读过《平家物语》，颇同情平家，有如读《三国演义》而倾向曹魏。又走到悬崖边，眺望女木島、男木島、高松港，独自在亭子里坐了会儿，面对瀬戸内海，想到日本的枯山水或许就是内海的象征：平静、安详、内敛，却又充满张力，蕴藉着巨大的力量。乘巴士下山，在琴平電鉄屋島駅乘车，车近今村駅，看到路边有讃州堂書店，似即曾托静子邮购书处，遂下车，到书店看看，买山崎朋子著『サンダカン八番娼館』（筑摩書房，一九七六年一月三十日三十一刷），精装，有护封，前环衬钢笔书“山崎朋子”。记得当年据此改编的电影《望乡》在中国放映，我们一遍遍看，一遍遍感动，至今不能忘怀。有意思的是，书中有一张照片，电影中饰演作者的栗原小卷与她长得很像。走到瓦町，在二手店购物。回酒店取行李，在路上一家面馆吃面。走到高松駅前，四时四十五分乘免费巴士到バリアフリー高松港，买票，登船，原订五时十五分开，不知何故晚了半小时。夕阳时分，海面非常平静，海中的岛屿就像枯山水里的石块，好像一切凝固了。这种宁静之美，的确与枯山水给我带来的感觉相仿佛。但我又想起在室戸岬、足摺岬看到的波澜壮阔的海，那种惊涛骇浪的美。日本文化本来就存在两种内容：一种阳刚，很激烈，一种阴柔，很晦暗，审美范围其实是很广的。六时四十五分到小豆岛，七时继续航行。乘此非观光性的渡轮亦是一种体验，盖从来未与陌生的日本人如此接近，其他乘客都在睡觉，或坐，或躺在榻榻米上。九时二十分船过明石海峡大橋，很壮观，桥的南端的灯是蓝色的，渐变至北端成了绿色。一月二十八日曾乘巴士经过此桥，至此我们的四国之行整整划了一个圆圈，亦算完满。十时十五分船抵神戸港二号码头，乘巴士到三ノ宮駅，十时三十七分乘新快速往大阪駅，十时五十七分抵，换乘環状線到天満駅。入住天神の湯ドーミーイン梅田東七一三房间。泡温泉，十二时半睡。

二月十日 | 周一

七时醒，泡温泉，收拾行李，九时退房，乘酒店的免费巴士到梅田駅。九时三十分乘R東海道本線新快速・長浜行，十时五十三分抵米原駅，十一时乘JR東海道本線，十一时三十三分抵大垣駅，十一时四十一分乘JR东海道本線新快速・豐橋行，十二时十三分抵名古屋。把行李放在所订的酒店，在附近吃面，去大須觀音逛街，天气很冷。吃饭。约七时入住都心の天然温泉名古屋クラウンホテル三一二房间。

二月十一日 ｜ 周二

晨七时起，泡温泉，到名鉄车站乘名鉄去熱田神宮。赶上纪元祭。参加祭祀者年岁较大，身穿白色祭服，有庄严神圣之相。熱田神宮系日本三大神社之一，供奉着日本皇室三种神器之一“草薙神剑”。然后在神宮西駅乘地铁到亀島駅，去ノリタケの森，在咖啡厅吃饭，看了生产高级瓷器的过程，参观了博物馆。这里还有一个很大的商店，可以买Noritake产品。ノリタケの森很像德国的Meissen，在餐厅和咖啡厅用餐全部使用Noritake瓷器。在周围逛街，在质店买小物。从名古屋駅乘地铁到鶴舞駅，先去大学堂書店看『岩田専太郎木版美人名作撰　しら梅』，脏污较重，未买，前此在秋田的书店所见者亦如此。在山星書店买武者小路実篤著『一人の男』（新潮社，一九七一年八月三十日印刷，限定三百部），精装，有书函（上下册各一）、运输匣（筒函），扉页毛笔书“武者小路実篤”。又去高島屋，买茶点数品。七时过回酒店。泡温泉。『一人の男』中有两节分别记述与鲁迅（鲁迅一九三六年五月五日日记：“午后往内山书店见武者小路实笃氏。”八月三十一日日记：“托内山君修函并寄《珂勒惠支版画选集》一本往在柏林之武者小路实笃氏，托其转致作者。”）、周作人（周作人有《武者先生和我》一文）见面的印象，虽然简略，亦可珍贵，或可请人译出，撰写一文。

二月十二日 | 周三

晨四时半起，泡温泉，五时二十分离开，六时在名古屋駅乘名鉄駅往中部国際空港。到展望台看看周围海景，很冷。九时乘CA160飞回北京，座位号29B、29C。飞机上只有两个空座位，几乎全满。回家。

十四

東京 老神温泉 軽井沢

二〇一四年

四月十八日 | 周五

晨四时半起，小张差五分六时来接，六时二十分抵机场。八时二十五分乘JL860往成田空港，座位号21A、21B。此行系前往纽约，往返路过東京，回程拟停留数日，到周围山里转转。十二时三十一分（以下东京时间）抵。入境。一时十分乘京成線往成田，一时二十分抵。逛表参道，去成田山公園。在なごみの米屋吃点心喝茶。四时二十二分乘京成線往成田空港第2ターミナル，出境。所乘JL004原订六时三十分起飞，推迟了一个多小时。座位号49H、49K。晚七时三十五分（以下纽约时间）到JFK Airport，比预计晚到一个小时。出关又花了一个多小时。乘Airtrain到Jamaica换“E”线，到Lexington-42Ave换“6”线，到Grand Central，票价七点五美元。在Grand Central买十张去White Plains的非高峰期套票。十时二十二分开车，十时五十六分到。毛毛在火车站接，到她家，小沙亦在。

……

五月五日 | 周一

晨五时起，六时（纽约时间）毛毛开车送我们到 JFK Airport Terminal 1，七时抵。与毛毛告别。九时四十分乘 JL003 航班离开，座位号 25D、25E。

五月六日 | 周二

飞机十二时三十分（以下东京时间）抵成田空港。乘京成線到日暮里駅，换 JR 山手線到秋葉原駅，换中央線到水道橋駅，入住楽楽の湯ドーミーイン水道橋五一一房间。在東京大学附近吃面。去森井書店，未开门。在小宮山書店买三岛由纪夫著『春の雪』（新潮社，一九六八年十二月二十五日初版），有护封、书函、腰封，前环衬毛笔书“細田民樹様　三島由紀夫”。细田民树（一八九二—一九七二），小说家。《春雪》中人物情感的复杂性，以及作者对此的微妙把握，是日本小说中绝无仅有的，西方最复杂的心理小说也不过如此；而《春雪》和《晓寺》下半部，几乎可以涵盖日本近代关于美的文学。六时半回酒店，睡觉。九时醒，吃面，去大浴场。十二时又睡。

五月七日 | 周三

晨七时起，去大浴场。在水道橋駅乘中央線到秋葉原駅，换山手線到上野駅，在车站吃西式早餐。九时三十七分乘JR高崎線往高崎駅，十一时十六分抵，换乘JR上越線往沼田駅，十二时十九分抵，在车站附近的休息室吃泡面，下午一时十八分乘関越交通バス往老神温泉，约二时抵。在村里散步。三时入住吟松亭あわしま五〇八房间，十一叠，还有个缘侧。泡温泉。下午小睡，六时吃晚饭，又小睡，十时又泡温泉，十二时过睡。

五月八日 | 周四

晨五时醒，泡温泉，六时去老神早市，买苹果等。七时吃早饭，又泡温泉。九时五十五分由旅馆开车送往沼田駅，十时五十一分乘JR上越線往高崎駅，十一时三十三分抵，十二时二十分乘JR信越本線往横川，十二时五十二分抵。散步，周围风景甚美，在一家巴士休息室吃面。下午二时乘JRバス関東碓氷線往軽井沢，二时半抵。去旧軽井沢，去年在那家画店所见中原淳一版画已售出。入住軽井沢プリンスホテル一二〇四房间。去Outlet小逛。

五月九日 | 周五

晨五时醒，为《惜别》补写了两段。五时半出门，到附近湖边和木屋别墅周围走走。还去了 Outlet，“Window shopping”一番。七时吃早饭，八时过退房。走到軽井沢駅北侧四号站牌处，乘外环巴士到風越公園前駅，先去有島武郎別荘（浄月庵），该建筑原在三笠，一九八九年移筑于此。有岛武郎与《妇人公论》记者、有夫之妇波多野秋子于一九二三年六月九日在这房子里双双自缢殉情，七月七日才被发现，尸体已高度腐烂。遗书有云：“在爱的面前迎接死神的那一瞬间竟是如此苍白无力。”他的小说，除周氏兄弟翻译的几个短篇外，还读过长篇小说《一个女人》，印象中是很痛苦的作品，不过译本改题《叶子》，却是多此一举。又去軽井沢高原文庫，参观了“生誕 100 年立原道造と軽井沢”展览，这里还有旧堀辰雄山荘（1412 番山荘），原在旧軽井沢，一九八三年移筑于此；又有野上弥生子書斎（鬼女山房），原在北軽井沢，一九九六年移筑于此。几处别墅看来都很湫隘简陋。又去風越公園。十一时四十七分乘巴士回軽井沢駅，十二时十九分抵。下午一时乘巴士往立川，四时抵。购物，又去吉祥寺、荻窪，买小物若干。乘総武線到水道橋駅，入住楽楽の湯ドーミーイン水道橋七〇一房间。吃面，去大浴场，十一时睡。

五月十日 | 周六

晨八时出门，在本郷三丁目駅乘地铁到西船橋駅，换乘 JR

武蔵野線到南船橋駅，船橋競馬場第一停车场有跳蚤市场，有五十家左右，档次不高。买小物。乘JR武蔵野線到西船橋駅，乘地铁到九段下駅，神社前有跳蚤市场，约二百家，东西多且好，但价格稍贵，买小物若干。乘地铁到神保町，東京古書会館有“東京愛書会”，无所得。在夏目書房买安野光雅绘本『ロマンチック街道』（講談社，一九八〇年八月二十日三刷），精装，有护封，前环衬背面毛笔书“宮坂喜六様 安野光雅 一九八六十月十九”，钤“光雅”章。上款不知何人。乘地铁去高円寺、阿佐ヶ谷、荻窪，买小物。在荻窪吃咖喱饭。乘地铁到本郷三丁目駅，回酒店。

五月十一日 | 周日

晨八时出门，乘総武線到錦糸町，去イベント広场的跳蚤市场，有二百家以上，东西多、好，且便宜。买小物若干。十二时过乘総武線往新宿，到東京都庁，登展望室观東京全景。在我的印象中，東京是个干净漂亮、整齐有序而又丰富多彩的大都市。在新宿逛街。乘総武線到水道橋駅，吃海鲜丼。购物。五时过回酒店，收拾行李。

五月十二日 | 周一

晨八时出门，走到東京大学，去不忍池，出赤門，在森井書店买松本清张著『清張日記』（日本放送出版協会，一九八四年十一月一日初版），精装，有护封、腰封，前环衬毛笔书“水上健也様 松本清張”，水上健也（一九二六—二〇〇九），曾任读卖新闻社会长等职。在銀八丼吃海鲜丼。十一时回旅馆，退房，乘旅馆的车到水道橋駅，乘総武線到秋葉原駅，换乘山手線到日暮里駅，换乘京成本線到成田空港第 2 ターミナル，六时二十分乘 JL869 飞往北京，座位号 18A、18C。九时（北京时间）过抵。小张来接。

十五

東京 青森 酸ケ湯温泉 函館 登別温泉 利尻島 層雲峡温泉
美馬牛 中富良野 帯広 十勝川温泉 釧路 川湯温泉 網走
旭川 札幌 小樽

二〇一四年

七月十一日 ｜ 周五

晨五时起，天气晴好。六时小张来接，往机场。乘CA181航班往東京羽田空港，座位号11J、11K。飞机九时起飞。此行拟从東京经青森到北海道一游。下午一时五分（以下东京时间）降落。办理入关手续。换JR PASS（在北京JAL办事处办理交换证时，少收了我们约一千二百日元，这里的售票员打电话到JAL，结果无须补钱，唯费时约十分钟）。天气甚热，摄氏三十二度。即乘東京モノレール羽田空港線到浜松町駅，换京浜東北線到秋葉原駅，换総武線到市川，时为三时十分。去智新堂書店，今日休息，但已托L预先联络，所以按了书店旁边住宅的电铃，老板（上次买『虹児の画集』就是休息日找到他，但他显然已经忘记）就出来了，买川端康成著『雪国 決定版』（創元社，一九四八年十二月二十日初版），精装，有书函，扉页毛笔书“中里恒子様 川端康成”。中里恒子（一九〇九—一九八七）是第一位获芥川

奖的女作家，川端的『乙女の港』系在她的草稿的基础上写成。《少女的港湾》和中里的《时雨记》我都读过。在质店买小物。然后乘総武線到水道橋駅，在かわほり堂（也是L代为约好的，五时前须赶到，我到这里四时四十分左右）买「ヘンリー・ミラー個展ポスター」，乃是一张洛杉矶 Gallery 669 举办的“Paintings & etchings Henry Miller”展览（一九六七年五月二十九日—六月十六日）的海报，有亨利·米勒签名。去神保町，在けやき書店买丸尾末广漫画『キンランドンス 改訂版』（青林堂，二〇〇八年二月二十三日印刷），有护封，书名页签字笔书“丸尾末広”。去夏目書房取托静子姐姐代买的井上靖毛笔书色纸“天平の甍 井上靖”，钤“井上靖”章。有画框。在井上靖的作品中，我尤其喜欢《天平之甍》，曾为之深受感动——书中没有爱情，但有一种精神，一种信念，而这是切实的，安稳的，纯净的。又买『ナルシスの祭壇　山本タカト画集』（エディシオン・トレヴィル二〇〇二年七月二十日初版），精装，有书函（筒函），前环衬签字笔书“山本タカト”;『ファルマコンの蠱惑 山本タカト画集』（エディシオン・トレヴィル，二〇〇四年七月三十日初版），精装，有书函（筒函），前环衬签字笔书“山本タカト”；『殉教者のためのデヴェルティメント　山本タカト画集』（エディシオン・トレヴィル，二〇〇六年五月三十一日初版），精装，有书函（筒函），前环衬签字笔书“山本タカト 174/380”；『ヘルマフロディトゥスの肋骨　山本タカト画集』（エディシオントレヴィル，二〇一二年七月三十一日三刷），精装，有书函（筒函），前环衬签字笔书“山本タカト”。颓废是美的极致，当今之世，我觉得山本タカト的画将此表现得最好，尤其奇妙的是，他的颓废还特别干净、雅致。时为五时五十分，买书之事告一段落。下雨，旋霁。在御茶ノ水駅乘中央線到阿佐ヶ谷，逛街，买小物。乘総武線到西荻窪，在车上看到很美的晚霞。买小物，在车站吃面。又去荻窪，购物。乘中央線到神田駅，已九时半，入住神田セントラルホテル九一二房间。吃买来的寿司。去大浴场。十二时睡。

七月十二日 | 周六

夜里床摇动得很厉害，被摇醒了。后来看电视才知道福岛外的太平洋地震了，六点八级，时为四时二十二分。六时半起床，去大浴场。七时四十分退房。在神田駅乘京浜東北線到東京駅，八时二十分乘 JR 新幹線はやぶさ 5 号往新青森，十一时十九分抵。十一时三十分乘 JR 特急スーパー白鸟 5 号往青森，十一时三十七分抵。去 AUGA，在新鲜市場吃海鲜丼（扇贝）。沿新町通逛街。下午一时三十分乘 JR 巴士往酸ケ湯温泉（车是去十和田湖的），三时抵。入住酸ケ湯温泉旅館二十八号房间，八叠，房内无厕所。酸ケ湯温泉其实就是这家旅馆。这种只有零星旅馆的地方比旅馆聚集的“温泉街”有意思得多。有三个温泉：千人風呂（包括两个大池熱の湯、四分六分の湯，一个小池冷の湯，还有一个湯滝。此系混浴，然女客仅一二位）和玉の湯的男、女湯，千人風呂温泉有一百六十叠大小，屋顶、墙壁、池壁、池底都是木制的。pH 值二点零三，泉温四十二摄氏度。李长声《混浴的复兴》一文所说就是这里：“青森县山里有一处历时三百多年的温泉，混浴爱好者成立‘保卫混浴会’，开展不要盯着女浴客看运动。据说还有人潜伏在池子里，专等女性下汤来养眼，被称作‘鳄男’。”泡温泉。去附近散步，甚是凉爽（今日東京三十四摄氏度），有“森林浴”之感。六时半吃晚饭，又泡温泉。晚十时睡。

七月十三日 | 周日

这是家木质结构的老旅馆，走廊有人走过，虽然脚步不重，房间里也有声音。所以夜里没有睡好。六时醒。泡温泉（男湯）。吃早饭，是自助餐。又泡温泉，先是男湯，然后是千人風呂的熱の湯、四分六分の湯（最热）。十时退房。在附近散步。十时五十三分乘 JR 巴士往新青森，十二时过抵。车站广场有艺术小集市，三十来家。一时四十五分乘 JR 特急スーパー白鸟 11 号往函館。经过青函海底隧道。下午三时一分（晚点三分）抵函館。

乘有轨电车到五稜郭公園前駅下车，入住ドーミーイン函館五稜郭六〇五房间。此处无温泉，酒店为打出租车到 La Vista 酒店泡温泉。四时三刻到该处，在十三楼泡海峡の湯，水为深铁锈色，可眺望海港一带，五时一刻出。在金森赤レンガ倉庫逛街。本拟登函館山看夜景，以阴天小雨取消，有点遗憾。在十字街駅乘有轨电车到松風町駅下车，逛街购物。又乘车返回函館駅前，吃鲜贝甜虾饭和海胆蟹肉鱼籽饭。又去 La Vista 酒店泡温泉，九时半乘酒店付费的出租车回住的酒店，十一时半睡。

七月十四日 | 周一

晨七时半醒。吃早饭。八时半去五稜郭公園，参观箱館奉行所（据原样恢复）。在旅馆附近一家叫“絵画堂”的店买了一个色纸画框，用来放这回买的井上靖的字，原来的不大合适。十一时退房。乘有轨电车到函館駅前，去朝市，吃甜虾蟹腿饭。十二时三十分乘 JR 特急スーパー北斗 7 号往登別駅，七节车厢都坐满了，甚至有站着的。下午二时四十八分抵。换乘巴士，到登别温泉，步行二十分钟，入住登别石水亭樱馆二一一一房间，十二叠半。泡露天温泉，pH 值三点五六，泉温六十八点六摄氏度。近五时出外散步，到大湯沼川天然足湯、大正地獄、大湯沼（极壮观）、奥の湯、地獄谷、鐵泉池（间歇泉，看见喷涌）。七时回旅馆。晚饭是自助餐，颇丰盛。十一时睡。

七月十五日 ｜ 周二

晨七时醒。泡温泉，吃早饭，又泡温泉。九时五十分退房。十时在足湯入口駅乘巴士，十时三十分抵登別駅。十时三十七分乘 JR 特急スーパー北斗 3 号往苫小牧，十一时三分抵。逛街。阳光很热，海风很凉。下午一时三十八分乘 JR 特急北斗 85 号往札幌駅，二时三十六分抵。三时乘 JR 特急スーパーカムイ 25 号往旭川，四时二十九分抵。入住神威の湯ドーミーイン旭川九一六房间。逛街。泡温泉。

七月十六日 ｜ 周三

晨七时起，收拾行李，泡温泉。八时半退房，将大部分行李留在酒店。九时十六分乘 JR 特急スーパー宗谷 1 号，车过音威子府駅后，铁路两旁即不见人烟，只是大片原始森林了。北海道是个有意尽可能多地保留大自然本来面目的地方。下午一时抵稚内。逛街，这城市很小。四时半乘渡轮往利尻島鴛泊，二等舱，乘客在室内都躺在席子上，室外则有椅子。六时十分抵。码头服务人员主动为打电话招所预订的旅馆的主人开车来接，因未订晚饭，途中在超市购买食品。入住旅館夕陽二〇一房间，八叠，房内无厕所。去附近海边看夕阳，泡温泉。九时半睡。

七月十七日 | 周四

晨七时醒，七时半退房。沿公路走到自行车道，即改为沿此而行，先到富士野園地，继续前行，直到姫沼。沿途只看到五个骑自行车的。天先是阴沉着，到下午才出太阳。到姫沼后改沿公路而行，走到鴛泊，时为下午三时。在矶燒亭吃海胆丼，有红、黄两种海胆。五时十分乘渡轮回稚内，六时五十分抵。在船上看见海上落日。入住天北の湯ドーミーイン稚内六二一房间。泡温泉，十时半睡。

七月十八日 | 周五

晨五时半醒，泡温泉。六时五十分退房，走到稚内駅，七时十分乘JR特急スーパー宗谷2号往旭川駅，十时四十三分抵。十一时十九分乘JR特急オホーツク3号往上川駅，十二时抵。十二时五分乘巴士往層雲峡温泉，十二时半抵。途中遇雨，复霁。将行李放在预订的朝陽リゾートホテル，拟出外散步，降雨，返回旅馆，雨很大。下午二时（旅馆同意提前一小时）入住四〇四五房间。泡露天温泉。雨停了，出外散步，此地为大雪山国立公園的一部分，山景清幽，空气新鲜。又去層雲峡朝陽亭泡温泉，五时半乘两个旅馆之间的免费巴士回朝陽リゾートホテル，吃晚饭，泡温泉，十时半睡。

七月十九日 | 周六

晨六时起，泡温泉，吃早饭，又泡温泉。八时二十分退房。八时四十分乘巴士往上川駅，九时十分抵。九时二十五分乘JR特急オホーツク2号往旭川駅，十时十分抵。十时三十一分乘JR富良野線往美瑛，十一时零八分抵。逛街。十二时零八分乘JR富良野線往美馬牛，十二时十六分抵。去展望花畑四季彩の丘看花，实在是太美了。下午三时二十七分乘JR富良野美瑛ノロッコ5号往ラベンダー畑，三时四十六分抵。去ファーム富田看花，以薰衣草为主。五时三十七分乘JR富良野線往富良野，五时四十二分抵。入住民宿むつかり（六雁）"ゆり"房间。七时零七分乘JR富良野線往中富良野，七时十七分抵。在町営ラベンダー園举办的花火大会八时开始，共放了五组，四十分钟。可惜母亲没有度过这样的一天：看了这么多、这么美的花和焰火，而她是那样爱花，爱焰火。真是永远无法弥补的遗憾。九时三十九分乘JR富良野線往富良野，九时四十六分抵。回六雁，十一时睡。

七月二十日 | 周日

晨七时起，八时三十分退房，走到富良野駅，九时十四分乘JR快速狩勝・帯広行往帯広，十一时二十二分抵。逛街。今天是周日，城内有多处表演和市集活动。下午三时二十六分乘巴士往十勝川温泉，约四时抵。入住ホリデーインホテル十勝川一八一〇房间，八叠。泡温泉，泉水为深褐色，称为“琥珀温泉”。到附近的森林公园散步，大概走了四公里。七时吃晚饭，日餐，是送到房间内吃的。又泡温泉。九时半睡。

七月二十一日 ｜ 周一

夜里被摇醒，早晨看电视知道根室三时半地震，震度三级。六时醒，泡温泉，吃早饭，又去昨天去过的森林公园散步，回旅馆泡温泉。八时退房。八时零四分乘巴士往帯広駅，八时四十分抵。九时二十七分乘JR特急スーパーおおぞら1号往釧路，十一时一分抵。逛街。这城市很洋气。下午一时二十八分乘JR摩周＆川湯温泉足湯めぐり号網走行往川湯温泉，半路在摩周駅停十三分，在川湯温泉駅停十八分，乘客可下车到站外泡足汤。三时二十二分抵。所订旅馆ホテルパークウェイ在川湯温泉駅附近，不在川湯温泉小镇，入住二二六房间，八叠。泡温泉。出外散步，先走到硫黄山，空气里弥漫着浓烈的硫黄味，地上有沸水涌出。又走到川湯温泉小镇，共三公里。乘巴士返回川湯温泉駅。吃晚饭，泡温泉，十时睡。

七月二十二日 | 周二

晨七时醒，泡温泉，吃早饭。出外散步，走到森林边上，返回。又泡温泉。十时退房。十时三十六分乘JR快速しれとこ・網走行往網走，十二时零五分抵。多年前读周作人译志贺直哉的短篇小说《到网走去》，记住了这仿佛天尽头的地方，现在终于来了。乘巴士去博物館網走監獄，多坐了一站，沿天都山公路走回，旁边是森林，大概有两公里。参观網走監獄，介绍文字所体现的那个既不同于政府又不同于囚犯的态度，很有意思。乘巴士回網走駅，逛街，到道の駅流氷街道網走，又逛中央商店街。六时入住东横INN網走駅前六〇三房间。十时半睡。

七月二十三日 | 周三

晨五时起，六时十分退房。六时二十三分乘JR特急オホーツク2号往旭川，十时十分抵。F去逛街，我独自乘巴士往春光園前駅，参观井上靖記念館。一向景仰这位作家，此行了一心愿。这里复原了東京世田谷区旧井上靖邸（建于一九五七年，二〇一一年拆除，拆除前原田真人在此拍摄了故事片「わが母の記」）的一部分，包括书房（和室八叠，缘侧四叠半）和客厅（洋室约三十叠），从藏书可以看出主人对于西域的浓厚兴趣。展览介绍他的作品，乃以获芥川奖的『闘牛』为中心。我非常推崇井上靖的《我的母亲手记》，这本书主要不是写失忆症，而是将对于生命的理解写到极致。据此改编的同名电影在我看来不能算是成功之作。也许是文字与影像两种手段不同的缘故，太直接了，意味也就破坏了。乘巴士回旭川駅前。下午一时三十八分乘JR富良野線・富良野行往中富良野，二时四十一分抵。去町営ラベンダー園看花，前几天来漏过了这地方，特地补上。乘缆车上山，空气中有浓烈的薰衣草香味。三时五十一分乘JR富良野美瑛ノロッコ5号往富良野，四时抵。购物。七时七分乘JR富良野線往旭川，八时十九分抵。入住神威の湯ドーミーイン旭川九一五房间。泡温泉。十二时睡。

七月二十四日 | 周四

晨六时起，泡温泉，八时退房，八时五十五分乘JR特急スーパーカムイ14号往札幌，十时二十分抵。走地下街到狸小路，把行李放在预订的酒店。狸小路与近五年那次前来相比热闹了很多。今日天气甚热。去並樹書店，无所得。乘地铁到札幌駅。乘JR到新札幌，逛街，吃Pizza。乘JR去琴似，在ケルン書房买『痴虫 佐伯俊男作品集』[エディシオン·トレヴィル，二〇〇二年七月三十一日印刷（据一九九五年トレヴィル版复刻）]，有护封、腰封，前环衬背面碳素笔书“佐伯俊男”。佐伯俊男笔下那种戏

谑意味，最有意思。或谓他系师承伊藤晴雨，但我所见伊藤的绘画和照片中似乎没有佐伯那种类似“黑色幽默”的意味。逛街，很热闹，买小物数种。六时四十八分乘JR快速エアポート181号往小樽，途中下雨。七时十七分抵。去运河边和码头。码头前正在筹备明天的第四十八回おたる潮まつり（连续三日，第一、三日有花火大会），可惜赶不上了。去海猫屋吃晚饭（两人套餐），其间两次下大雨。老板比上次来时显得老了，汤也有点偏咸。九时十八分乘JR函館本線·岩見泽行往札幌，十时三分抵。走回酒店，沿途很热闹，可谓日本少见的不夜城。日本是个很现代又很传统，很开放又很保守，很发展又很节制，很奢华又很朴素的地方。这与其说是矛盾，其实倒是统一。而以我去过的地方论，这番话只能用在日本。别的地方，往往守住其中一个“很”，就牺牲了与之相反的另一个“很”，至少同时做不到这四个“又”，甚至来回折腾了许多年，结果就连一个方向上（不要提“又”了）也不到位。入住石狩の湯ドーミーイン札幌八一二房间。泡温泉。十二时睡。

七月二十五日 | 周五

八时起，泡温泉。收拾行李，十一时退房。逛狸小路，买小物数件。下午二时过回酒店取行李，沿地下街走到札幌駅，

八幡平

京都　仙洞御所

京都　皇居

京都　仙洞御所

京都　仙洞御所

利尻島

利尻岛

修善寺温泉

白川郷

京都　南禅寺

京都　無鄰菴

京都　曼殊院

京都　植物園

京都　植物園

京都　高山寺

京都　嵐山

京都　桂離宮

利尻島

美馬牛

美馬牛

中富良野

十勝川温泉

川湯温泉

小樽

东京　日本桥

松本

扉温泉

扉温泉

湯村温泉

諏訪湖

三时二十五分乘JR快速エアポート132号往新千歳空港，四时一分抵。七时搭CA170航班飞往北京，座位号18B、18C。邻座是一位老妇，她的丈夫和孙子坐在前排。听她讲：婆婆是二战后留在中国的日本人，被卖到一户中国人家。一九九五年她的公公去世，她和丈夫及两个孩子（均不满十八岁）随婆婆移居日本。婆婆今年初去世。她讲到日本丧事的过程，记其大意：医院人员代穿殓衣，送上灵车。对入殓师的描述，简直就像泷田洋二郎那部电影里的本木雅弘一样（穿的是中国衣服，她都摆好在那里，入殓师虽不熟悉这些衣服的穿法，但仍极完善地给穿上了，她特别强调其间遮挡得非常好）。守夜只需直系亲属在，点的香不能灭，从六点到次日九时。男女都穿黑色礼服（租的更贵，大概质量更好），来吊唁者亦如此。奠仪最多（通常）五千日元，也有一万或三千的，殡仪馆的人代为接受，送代买的回礼（一包海带之类），然后把所有奠仪的纸袋一起交给死者之子。直系亲属的花拿回家，其余亲友送的花随遗体火化。火化后骨灰按脚到头的顺序装入骨灰罐（金属），由儿子保存，但喉骨那一部分由女儿保存。送到祭场，儿子捧骨灰罐，孙子捧灵牌。一起到一家饭馆吃一顿饭（定食）。飞机十时二十分（北京时间）到北京。打车回望京。一时睡。

十六

東京 強羅温泉 芦ノ湖

二〇一四年

九月十七日 ｜ 周三

晨五时起，六时小张来接，往首都机场第三航站楼。八时二十五分乘JL860航班往成田空港，座位号49A、49C。此行仍是前往纽约，往返路过東京，去程稍停留数日，再去箱根一游。十二时四十分（以下东京时间）抵。办理入境手续。乘京成本線，在日暮里駅换乘山手線，到神田駅。出西口。入住神田セントラルホテル九一二房间。去神保町，在八木書店古書出版部买谷崎润一郎毛笔书色纸："心自閑　潤一郎"。当出自李白的《山中问答》："问余何意栖碧山，笑而不答心自闲。桃花流水窅然去，别有天地非人间。"但说实话我不太喜欢这首诗，就像不太喜欢他的《赠汪伦》一样，觉得写得太随意，也太"顺"了。我还是只中意"心自闲"这个字面。又去矢口書店，欲买三池崇史签名本『監督中毒』，云已售出。在二手店买小物。尝对人说，我到日本旅游的乐趣，游山逛水（含某些人文景观），泡温泉，住日式旅馆（一泊两食），去旧书店，买小物，各占五分之一。在水道橋駅乘総武線到御茶ノ水，换乘中央線（快速）到阿佐ヶ谷，逛了五六家二手店，买小物若干。吃海鲜丼，还点了一个酒煮蛤蜊。在北阿佐ヶ谷逛街（一向都是去的南边）。乘中央線到神田駅，九时过回酒店。去大浴场。十一时睡。

九月十八日 ｜ 周四

晨六时起。去大浴场。七时半退房。乘JR山手線到東京駅。八时十分乘JR东海道本線熱海行到小田原駅，换乘箱根登山鉄道到箱根湯本，再换乘箱根登山鉄道到强羅駅。上次只在箱根湯本住了一夜，觉得没有玩好，所以再来一趟。换乘箱根登山鉄道到早雲山駅，换乘缆车到桃源台駅（其间在大涌谷駅换车），此地即是芦ノ湖边。吃湖鱼定食。下雨，走到湖尻，在长途汽车站遇见一个中国旅行团，导游也是中国人，鼓动游客购物，然后趁吃饭时独自偷偷去到商店办公室，亦有趣也。雨停。沿神山通り而行，道在树林之间，芦ノ湖掩映在一侧树木之后。走了三公里，到箱根王子酒店，湖边风景甚佳。沿原路走回，又下雨了。在桃源台駅乘缆车到早雲山駅，两次车厢内均只我们二人，雨中观望山景。换乘箱根登山鉄道到上强羅駅，雨停了。下车步行五分钟，入住ホテルグリーンプラザ強羅三一二房间，是套间，各八叠。

泡温泉。吃晚饭，质量好且精致。菜单：先付：芝麻豆腐 芽葱飞鱼籽 海胆；造身：相膜湾产真鲷 鲔鱼 金目鲷 配菜一套；蒸物：松茸茶碗蒸；台物：酒糟汤底火锅 涮鲜蘑菇；煮物：茶荞麦信田卷 海老芋 红叶麸 雕花柚子 食荚豌豆 山葵 白发葱；烧物：雏鸡葱味噌烧 辣椒叶 辣椒面 向日葵籽；扬物：炸蟹肉山药糕 炸海老虾皮 丸十 茄子；御饭：米饭（宮城县产ひとめぼれ） 高汤 香物；水果子：烧芋布丁 巨峰葡萄 砂糖枫浆瑞士卷。——ホテルグリーンプラザ強羅料理长大冢和吉。晚饭后去附近散步，有多家旅馆。又泡温泉，十一时睡。

九月十九日 ｜ 周五

晨六时半醒。泡温泉，吃早饭，又泡温泉。这旅馆有两处温泉：大文字の湯、早雲山の湯（带露天温泉），泉温九十点三摄氏度，pH 值八点七。这是一家很温馨的旅馆。十时退房。乘巴士到箱根湿生花園，入内参观。约一小时出，漫步到春山下駅（大概走了九站），沿途山景清幽。一时半乘去小田原的巴士，在綠町駅下车，逛街，买小物。原拟明日去买书，今日时间有余，遂改变计划，三时二十分乘小田急線往成城学園前駅，去キヌタ文庫，书的摆放较前次来颇有变化，或已易主，无所得。乘小田急線往経堂，在遠藤書店买井上靖著『敦煌』（講談社，一九五九年十一月十日初版），精装，有书函、腰封，前环衬钢笔书“梶包喜様　井上靖”。梶包喜，曾任講談社出版部长。《敦煌》写得感受饱满，堪称杰作。曾看过据此改编的电影，似不及原著。无论《敦煌》，还是《天平之甍》，井上靖从中国历史上抓住一些点，运用巨大的想象力，达到了历史学家不太关注或无法达到的深度。我读他的作品，仿佛看见冥冥之中有一队人若隐若现，艰难跋涉，他们搬运的就是我们的文化，使之有所传承，有所发展。这是一位异域作家对另外一个国家的文化所表达的最大敬意。进一步说，中国文化好比《敦煌》里的西夏女子，作家们好比赵行德。井上靖正如小说中所描写的，睡着了，醒了之后错过考试，却遇见了西夏女子，被吸引到一片神奇的天地；相比之下，我们那些作家则根本没睡觉，他们直接参加考试，得中，走了另一条道了。又买『緋色のマニエラ 山本タカト画集』(エディシオン·トレヴィル，一九九八年二月二十七日初版)，精装，有书函（筒函），前环衬签字笔书“山本タカト　平成十年三月”。逛街，买小物数件。乘小田急線到大和，入住ビジネス　アークホテル大和四〇九房间。到车站对面买两份海鲜丼，回旅馆食之。十一时睡。

九月二十日　|　周六

晨六时醒。七时旅馆开门，下楼即是“やまとプロムナード

古民具骨董市”，买小物若干。九时半过回来，十时退房。逛街。十一时乘小田急線往新宿，原预告的中央公園的跳蚤市场取消。但 Century Hyatt Tokyo 酒店前有个较小型的跳蚤市场，买小物若干。乘中央線往御茶ノ水，去“趣味の古書展”，无所得。入住神田セントラルホテル五〇一房间。去神保町，逛了几家书店。晚十二时睡。

九月二十一日 | 周日

晨七时醒，八时出门，乘山手線到秋葉原駅换総武線，到錦糸町，在イベント広场的跳蚤市场买小物若干，其中包括一块一九九五年阪神大地震中倒塌的尼崎本興寺三光堂的古木材，松坂庆子 (Matsuzaka Keiko) 和她丈夫高内春彦合作在上面画了一幅小画。松坂庆子演的电影，在中国最有名的当属《蒲田进行曲》，这也是我第一次在银幕上看到她，说来已经超过三十年了。另外我还很喜欢她演的《火宅之人》、《死之棘》等。十二时乘総武線往荻窪，又去西荻窪、阿佐ヶ谷，买小物若干。八时回酒店。收拾行李。十二时睡。

九月二十二日 | 周一

七时半醒。十时退房。去神保町逛了几家旧书店，无所得。

二时回酒店取行李，乘山手線到日暮里駅换京承本線，到成田空港第2ターミナル，六时半乘JR004往纽约。六时（以下纽约时间）抵JFK Airport，乘Airtrian到Jamaica，换乘“E”线，再换乘“6”线地铁到Grand Center。乘八时二十二分的火车到White Plains，八时五十六分抵。毛毛来接。小沙在。晚十一时睡。

……

十月十四日 | 周二

五时半（纽约时间）起，六时一刻由毛毛开车送往JFK Airport Terminal1。九时半乘JL003航班飞往成田空港，座位号29A、29C。

十月十五日 | 周三

中午十二时（东京时间）抵成田空港。去佐倉小逛，遇雨而返。与F聊到美国，还是很怀念，尤其是那里的自然风光和博物馆。至于日本，大概首推就是温泉和日式料理了——也就是那些偏僻之处的有名的日式旅馆。晚六时十分乘JL869往北京，座位号22A、22C，晚九时（北京时间）过抵。小张来接。

十七

東京 法師温泉 越後湯沢

二〇一五年

一月十六日 | 周五

今日是我五十六岁生日。晨四时半起，六时赵小东来接，送往机场。八时二十五分乘JL860往東京成田空港，座位号19B、19C。此行是来東京看拼布展的，顺便去“雪国”一游。十二时四十分（以下东京时间）抵。办理入关手续。下午一时二十七分乘京成線到船橋駅，换乘総武線到秋葉原駅，换乘山手線，三时过抵神田駅。入住神田セントラルホテル九一二房间。放下行李，即走到東大前，在森井書店买永井荷风所绘扇面，画的是一枝高砂芙蓉，署“仿可庵武清笔意　荷風散人画”，钤“荷風”印，本纸二十点五厘米宽，四十四点五厘米长。有画框，三十二厘米宽，六十三厘米长。吃海鲜丼。走到東京古書会館，有“我楽多市”，但进门不久就到关门时间了，有老店员在唱“友谊地久天长”，遂离去。在小宮山書店买三島由纪夫著『サド侯爵夫人』（河出書房，一九六五年十一月十日初版），精装，有书函、腰封，扉页钢笔书“堂本正树様 三島由紀夫”。堂本正树（一九三三— ），日本剧作家、评论家、演员。曾与三岛等组成剧团“浪曼剧场”，《萨德侯爵夫人》为剧目之一，虽然他不曾出演。新井一二三著《我这一代东京人》有云：“十五岁的庆应中学生堂本正树在銀座六丁目后街的咖啡吧 Brunswick，经伙计介绍认识二十三岁的新人小说家三岛由纪夫而成为同性情侣。”《萨德侯爵夫人》才华横溢，又深刻透彻，是我最喜欢的三岛的作品，心目中可与之相比的大概只有《假面的告白》、《金阁寺》和《春雪》。在神保町买小物。回旅馆。去大浴场。十时过睡。

一月十七日 | 周六

晨六时起，七时十二分乘中央線到新宿駅，换乘小田急小田原線到相模大野駅，换乘江ノ島線，八时二十一分到大和。逛“やまとプロムナード古民具骨董市”，买小物若干，包括一套人形。又去一家二手店，买小物。乘小田急到経堂，吃麦当劳，买小物。乘小田急到新宿駅，换乘中央線到神田駅，将所买东西放回旅馆。五时乘地下铁銀座線往銀座，去ユザワヤ銀座ニューメルサ店（本月三十一日闭店，有折扣），F 买布料若干。去三越百货，在千疋屋买水果拼盘，在店里食之。乘地下铁回神田駅。回旅馆，去大浴场，十一时睡。

一月十八日 | 周日

六时起。去大浴场，八时出门，买地铁一日券。乘千代田線到明治神宫前駅下车，去原宿代々木公園イベント広场フリーマーケット，价钱较贵，买小物若干。走到涉谷，沿途有手工创意集市。在一番屋吃咖哩饭。在西武涉谷店购物。乘副都心線换丸の内線，先后到阿佐ヶ谷、荻窪、高円寺，买小物若干。想到，这几年所去国外地方，包括日本，其实也不能说多么好，只是正常社会或正常国家而已。到过日本和德国之后，我深深感到，对这两个国家来说，二战战败真是大好事，从此改弦更张（东德部分要迟至德国统一后），历史也就永远翻过那一页了。过去七十年里老百姓也活得比较消停（尽管开头几年苦点）。在这个过程中，个人主义替代国家主义或民族主义成为社会主流意识，或许是关键之一。个人主义是对一切群体盲动的最好的消除剂。在个人主义时代，不会有大的好事（当然不妨进一步问：是好事么），也避免了大的坏事。因为人们做什么都以不损己为底线，虽然可以跟着起哄，但要让自家赔钱甚至舍命那是很难的了。我对世界从不乐观，唯独这一点不太悲观。乘丸の内線到銀座，又去ユザワヤ銀座ニューメルサ店买布。晚八时应L的朋友约到神楽坂取她代我们及出版社买的书、物，等待许久而不来。后来才知道是病了。

一月十九日 | 周一

晨七时半起，去浴场。乘中央線到武蔵小金井，步行十五分钟，到えびな書店买书：『東山魁夷昭和三大障壁画』（実业之日本社，一九七七年六月一日发行），前环衬毛笔书“東山魁夷”；『東山魁夷自選画集』（美術出版社，一九七七年五月十日发行），精装，有护封、书函，前环衬毛笔书“東山魁夷”。去 Ito Yokado 四楼美食街吃面，又感受到那种正常生活的气氛，确实有种其他东西所无法比拟的魅力。说来“爱国”亦有不同的路数：其一用手，其一用嘴，其一落到实处，一草一木一砖一石均所爱惜，其一大而化之。老戴曾说，人的情感可分为三个层次：最上出乎天性，其次体现欲望，最下是意识形态化的，与我所说是同一道理。不妨再强调一句：爱国主义如果限于一种意识形态的话，落到实处就只能是负面的行为。乘中央線去吉祥寺，逛街，去井の頭恩賜公園。喝下午茶。乘中央線到西荻窪，逛街，买小物数件。吃麦当劳。六时离开。七时回酒店。L 的朋友已将东西送到前台。收拾行李，去大浴场。十时半睡。

一月二十日 | 周二

晨七时起，去大浴场。九时退房，将行李寄存在旅馆。乘山手線到上野駅。九时三十七分乘 JR 快速アーバン往高崎駅，十一时十六分抵。十一时三十二分乘JR上越線・水上行，列车经过津久田駅与岩本駅之间的隧道，也是東京以北的第一个隧道，铁路两旁就有积雪了，远处的山麓、近处的屋顶也有积雪，而且零零星星飘雪花了。十二时二十四分抵後閑駅。十二时三十分换乘巴士往猿ヶ京，一时十分抵。在一家叫“歩”的饭馆吃饭，进门是土间，席上有七张炕桌，盘腿坐下，我吃舞たけ丼，F吃あずき丼。电视里正放映根据西村京太郎著『寝台特急「北陸」杀人事件』改编的电视剧。吃完饭F留在饭馆看电视，我独自在猿ヶ京逛，走到赤谷湖边，又折回。三时四分乘巴士往法師温泉，是积雪的曲折山道。三时十九分抵。法師温泉長寿館是深山里孤零零的一组建筑。进门悬挂“日本秘湯を守る會”灯笼，是我们住的第一个秘汤。“秘汤”一词据说一九七五年因日本秘汤守护会成立而产生，通常远在山中，交通不便，但景致优美，大多维持数百年前传统建筑式样与特色料理，房间数目不多，几乎不接团体客。入住本馆十八番房间。八叠，当中放个被炉，与屋中其他部分隔以拉门，有缘侧。斜对面的二十番就是与謝野晶子の間，别处走廊里有一张当初她乘轿子来此的照片。旅馆有三个温泉：長寿の湯、玉城の湯和法師の湯——系混浴，木制建筑美轮美奂，介绍上说是“鹿鸣馆式建筑”，池底均是黑色的石子和石块。泡两次温泉。吃晚饭。菜单：先付：菊花拌芝麻　朴蕈　海鲜萝卜拌地肤子；吸物：蘑菇汤；造身：红鳟 金枪鱼豆腐皮 生鲜鲤鱼片 柚子豆腐；煮物：芥菜 生椎茸 高野豆腐 胡萝卜 荷兰豆 加馅鸡肉松；锅物：上州麦猪肉寿喜烧；扬物：岩鱼南蛮腌制；烧物：烧鲑鱼 照烧海老芋 配苹果 银杏串；蒸物：茶碗蒸；醋物：香薰山河豚；杏拼盘：木耳 茗荷 黄瓜；御饭：签约农家所培育的鱼沼产越光水稻米饭；香物：三点拼盘；水果：时令新鲜水果。饭后又泡两次温泉。给R写信，拟作为其所著《东国十八日记》一书的序。旅馆窗外冰天雪地，在被炉前开始重读《雪国》，读了二十来页。刚好书中写了“岛村把腿伸进被炉里”，不过老式被炉是以火炭取暖，现在则是电热的了。夜十一时睡，甚冷，我们都把脚伸进被炉里。

一月二十一日 | 周三

晨七时半醒，泡温泉，吃早饭，九时半退房，在旅馆附近照相，很美的雪景。九时五十分乘巴士往猿ヶ京，十时零五分抵。十时二十分乘巴士往後閑駅，十一时零六分抵。十一时二十三分乘JR上越線往水上，十一时三十五分抵。走到河边，拍些雪景。此地我夏天来过，景色果然迥异。然后在车站对面的Shinada咖啡馆喝下午茶，我要的是阿萨姆红茶，F要的是自家烘焙咖啡。我尝说在中国、日本等国，咖啡与茶的意义正相反，后者属于乡村文明，前者属于城市文明，一个国家咖啡的普及就体现了城市化的普及。水上只是个不大的“町”，却有如此讲究的咖啡馆，似乎可以作为我这看法的例证。继续读《雪国》，至一半处。一时四十二分乘JR上越線·長岡行往越後湯沢，电车穿过三国峠的隧道非常长，湯桧曽駅和土合駅都在隧道里面。原来川端过的一九三一年开通的清水隧道是九千七百零二米，现在改为进京方向的上行线专用；我所经过的这条一九六七年开通的新清水隧道是一万三千五百米，供下行线专用，另有一九八二年开通供上下行新干线使用的大清水隧道更长，有二万二千二百二十一米。出了隧道，只觉亮得刺眼，还是想起了川端小说开头那句“穿过县界长长的隧道，便是雪国”的话。隧道北面的积雪比南面厚多了，甚至已经超出了车窗下沿。在土樽駅，站台上横置铁管喷出温泉水，以融化积雪。然后又经过一个隧道，铁路边的积雪就比电车还高了。二时十七分抵越後湯沢。广场上的积雪足有两米多高。这里已变成相当热闹的小镇。沿温泉街而行，一直走到尽头，沿途看到不止一人站在屋顶上铲雪。到预订的旅馆雪国の宿高半，正如书中所写的“客栈在小山冈上，有一段陡坡”，通往旅馆的坡道上积着厚厚的雪。不过旅馆早已经过重建，不复原来面目。入住東館六一五房间，十叠。泡温泉，参观设于二楼的雪国資料館，这里完整保存着川端住过的かすみの間（霞の間），正如小说所写是“八叠大的榻榻米”。上世纪三十年代川端先后五次来越後湯沢，都住在这个房间。資料館展出了作者的手迹及著作，以及驹子的原型小高菊（艺名松荣）的照片和衣服。旅馆每天还在下午四点至六点一刻、八点半至十点四十五分放映一九五七年丰田四郎导演、池部良和岸惠子主演的电影《雪国》。吃晚饭，读《雪国》毕。泡温泉。十一时睡，虽开足空调，室内还是很冷，与昨天一样是穿着毛衣睡的。

一月二十二日 | 周四

晨七时醒，泡温泉，吃早饭，又泡温泉。九时四十分退房，乘旅馆的免费巴士到湯沢町歴史民俗資料館（雪國館）参观。共有三层，除当地民俗资料外，三楼与一楼均有不少川端及『雪国』的资料，又看到数张驹子的照片，还有她的笔砚等遗物。还再现了“雪国のヒロイン駒子の部屋”。昨天在越後湯沢駅的大厅里，也看见摆放着标明“駒子”的巨大人形。汤泽町更一年一度举办“ミス駒子”大赛，面向新潟及関東圏二十岁至三十五岁的未婚女性募集，每届选出三名，今年已是第五十三届。看来她真的成了这个小城最有名的人物了。在雪國館看到一张『雪国』完成年表。『雪国』一九三七年六月由创元社首次出版，实际上是个小说集，包括「雪国」、「父母」、「これを見し時」、「夕映少女」等篇，其中的「雪国」陆续发表于一九三五年至一九三七年，截止于中译本“披上一层薄雪的杉林，分外鲜明地一株株耸立在雪地上，凌厉地伸向苍穹”，约占后来完成的全书的百分之八十五。一九四〇年至一九四七年，作者又发表了「続雪国」等篇，即从中译本“在雪中缫丝、织布……”至全书结尾，约占全书的百分之十五，二者一并收入创元社一九四八年出版的『雪国決定版』，并取消旧版『雪国』原有的各章标题，至此全书乃告完成。也许可以写一篇“在雪国重读《雪国》”的文章。十二时乘 JR 上越線往水上駅，所经过的与来时不是同一条隧道，来时是两段，回去时是六段，都短得多。十二时三十九分抵。十二时五十六分乘 JR 上越線・高崎行往新前橋駅，下午一时五十分抵。一时五十九分乘 JR 両毛線・小山行往前橋，二时零二分抵。逛街，下小雨，旋停。买小物。去大閑堂書店买井上厦著『東京セブンローズ』（文艺春秋，一九九九年三月二十日初版），精装，有护封、腰封，前环衬钢笔书“井上ひさし 99 3 31 煥乎堂”，钤“厦”印。焕乎堂是前橋的一家综合书店。井上厦签名时间距该书出版时间甚近，或是当日来此签售亦未可知。在车站前吃海鲜丼。五时四十一分乘 JR 両毛線往上野駅，七时五十三分抵。七时五十八分乘 JR 京浜東北線・蒲田行往神田駅，八时三分抵。入住神田セントラルホテル五一二房间。

一月二十三日 | 周五

晨七时起，去大浴场，八时出门。九时半到東京ドーム，参观“第14回東京キルトフェスティバル—布と針と糸の祭典—”，感觉比在美国看到的水平高得多，难度大，也美，偶然看到了三浦百惠（山口百惠）的作品，虽然在整个展览中属于一般之作，但还是吸引了很多人围观。F在齐藤谣子的展台买了一册她的书，请她签名。还见到了小关铃子。此皆是拼布界的名人。六时离开。吃pizza。回酒店。去大浴场，十一时睡。

一月二十四日 | 周六

晨七时半起，去大浴场。买地铁一日票，去神社前的跳蚤市场，买小物若干。下午去錦糸町和日本橋逛街。晚李长声夫妇请我们在神田駅北口的丸冨水産和西口的四季喝酒吃饭，赠之在新潟买的清酒一瓶。晚十一时过回酒店，去大浴场，十二时半睡。

一月二十五日 | 周日

晨八时半起，收拾行李。去大浴场。十时退房，将行李放在酒店，F去銀座买布（李长声代她办了那家店的卡），我去神保町，在三省堂四楼为F买了一本小关铃子的拼布书，有她的毛笔签名。在夏目書房买安野光雅绘本『中国の运河 苏州·杭州·绍兴·上海』

（朝日新聞社，一九八六年三月十日初版），精装，有护封、腰封，前环衬毛笔书“渡辺美明様 安野光雅 一九八六年三月七日”。渡辺美明是日本书道研究会“书道くらぶ”的代表。一时半回酒店，F 已回来。乘山手線到日暮里駅，换京成線到成田空港。在だし茶漬けえん，我吃海鲜茶泡饭，F 吃海鲜丼。办理出境手续。六时零五分乘 JL869 航班飞往北京，座位号 19B、19C。约九时半（北京时间）抵。打车回家，十二时过睡。

十八

東京 小倉 門司港 下関 青海島 仙崎 萩 長門湯本 山口
湯田温泉 津和野 出雲大社 玉造温泉 三朝温泉 岡山 倉敷
鞆の浦 尾道 宮島 広島

二〇一五年

二月八日 | 周日

晨四时半起，六时赵小东来接，往首都机场。八时二十五分乘 JL860 航班往成田空港，座位号 18B、18C。此行拟去中国地区。记得艾伦·布思著《千里走日本》一书曾解释日本本州島西部（包括鳥取、島根、岡山、広島、山口五县）为何叫作“中国”（Chugoku，与 China 同音异义）：“日本部落最早出现于九州岛北部，随后大和朝廷兴起于奈良盆地，‘中国’正好位于两者的中央。”十二时四十五分（以下东京时间）抵。下雨了。办理入关手续。一时三十分乘京成線往日暮里駅，换乘山手線到神田駅，换乘中央線，先后到西荻窪、荻窪、阿佐ヶ谷，买小物若干。在阿佐ヶ谷吃海鲜丼。乘総武線到水道橋駅，购物。入住神田セントラルホテル五〇一房间。去大浴场。十时睡。

二月九日 | 周一

晨六时起，去大浴场，七时退房，将行李寄存在酒店。乘山手線到浜松町駅，換東京モノレール羽田空港線到羽田空港。九时十分乘JL373往北九州空港，座位号37A、37B。十一时抵。乘巴士，约四十分钟到小倉。逛魚町商店街、旦過市場，又走到紫川边，遥望小倉城，但没有走过去。这里还有松本清張記念館，犹豫了一下，没去，说实话我对他并没有那么热爱。社会派确实是对推理小说的一大拓展，也可以说提高了其文学性，但流弊亦甚大，凡推理不够周全复杂之处，有人便以“社会派”搪塞之，真可谓：社会派，多少写得不好的推理小说假汝之名以行。虽然这与松本清张未必有多大关系。但他的小说特别是《砂器》写得确实粗糙，书中许多枝蔓的情节都没有用处，另外还违背了推理小说最基本的原则，即读者必须拥有与作者一样的知情权。最明显的例子是第十五章：“今西把目光集中到这张纪念照上的某一个人身上”；又说，“三木谦一看到的就是这张照片”，“他把附在照片上的说明抄录下来。那是某一个人的名字。”并不说出具体名字；下文今西将调查进展讲给吉村，作者也继续对读者保密。在我看来，推理小说无论怎样发展变化，这一条也不能放弃，否则就难免故弄玄虚之讥。落了一点雪花。二时十四分乘JR往門司港，二时二十七分抵。先后去旧大連航路上屋（“松永文庫”

有高仓健的展览）、旧門司三井倶楽部（有个手工展，包括人形，在这城市到处都看见人形）、栄町銀天街、旧門司税関，路过对面的国際友好記念図書館，意外地发现招牌上的字署名是“大连市市长薄熙来”。沿海边而行。今天天气很冷，稍稍破坏游兴，但門司港是个很漂亮的小城，尤其是很开阔，为日本他处所难得一见。走过めかり観潮遊歩道，到関門トンネル人道入口，走过隧道，到下関。出隧道口，海边立着一块“壇ノ浦古戦場址の碑”，乃是源平合战、平家灭亡之地。乘巴士到下関駅。入住天然温泉関門の湯ドーミーイン PREMIUM 下関四〇四房间。泡温泉，是盐化物泉。十一时睡。

二月十日 | 周二

晨七时起。泡温泉。八时出门，走到下関駅乘巴士，到唐戸。去唐戸市場，吃河豚刺身丼和海胆丼。去引接寺，此处原为李鸿章赴日谈判下榻处，但原建筑已于一九四五年被毁，现在的本堂等都是后修的，只有三門是旧的。又去春帆樓，原为马关条约谈判处，原建筑亦于一九四五年被毁。参观日清講和記念館。又走到檀ノ浦，本拟去火の山公園，但临时决定不去，改为走回下関駅，走的是“金子みすゞ詩の小径”，路过上山文英堂本店跡等处。十二时三十八分乘 JR 往小倉，因为 F 要再去昨天去过的布店买布，我就想还是去参观一下松本清張記念館罢。倒是不虚此行：这个馆规模很大，里面复建了松本清张在東京都杉並区的住宅、客厅、书房和书库（是二层楼）。一个藏书者对于身后的愿望仅此而已。不过我记得在東京古書会館见过卖森村诚一、黑柳彻子等签名送给松本清张的书，所以大概这里展览的藏书也不够齐全。三时五十三分乘JR回下関。本想去看看高杉晋作终焉の地，但走了好久也没找到。回酒店，泡温泉。晚上出门想走到海边，临近的几条路都不通，不远处是码头，有去青岛的客船。回旅馆。十楼的関門の湯，“殿方”倒是面海的，可以望见门户港的辉煌灯光。吃面。

二月十一日 | 周三

晨五时半起，泡两次温泉。七时退房。七时二十九分乘JR山陰本線往長門，沿途常临近海岸。九时三十七分抵。十时零二分乘巴士往青海島，十时二十二分在静浦駅下车，沿海边往回走，大海非常宁静。共走了四点八公里，途中路过一个渔村，向一位老妇打听有无餐厅，她说一口流利的美式英语，颇奇。不仅这岛上，就连仙崎好像也没有饭馆。到仙崎，先去人工島，金子みすゞ（美铃）诗中写过的弁天島，已经成了人工島上一个小湖中的岛了。又去金子みすゞ記念館，包括重建的金子文英堂（书店和故居）和本馆两部分。故居收集了不少她家的旧物，如金子文英堂的书柜、上山文英堂的书箱等，——上山文英堂是美铃的继父在下関开的书店，她最后就在那里自杀。本馆展出了她生前留下的三册手抄童谣诗集。展柜中还摆放着一册中译本《向着明亮那方》，此书当年得以面世，我曾出过绵薄之力。又去遍照寺，入口左手，就是金子みすゞ墓。这里到处都能看到她的诗篇。我读其作品，总想这个笔下如此纯净美丽的诗人好像不该是这种身世：被寻花问柳的丈夫传染上梅毒，被他禁止写作，提出离婚又被判决将女儿从身边夺走，最后在二十七岁时绝望自杀。生前默默无闻，死后长期被遗忘，也许这就是"天妒英才"罢。在金子文英堂斜对门一家杂货店买到一块很旧的町屋用的护墙板，上面用毛笔写着她的诗句："いつかいいことしたところ、通るたんびにうれしいよ"（"有着美好回忆的地方，每次经过都很开心"），当是这街上一位邻居的旧物。不少人家门上现在还挂着类似的木板，唯不及此件显得陈旧耳。三时三十四分在仙崎駅乘巴士往長門市駅，四时十九分乘 JR 美祢線往東萩駅，四时五十七分抵。请观光案内所打电话要酒店来车接，入住萩温泉鄉源泉の宿萩本陣三〇一房间。去附近走走，茫茫夜色中来到松陰神社。未订晚饭，遂买些食物回酒店。泡温泉两次。这里的温泉规模很大，有多个室外温泉。十一时过睡。

二月十二日 | 周四

晨七时起。泡温泉。吃早饭。又泡温泉。九时过退房。走到松陰神社，参观吉田松陰歴史館。神社里的松下村塾是“世界遗产候补”，神社门口石上镌着佐藤荣作所书“明治維新胎動の地”。去伊藤博文旧邸。去東光寺，后面是毛利家庙，并排的五座坟墓（奇数藩主）前有将近五百座石灯，古老，幽静，庄严，神秘，是我去过的日本最美的寺院。乘观光循环巴士到浦上記念館前駅下车，去城下町，江戸屋横町、伊勢屋横町、菊屋横町都走过。又去附近的传统的建筑物群保护区域，一直走到菊ヶ浜海水浴場。萩真是一个很美的地方。沿城中小巷走到萩橋，回到東萩駅。二时四十三分乘JR山陰本線往長門市駅。三时二十分抵，三时二十七分换乘美祢線往長門湯本，三时三十四分抵。搭乘酒店的车，入住楊貴妃浪漫の宿玉仙閣一〇三房间（“青云”），十叠，另有一个两叠的带被炉的地方。出外散步，先去大寧寺，又沿大寧寺川走到湯本大橋。回旅馆。泡温泉。这旅馆以杨贵妃命名，我原来嫌俗，打算另换一家，来此发现老板居然真的对杨贵妃非常热衷，两个温泉之一華清の湯，还专门按照西安华清池挖掘的贵妃池的样子和尺寸做了一个池子。水也很好，自许是“美人泉质的代表”。吃晚饭，很精致，有烤鲍鱼。又泡温泉。十时睡。

二月十三日 | 周五

晨七时起。泡温泉，吃早饭。我独自去附近散步，沿大寧寺川走到音信川河川公園，至松声橋走到对岸，又返回。回旅馆，退房。乘旅馆的车到長門湯本駅，十时零七分乘美祢線往厚狭駅，十一时零三分抵。十一时零九分乘山陽本線往新山口駅，十一时四十三分抵，十一时五十一分乘山口線往山口，十二时十四分抵。走过中心商店街，去サビエル記念聖堂，是一九九八年重建的，正如LP旅行指南所说“设计很现代，内部富丽堂皇”，不过我觉得是华丽与质朴相得益彰。还参观了位于教堂地下的纪念馆。去琉璃光寺和国宝五重塔，都很漂亮。走到湯田温泉，入住湯の宿味の宿梅乃屋四四〇房间，十二叠半。泡温泉。住在这种城市里的日式旅馆意思未必很大，所以我说的“住日式旅馆”还离不开前一句“去偏僻之地”。泡温泉。晚将上次去雪国的笔记稍作整理，拟写一文。十一时睡。

二月十四日 | 周六

晨七时半起。泡温泉，吃早饭，又泡温泉。十时退房。走到湯田温泉駅，十时三十四分乘山陽本線往山口駅，十时三十八分抵。十时四十五分乘山口線臨時列車（恰好今天有车）往津和野，十一时五十七分抵。将行李放在预订的旅馆，然后去逛小城。参观安野光雅美術館，看到画家多幅真迹，过去只看过他的画册，所画都是水粉画，印刷效果大不如原作。又去森鷗外記念館及其故居。最早还是在《现代日本小说集》中读到森鸥外的作品，译文出自鲁迅之手。前年在柏林，还曾去过一处森鸥外故居。津和野是一座很美丽、很宁静，也很优雅的小城，四面环山，本町祇園丁石畳通り都是老房子，路一侧的水渠里游着特别肥大的鲤鱼。近五时入住津和野温泉宿わた屋二〇九房间，八叠。泡温泉两次。吃晚饭，食材、厨艺和餐具都很好。菜单：餐前酒：苹果酒（わた屋自制的混合酒）；前菜：时令鲜蔬拼盘；刺身：时令活鱼配料一份；烧物：盐烤大马哈鱼（柚子醋）；强肴：朴叶味噌烧；温物：蔬菜焖煮拼盘；扬物：四季的天妇罗；御饭：杂鱼菜饭；香物：三种盛；留椀：红酱汤；甘味：时令甜点。——津和野温泉宿わた屋料理长小松原健一。还是该住这种小地方的规模不太大的日式旅馆。饭后又去逛本町祇園丁石畳通り，整条街几乎没人，遥望夜空，平生只有几次看见过这么多星星，一次在印尼巴厘岛，一次在法国比利岛，一次就在这里。泡温泉，十时睡。

二月十五日 | 周日

晨七时起。泡温泉，吃早饭，又泡温泉。九时退房。在附近的和纸店购物。九时五十八分乘JR特急スーパーおき2号往出雲市，十二时十分抵。换乘出雲市一畑電車，在川跡駅换车，十二时四十七分抵出雲大社前駅。去出雲大社。大社现在的正殿高二十四米，据说平安时代正殿高达四十八米（已为考古发掘所证明）。下午三时零六分离开，循原路，三时三十一分抵出雲市。三时四十分乘 JR 山陰本線往玉造温泉駅，四时十五分抵。乘旅馆来接站的汽车往玉造温泉街，入住出雲神々縁結びの宿紺家三五六房间，洋式。去街上散步，是个山谷，中间流着玉湯川，两边是街道，沿河都是很老的樱树。走到宮橋（恋叶い橋），然后返回，还去了公共温泉，但没有泡汤。来这里的游客很多，我们去过的温泉，好像除了箱根湯本，大概只有草津、伊香保可以相比，而这里的风景实在不输后二处，较之箱根湯本要好得多。回旅馆，泡温泉，吃晚饭，很丰盛，虽然食材不如昨天那么新鲜。旅馆的女将是个很神气的胖老太太，穿着很华贵的和服，问候每个吃饭的客人，对晚来的客人还来补打招呼。又泡温泉。晚十时睡。

二月十六日 | 周一

晨七时起，泡温泉，吃早饭，又泡温泉。十时退房。乘旅馆的车到玉造温泉駅。十时二十六分乘山陰線往松江，十时三十四分抵。车站附近的观光案内所负责接待的是个外国人。我们先走到松江城附近的观光案内所，将行李免费存在那里（我们在日本只在这里遇到此种服务），然后走到天守閣下，没有上去。沿城墙下前行，路过護國神社、城山稲荷神社，走过稲荷橋、新橋，沿堀川而行，参观小泉八雲記念館、小泉八雲旧居（ヘルン旧居）。記念館展出小泉八云的遗物、手稿、著作、相关图书资料，还有他妻子的遗物，共计千件以上；故居则为一处推定是江户时代后期的武士住宅，这对夫妻于一八九一年六月至十一月在此借住。故居前后都有庭院，虽然不大，却颇精致。起居室里有一张他生前使用的书桌，上面放着一盏煤油灯。小泉八云个子很矮，桌子却做得挺高，因为他十六岁时左眼受伤失明，右眼的视力后来也很差，所以必须凑近桌面才能读书写字。我们去过的县一级城市，松江是最漂亮的，堀川边上，处处都是景致。可惜没有安排在这里住一夜。下午二时三分乘山陰線往倉吉，途中在米子駅换车。离开米子駅后，列车又时而沿海而行，我们明天将离开“山陰”了。途中有个御来屋駅，据说是山陰最古的驿舍。四时二十分到倉吉駅，搭所订旅馆的车到三朝温泉，入住後楽一〇三房间（“山吹”），八叠，和洋式。去温泉街，满是积雪。走过三朝橋，下面三朝川边是公共的河原風呂，是个混浴，有男女各一。走过恋谷橋、温泉本通り，回到旅馆。泡温泉。三朝温泉泉水含微量放射性，有益健康，以水质论当居日本第一。此地景色亦佳，颇富野趣。吃晚饭，为此行迄今最佳，而旅馆价格却是最低。晚饭后又泡两次温泉。十一时睡。

二月十七日 ｜ 周二

晨六时五十分起，去三朝川两岸拍照片。泡温泉。吃早饭。又泡温泉。九时四十分退房，搭旅馆的车到倉吉駅。乘 JR 特急スーパーはくと 6 号往上郡駅，换乘山陽本線往岡山，下午一时三十七分抵。下雨。走到岡山城前，因天守閣是重建的，未上去。雨停了。去後楽園，开阔，但不失精致，可媲美兼六園，而水戸的偕楽園似乎难与为伍。逛表町商店街，买小物。七时零九分乘山陰本線往倉敷，七时二十五分抵。入住天然温泉阿智の湯ドーミーイン倉敷九〇八房间。去美観地区看夜景。吃面，泡温泉。晚十二时睡。

二月十八日 ｜ 周三

晨八时起，泡温泉。九时半退房，将行李存在酒店。去美観地区，与昨晚的感觉又有不同：昨晚在街上几乎见不到行人，觉得是个安详、隐秘的老城，自有其与世隔绝的生活；今天游客来来往往，是个美丽、干净、整齐的旅游名胜地。我们去过不少“小京都”、“小江户”，见过不少成片的町屋建筑，以漂亮论，没有超过这里的。在京遊印本舗倉敷店刻嵯峨竹印一枚，文曰“止庵”。在倉敷一陽窑喝抹茶，用的是备前烧茶碗，吃的是本日的生果子“春の音”。参观大原美術館，是日本第一个以收藏西洋美术为主的私人美术馆，包括本館（最初是儿岛虎次郎代大原孙三郎在欧洲收藏的，有塞尚、高更、莫迪里阿尼、马蒂斯、毕加索、苏丁等众多西方画家作品，且不乏代表作。有一幅德·基里科的画，画的是两个模型在一起，正是我想在修改《画廊故事》时多说几句的：他们的身体多处被支撑着，艰难地存在，隐晦甚至是羞涩地互相表露着感情，而背景依然令人不安，受着世界之外的威胁）、分館（日本洋画家的作品，有一幅古贺春江的画给我留下深刻印象）、工芸·東洋館（儿岛虎次郎收藏的中国古代文物和艺术品，档次很高）、児島虎次郎記念館（其中有个分馆都是他收藏的古埃及和伊斯兰文物，档次同样很高），总之是大饱眼福。回酒店取行李，下午二时零七分乘山陽本線往福山駅，二时四十九分抵，三时乘巴士往鞆の浦，三时半抵。入住鞆シーサイドホテル八〇六房间，十叠。去镇内和海边，瀬戸内海的宁静之美，为他处所不可及。吃晚饭，是自助餐，席间有一男一女击鼓表演，泡温泉。十时睡。今日除夕。

二月十九日 | 周四

晨六时起，泡温泉，吃早饭。七时五十分乘渡轮往仙酔島，沿海边散步，走过五色岩，到塩工房，折返，八时三十五分乘渡轮返回，回酒店，泡温泉，九时半退房。九时四十五分乘巴士往福山駅，十时十五分抵。十时三十二分乘山陽本線往尾道，十时五十分抵。看过小津的《東京物语》，一直向往尾道这地方；但眼前的小城似乎已经全无电影中那种景象了。逛街，买小物。这里有一条漫步道古寺めぐり，但去每个寺院都需上下多步台阶，腿力不济，只去了一处，权作代表。沿海边漫步，还记得《東京物语》里这片海的镜头。回到车站，看见一幅广告，从新尾道到東京只需三小时三十七分，又想起那部片子，若是现在，老夫妇来往東京已非难事，老太太也不至于在归途发病，整个故事就不成立了。下午一时十四分乘山陽本線·三原行，一时二十二分抵糸崎駅，一时二十三分换山陽本線·岩国行，三时十分抵宮島口駅，三时三十分乘 JR 渡轮往宮島，到码头，旅馆来车接，入住ホテル菊乃家二〇七房间（“淺葱の間”），洋室。去看厳島神社大鸟居，正是退潮时，走到鸟居底下。鸟居的六根柱子是由六棵大树制成，还有树的形状。街上有不少鹿，毫不畏人。六时半回旅馆，泡温泉，七时吃饭，很好，共有四种做法的八只牡蛎。菜单：“如月”。餐前酒：梅子鸡尾酒；前菜：四种；造身：今日的鲜鱼；小菜：一口荞麦；蒸物：茶碗蒸；锅物：牡蛎锅 味噌汤调味；扬物：炸牡蛎；醋物：海鳗和海蜇；御饭：蘑菇炊饭；吸物：赤味噌汤；香物：两种；水果：布丁。——菊乃家料理长弘中光也。饭后八时半又去看鸟居，已经涨潮，鸟居在海中。近十时回旅馆。泡温泉，十一时睡。

二月二十日 ｜ 周五

晨六时起，六时半过我独自去看鸟居，海水刚刚泡过鸟居根部不大地方，恰好能看见完整倒影。七时半回旅馆吃早饭，泡温泉。九时过退房，将行李寄存在旅馆，又去看鸟居，已经泡在海中了。去豐国神社（千畳閣），很壮观。去厳島神社，这真是我去过的最美的神社，社殿的柱脚也完全没入水里，昨天退潮时是露出地面的。此行走过不少美丽地方，为多次来日本旅游中最能感到美的震撼的一次，而倉敷和宮島又是其中的顶点了。回旅馆取行李。下午一时乘渡轮往宮島口駅，一时十八分乘山陽本線往広島，一时四十五分抵。乘一号有轨电车到中电前駅，入住コンフォートホテル広島大手町一一〇四房间。参观広島平和記念資料館，最感震撼的有两处：一块有因冲击波而插入碎玻璃的石板；一处留有被核辐射气化的人的影子的地面。又到原爆死没者慰霊碑、原爆ドーム（原子弹投下当时是広島県産業奨励館，现为世界文化遗产，但正赶上三年一次的维护，搭着脚手架）。去本通逛街，买小物。八时过回酒店。十一时睡。

二月二十一日 | 周六

晨九时起，吃早饭，十时退房。将行李存在酒店。逛街，买小物。広島市面有日本同类城市少有的繁荣的气象。参观旧日本银行広島支店。建筑系一九三六年建成，一九四五年八月六日美国在広島投下原子弹，这里距离爆炸点仅三百八十米，主体建筑却幸存下来，地下的金库除了铁栅栏门略有点弯曲，完好无损。回酒店取行李，五时十五分乘巴士往広島空港，约六时十分抵。吃饭：酒蒸牡蛎和炸扇贝。七时四十五分乘JAL1614航班往東京羽田空港，座位号25A、25B。九时抵。乘東京モノレール羽田空港線换山手線到神田駅，入住神田セントラルホテル五一二房间。去大浴场。十二时过睡。

二月二十二日 | 周日

晨七时起。去大浴场。八时退房。乘山手線换総武線，到錦糸町，这里原本有跳蚤市场，但今天因下雨取消。我们就分别去了两个地方：F去日暮里逛街；我去上野東京都美術館看“新印象派—光と色のドラマ”展览，展区共三层，有一百多幅展品，梳理一八八〇年代到二十世纪第一个十年之间美术史的流变非常清楚，展览的画作也多是杰作。在日本两次参观美术馆，增强了我重写那本谈画的小书的决心，那么从今年起就干这件事罢。十二时乘山手線换総武線到御茶ノ水，去三省堂与F会合，她买了几本关于拼布的书。在电梯里看到一幅广告：中央公論新社从今年五月开始出版全二十六卷的『决定版谷崎潤一郎全集』，因想到谷崎死于一九六五年，作品预定明年进入公版期，今年为他出全集，是对作家的最后致意，在他的著作权截止之前再向遗属支付一笔稿费，真乃古风犹存。虽然，在日本未必对每一位作家都如此做法。看介绍，这套书编得很见功夫，补充了不少新发现的内容。回酒店取行李，乘山手線到日暮里駅，换京成線往成田空港。在だし茶漬けえん吃茶泡饭。办理出关手续。六时零五分乘JL869航班飞往北京首都机场，座位号18J、18H，九时（北京时间）抵。赵小东来接。回家。十二时睡。

十九

东京 和倉温泉 能登金剛 增穗浦海岸 茨木 伊根町 天橋立 石山寺 MIHO 姬路 皆生温泉 足立美術館 松江 別府温泉 由布院温泉 黑川温泉 柴又

二〇一五年

五月七日 | 周四

上午去书房，继续在网络上查询能登半岛的交通信息，和倉温泉与輪島之间的巴士很少，时间也不对，看来这回不能去輪島了。此行拟利用 JR PASS 将过去遗漏的或没玩好的几个地方连成一线，可称“拾遗补阙之旅”，——不知怎的，每次来日本都不免有“最后一趟”之感，那么这回就算是“收官之旅”也行。下午一时去四区门口乘往首都机场的大巴。四时四十分乘 JL022 航班往東京羽田空港，座位号 29H、29K。晚九时（以下东京时间）抵。约十时半到アパホテル東京潮見駅前，入住八一五房间。走廊地毯不很干净，房间逼仄，较过去住的神田セントラルホテル未必好，且地点偏僻，唯大浴场还不错。此时出来玩，实因近两月心境身体均不佳，十多年来所未见，打算散散心，调剂一下，但亦不知能达此目的否。去大浴场。十二时过睡。

五月八日 | 周五

晨七时起，去大浴场。从潮見駅上车，到水道橋駅下车。去神保町，在玉英堂書店买佐藤春夫毛笔书色纸：“藝 春夫”。佐藤春夫是我喜欢的作家，多年前读他的《都市的忧郁》、《田园的忧郁》等，觉得写“情”最是擅场。又去夏目書房看细江英公的签名摄影集，书品欠佳（下缘被水泡过），未买。去横浜。十二时半逛“横浜骨董ワールド”，这骨董市每年举办两次，这次是五月八日到十日。入场券一千日元，如事先购买则是八百日元，交钱之际，旁有一老者给我们两张优惠券，所以仍付的是八百日元。买杂物若干。我逛此类集市，其实想买的东西很少，主要是好看价格又合宜的欧美名牌瓷器，此外若有可遇不可求的好东西如去年在錦糸町买的松坂庆子画的小画则是喜出望外了。下午二时离开。在 Subway 吃饭。去神奈川近代文学館，参观“没後 50 年 谷崎潤一郎展—絢爛たる物語世界”。也许我前些时写的关于“文豪之家”的文章应添加一句：“如果再增加一位日本作家，在我心目中与三岛和太宰鼎足而三，那就是谷崎润一郎，他虽是善终，但无论人生还是写作都肆意而为，尤其是后一方面，真可谓达于极致了。”在展览上见到一幅北野恒富画的「茶々殿」，是以松子夫人为模特儿的，另有谷崎一九三七年为松子拍的两张照片，他真是懂得女人的美。在这里见到谷崎很多手稿，但一九六〇年的『夢の浮橋』和一九六二年的『瘋癲老人日记』都是口述由他人记录的，大概身体已经不好了。展品中还有一份他的死亡证明书。去元町逛街。元町是非常有品位的商业街，在日本也不多见。又去中華街一走。回横浜，F 去买布。回旅馆。去大浴场。十一半睡。

五月九日 | 周六

晨七时起，去大浴场。去大井赛马场，有跳蚤市场。买杂物。十二时离开。到新宿。换 JR PASS 并订后天的车票，原来想乘的八时三十六分那趟已经满员，改为十时三十二分的，去和倉温泉的时间也就推后了。乘京王線往仙川。是个感觉很安详、很温馨的小城。去実篤公園，参观武者小路実篤故居。公园就是原来的宅院，占地五千多平方米。实笃一生最后二十年在这里度过，似乎相当舒适讲究。又参观与故居相邻的武者小路実篤紀念館。看了些他留下的影像资料，二三十年代和五六十年代的都有。武者小路实笃的作品，除周氏兄弟所译外，近三十年译为中文的很少，就所读到的而言，我对他的那个写作方向（即以善为方向）不甚满意，可以说感兴趣主要还是因为他与周作人关系密切。走到つつじヶ丘駅，吃面，配的是野菜和小虾的天妇罗。去下北沢，逛街，印象比前次来好得多，可惜没有在《惜别》中提及。回旅馆。

去大浴场，十一时半睡。

五月十日 | 周日

晨七时起。去錦糸町，有两个跳蚤市场：一个在以前去过几次的錦糸町イベント広場，另一个在錦糸公園。买杂物若干。遇见L一行。十二时过离开。乘総武線，本拟往西荻窪，但车过秋葉原駅，看见马路上挤满了人，想起今天是神田祭，赶紧在御茶ノ水駅下车。先去神田邮便所前，又去神保町观看。非常热闹。这是我第一次在日本街头观看祭。购物。在水道橋駅附近吃火丼。去西荻窪，购小物。又去阿佐ヶ谷，在古書コンコ堂买森茉莉著『甘い蜜の部屋』（新潮社，一九七五年八月二十五日初版），精装，有书函、腰封，前环衬铅笔书“小倉正之様 Morie Mori”。上款不知何人。我读过此书的台湾译本。日本作家的作品，往往细腻但不复杂，川端康成是最明显的例子，其实夏目漱石、谷崎润一郎，甚至太宰治，无不如此。只有三岛由纪夫做到了细腻而又复杂。此外能达到这一点的，在我看来就是森茉莉了。虽然以上两路，其间并不分高下。购小物。在東京駅吃面。八时半回旅馆。去大浴场。十一时睡。

五月十一日 | 周一

七时起。收拾行李，去大浴场。退房。去東京駅。十时三十二分乘JR新幹線かがやき509号往金沢駅，下午一时抵，一时十分换乘JR特急サンダーバード13号往和倉温泉，二时七分抵。走到旅馆（错过了旅馆的免费巴士）。入住ゆけむりの宿美湾荘四〇二房间，十叠，面对七尾湾。去小镇上闲逛，到加賀屋看看，极尽奢华，使人想起美国罗德岛那些大宅，也有种“镀金时代”的气氛。参观辻口博啓美術館和角偉三郎美術館，前者是美食艺术家，后者是已故漆器大师。回旅馆，泡温泉。吃晚饭。菜单：珍味：山葵海苔；先付：时令菜一道；造身：三种盛（甘海老 鰤鱼 梶目鲔鱼 配菜一份）；扬物：天妇罗拼盘（海老 五郎岛红小豆 青椒 抹茶盐 配菜一份）；醋物：能登猪肉冷火锅；蒸物：蟹肉茶碗蒸；锅物：海鲜鱼酱锅（萝卜 水菜 茄子 海老 帆立贝）；吸物：蒸鲷鱼羹；御饭：米饭；香物：三种盛；水果：美湾庄自制布丁。——ゆけむりの宿美湾荘调理长浦青史。去街上散步，又走到加賀屋前，大楼有四部观光电梯。回旅馆，又泡温泉。看微博，苏本告知，《惜别》已第三次加印，计八千册，至此已三万六千册了。这一次终于将所有错字均予改正。十一时睡。

五月十二日 | 周二

七时起，泡温泉。吃早饭。又泡温泉。十时退房。独自在旅馆的海滨庭院待了会儿。十时三十分乘旅馆的车去和倉温泉駅。乘北鉄能登バス在堀松南駅换车，抵富来。入住湖月館ますほ房间，六叠。放下行李就出门去能登金刚。今日有台风。开始下雨，时大时小，终于大了。沿海边而行，走过機具岩、夫婦岩、猪の鼻，到巌門。这是松本清张《零的焦点》故事背景之一，山顶建有他的歌碑。天不作美，景色萧杀，却恰是小说里描写的气氛。在巌門中心吃面。走到牛下，雨越下越大，在巴士站的小屋避雨，五时三分，巴士来了，乘车回富来。五分钟到。回旅馆，泡浴池。吃晚饭。听老板娘说，这旅馆已开业八九十年，四代目。窗外仍在下雨。晚十时睡。

五月十三日 | 周三

一夜大风。晨五时半起，去增穗浦海岸，正是白浪滔天。这里有世界上最长的椅子，四百六十米。又在富来小镇中走走，很是安详。九时回旅馆，吃早饭。老板娘拿给我们看旅馆所保存的几大本色纸，不少出自日本作家之手。九时半退房。九时四十分乘巴士往羽咋駅，十时三十八分乘JR特急サンダーバード20号往京都駅，下午一时三十七分抵。换乘新特快到高槻駅，换乘特快到茨木，参观川端康成文学館，这里再现了川端在鎌倉故居的书斋，只有三叠大小。案上台历显示是“Thu，0416”，即川端身亡之日。摆设中有两件他的故友的遗物：太田抱逸作“松喰鶴莳絵盆”曾是德田秋声的，水滴之一曾是林芙美子的。这里还放映川端获得诺贝尔文学奖的纪录片，那时他也还是一贯的落落寡欢的样子。在茨木逛街。预订下周几趟车票。乘JR到大阪，换乘環状線到新今宮駅，入住ホテルサンプラザ2九一九房间，这是所谓“三叠旅馆”，也算体验。去街上泡钱汤。吃面。十时睡。

五月十四日 | 周四

晚上颇吵，时时听到窗外的电车声，还有走廊里的人声。晨六时起。七时半退房。乘環状線到大阪駅。乘八时十四分的电车，十时四十九分抵福知山駅，十一时十分换乘京都丹後鉄道往天橋立，十二时三分抵。将行李存放在预订的旅馆，十二时四十分乘丹海バス往伊根町，约一小时，在伊根灣あぐい・日出駅下车，乘观光船环游伊根港。下船后沿海而行，走到伊根町。还是有一次在飞机上看杂志知道这个地方，今天终于如愿到来。这里以舟屋著称。一路很少见到行人，安静极了。忽然来了一辆大声放着音乐的售货车，买了两盒纳豆，一个苹果，女售货员还给正在购物的我们拍了照片。下午四时六分在伊根駅乘巴士回天橋立，一小时后抵。入住料理旅館鳥喜かもめ房间，八叠，带个很漂亮的小庭院。泡温泉，在二楼，是露天温泉。吃晚饭，甚佳。去街上散步。回来又泡温泉。晚十时睡。

五月十五日 ｜ 周五

晨七时起，睡得很好。去一楼的浴室（二楼的温泉未开）。吃早饭。九时退房，将行李存在旅馆。去天橋立，步行三公里，沿途皆古松，两边是海。约一小时，走到另一头。乘缆车到傘松公園，眺望天橋立全景。又沿原路走回。取行李。十二时五十五分乘京都丹後鉄道丹後あおまつ4号往福知山，十四时零九分抵。逛街，颇萧条，日本旅游意义不太大的中小城市大率如此。十五时四十五分乘JR特急こうのとり18号特急往大阪，十七时二十二分抵。在梅田和天神橋逛街，吃饭。晚九时入住ホテルサンプラザ2二〇九房间。十二时睡。

五月十六日 ｜ 周六

晨七时起。在新今宫乘JR到大阪，八时三十分换乘JR东海道本線新快速近江盐津行，九时十四分抵石山駅。先乘阪铁巴士去石山寺，还参观了一个“紫式部与石山寺”的展览，有江户时代关于《源氏物语》的屏风等展品。十时五十五分离开。回石山駅，十一时十分乘帝产巴士往 MIHO，十二时抵。建筑很美，展品不多，但很精致，尤其是很完美。参观了常设展和两个特别展。下午四时七分乘巴士离开。到石山駅，乘 JR 到茨木下车，买小物。回大阪。在天王寺吃饭。回旅馆。十一时睡。

五月十七日 | 周日

晨七时起。在新今宫乘 JR，到大阪（梅田）駅换地下铁御堂筋線，到千里中央駅换大阪快轨，到万博記念公園駅下车。万博記念公園自然文化園里有跳蚤市场，买小物若干。然后去日本庭園。一时半离开。回到新大阪駅，乘新幹線往京都駅，换乘奈良線到宇治。在中村藤吉本店等座近一小时，喝茶。喝的是中村茶和抹茶（薄茶），感觉甚佳。五时四十分离开宇治，到京都駅换乘新幹線，到新大阪駅换乘御堂筋線，到心斎橋。逛街，买小物。吃 Pizza。八时半乘御堂筋線到動物園前駅下车，回旅馆。这旅馆周六，尤其是周日，住客较平日少许多。十二时睡。

五月十八日 | 周一

晨六时起。七时离开旅馆。从新今宫駅到大阪駅，再到新大阪駅，八时零四分乘新幹線 SAKURA547 往姬路，八时三十三分抵。出姬路駅北口，步行二十分钟到姬路城。至此日本四个“国宝”

的城都到了。姬路城是新维修过的，看着未免过于新了，也许过几年再来一次，才更好看。天守閣共六层，游客很多，几乎是蜂拥而上，蜂拥而下。广播说为缓解流量，暂停入城。又去好古園，很精致的一处园林。日本与中国乍言类似诸处，以园林最为优胜，但中国的园林多有世俗气，日本的则超脱凡俗。或者说中国园林是人间一角，日本的则是人间之外的一个梦。稍逛街，买小物。十二时十分乘新幹線こだま 741 号往岡山駅，十二时三十九分抵。下午一时五分换乘 JR 特急往米子駅，三时十六分抵。乘三时三十三分的巴士往皆生温泉，三时五十二分抵。入住松涛園三〇七房间，十叠。开始下雨，打伞往海边，旋归。泡温泉。在雨中泡露天温泉很舒服。吃晚饭。

五月十九日 ｜ 周二

晨五时半起，泡温泉。去海边散步。七时半回旅馆，又泡温泉。吃早饭。又泡温泉。九时退房。九时半乘免费巴士往足立美術館，十时十分抵。观赏庭园，这里号称是日本最美庭院，但今日天气太好，阳光太强，看去少了些层次感，也许阴天或雪天感觉更佳。参观展览，有竹内栖凤、桥本关雪、横山大观的绘画，北大路鲁山人、河井宽次郎的陶器，还有“現代日本画名品選Ⅰ”。在茶室寿立庵喝茶。下午二时五分乘免费巴士离开。二时二十五分抵安来駅。二时四十九分乘JR特急往松江，三时零三分抵。这里不久前来过，但行色匆匆，没来得及去看最有名的落日，所以再来一次。入住グリーンリッチホテル松江駅前四二〇房间。先向酒店前台问明落日的时间，然后去逛街，买小物，又沿北堀川走了一段，至小泉八雲記念館前折返，去宍道湖边，在島根県美術館前不远处看落日。甚是壮观。太阳完全落山之后，去松江駅前吃海鲜丼。八时半回酒店。去浴场。十时睡。

五月二十日 | 周三

晨六时起。去浴场。七时过退房，走到车站。拟乘七时五十一分往岡山的JR特急，但电车出了故障，改在八时三十分出发，十一时十分抵岡山駅，十一时四十六分乘新幹線さくら553号往小倉駅，下午一时十七分到，一时三十九分乘JR特急ソニック25号往别府，二时五十分抵。此地约两年半前来过，但行程安排得不好，只住了一晚，哪儿也没去，所以这回再来。入住割烹旅館関屋“見帆”房间，八叠。旅馆外墙在装修，搭着脚手架，无法看到外观。逛街，去海边。近六时半回来，吃晚饭。

五月二十一日 | 周四

早晨在走廊遇见老板的儿子，问起昨晚在一层的客人休息室看见一本书『别府温泉繁昌录』（菊池幽芳著，如山堂書店明治四十二年出版），里面有関屋的照片和广告，他说这旅馆已有一百多年，三代目，以前在竹瓦温泉附近，三十多年前搬到现在这填海造地的地方。早饭后将行李存在旅馆，到车站前乘巴士去铁輪，八处“地狱”都看了：海地獄、鬼石坊主地獄、山地獄、かまど地獄、鬼山地獄、白池地獄、血の池地獄、龍巻地獄。这是日本少有的收费的天然景观。八处地狱中，我觉得最漂亮的是海地獄和鬼石坊主地獄。海地獄温泉的蓝色和岩石上植物的绿色，就像日本画的用色。以前以为日本画用色是画家的发明，现在明白这些彩色是自然色。一时回旅馆取行李。一时十三分乘JR往由布院，二时十三分抵。先到站前的Yufufu点心屋喝了下午茶，点心很好。走过熟悉的街道和未走过的坑坑洼洼的路，来到乡间，是一种未体验过的宁静的美。到了预订的旅馆木蓮——也许当初订就是因为这个好听的名字。没有前台，进门有个小桌子，上置一铃，客人按铃，主人便知有人来了。老板人很老实，旅馆好像也是新开的，他还显得有点兴奋。他帮我们打电话订了明天下午去黒川温泉的车。入住“すみれ”房间，六叠，还有一叠半的缘侧。泡室外的岩風呂。之后就外出散步。这是山脚下的一个村子，村头是佛光寺，寺门旁贴着打座、写经等活动的时间安排。到金鳞湖，正是日落时分，游客少了很多。走到附近的商店鍵屋，播放着宗教音乐。回来吃饭。刺身和日式火锅，很简单，但感觉很干净，菜也新鲜。饭后又出去散步，夜色已浓，忽然看到一片光亮，原来走近一个水塘，是水面反射的天光。打着手电寻路回来。

五月二十二日 ｜ 周五

晨六时起，六时半泡室外的桧風呂。水滑如油，泡完皮肤特别润泽。然后出门，走过小村子，到佛光寺，看到一个外国游客。路上还有几个游客散步、晨炼。走过津江川小桥，几块稻田，太阳在雾气中，山上都是岚气，还有炊烟。日本有很多美术馆，这村里也有一家小小的私人美术馆——末田美術館，尚未开门。八时归，又泡温泉，还是岩風呂。早饭简单，但食材非常新鲜，米饭很好，酱汤也做得好。十时退房。将行李存在旅馆，又出外漫步。下午一时回来取行李。走到由布院駅前，又去昨天去过的 yufufu 吃点心、喝茶。二时五十分乘九州横断バス往黒川温泉，四时二十五分抵。入住和風旅館美里二〇五房间，七叠半。泡温泉，这是黒川唯一的硫黄泉。去村里走走。六时半回来吃晚饭。八时又出外散步。这里夜间温泉气氛特浓，瀑布声，温泉流淌声，人们穿木屐的脚步声，昏暗的灯光，复杂的建筑，小巷里穿浴衣的客人，使人仿佛回到了江户时代。是一个超脱凡俗又充满市井气息，享受又不失质朴的奇特地方。回旅馆，泡温泉。十时睡。

五月二十三日 | 周六

晨六时起，泡温泉，出外漫步。回来泡温泉。吃早饭，又泡温泉。九时半退房。走到九州横断バス站前，十时三十五分乘巴士往阿蘇，十一时三十三分抵。去观光案内所询问，火山口又不能参观，前年二月来亦如此，我们与之竟然无缘么。乘十一时五十二分的 JR 往熊本，下午一时十八分抵。将行李放在预订的酒店。F 乘一时五十三分的新幹線 SAKURA406 号往小倉駅（需在博多换新幹線 KODAMA748 号，三时十五分抵），我乘一时五十七分的新幹線 SAKURA409 往鹿児島中央駅。我在二时五十三分抵达。乘 Machimeguri 巴士先后去西鄉洞窟、西鄉隆盛終焉之地、南洲墓地和南洲神社，此皆是上次来鹿児島未及前往的地方。又去櫻島栈橋稍停留，下小雨了。回鹿児島中央駅。六时二十九分乘新幹線 SAKURA572 回熊本駅，七时二十五分抵。F在站口等我，她是乘新幹線SAKURA565号于七时十四分到达的。在车站吃饭。入住東横イン熊本駅前二〇二房间。九时半睡。

五月二十四日 | 周日

晨六时起。吃早饭。七时半退房。八时乘新幹線 SAKURA542 号往広島，九时五十二分抵。乘“1”有轨电车到袋町駅下车，逛街，买小物。在八丁堀駅乘“1”有轨电车回広島駅。下午一时五十六分乘新幹線 SAKURA552 号往岡山，二时三十三分抵。逛街，买小物。四时四十三分乘新幹線 KODAMA747 号往姬路，五时二十八分抵。逛街，买色纸画框一个。吃 Subway。七时零一分乘新幹線 HIKARI482 号往東京，十时四十分抵。到アパホテル東京潮見駅前已近十一时半，入住八一四房间。去大浴场。夜一时睡。

五月二十五日 ｜ 周一

晨七时起。去大浴场。收拾行李。十时外出，乘京葉線到海浜幕張。去海浜公園，又去 Outlet 购物。忽然地震了，我们正走在走廊，感到一阵摇晃，搭的脚手架发出响声，商店里的人都跑出来，有人赶紧查看手机。后来我们才知道是琦玉地震了，五点六级，東京地铁都暂停了。逛 Grand Mall，还逛了一个家居商店。在新習志野駅乘京葉線回潮見。八时半回酒店。与 F 聊到日本的景色宜于阴天观赏，日本人好像也适宜处于逆境，譬如此次去九州几处温泉，因为是太过热门的旅馆，由布院的观光案内所要我们自己花二十日元打电话叫旅馆来车接；黒川温泉旅馆的服务员不帮顾客拿行李，也不负责送到车站；还有现在这家酒店，浴场的布帘很脏，亦不换洗。去大浴场。十一时睡。

五月二十六日 ｜ 周二

七时起。去大浴场。九时过出门。乘京葉線到東京駅换京浜東北線到さいたま新都心，有“さいたまスーパーアリーナ骨董アンティークフェア”，档次很高，买小物若干。下午三时半离开。去神保町购物。八时过回酒店。去浴场。十时半睡。

五月二十七日 ｜ 周三

六时半起。去大浴场。乘京葉線到八丁堀駅换地下铁日比谷線，去築地。逛築地市場外围的小街，外国游客很多。又去築地本愿寺。然后乘日比谷線换銀座線，到新橋。在三岛由纪夫与他的几位准备一同赴死的盾会成员吃最后晚餐的饭馆末げん吃午餐。想起三岛的话：“美人就应该夭折。客观地感到美的，只限于年轻之时。因此，如果人没有等待老丑和自然死亡的思想准备，就应该尽量早死。”又想起伊坂幸太郎在《沙漠》里谈到三岛：“更让我震惊的是，一个人，即使他真心地去表达自己的观点，却传达不出去。”读这书时我想，这是个理解人的家伙啊。乘山手線到秋葉原駅换総武線，去小岩。乘小 55 金町駅行京成バス到新柴又駅。步行十分钟到寅さん記念館。这里有寅次郎系列电影的布景，从第一作到第四十八作一直用了又拆，拆了又装，包括阿寅叔叔家的店，还有后面的工厂，有阿寅的全部服装道具，还有柴又街道和电车线的模型等。有六个小的活动模型介绍了阿寅的“前传”。还放映很多电影片断。又去参观山田洋次ミュージアム，只有一个房间，但内容很全面，大致介绍了他到「東京家族」之前的电影生涯，也有放映机、胶片、剧本、奖杯等实物。山田洋次早期的寅次郎系列电影人生况味颇深，后来的《黄昏清兵卫》、《隐剑鬼爪》、《武士的一分》、《母亲》和《给弟弟的安眠曲》，我都非常喜欢。尤其是《黄昏清兵卫》，这么质朴接地气，能讲个好故事，还很感动人的电影，我们（含港台）的任何一部武侠片都无法与之相比。我很佩服大岛渚拍《御法度》，山田洋次拍《黄昏清兵卫》这样证明自己能力之举：我也能干我一向不干的，而且干得比我一向干得还好。我有一册《我是怎样拍电影的》中译本（中国电影出版社，一九八七年六月一版一刷），山田洋次用钢笔在书名页签了“山田洋次 2011.6.9”，是那年他到中国来，托刘柠找人请他签的。又去山本亭，很精致的日式园林。到江戸川边的柴又公園坐了会儿，很美好、很和平的景象。然后到帝释天，也是在寅次郎电影里常见的。走过参道到柴又駅，站前小广场上有一座寅次郎雕像，附近还有一座刻有山田洋次手书的寅次郎系列电影开头阿寅台词的碑。买了一盒有四种鱼的寿司和一盒铁火丼，走回柴又公園，食之，一直坐到日暮时分。到柴又駅乘京成線，到高砂駅换车，到日暮里駅换 JR，回到潮見。收拾行李，去大浴场，十二时睡。

五月二十八日 | 周四

晨五时起，六时过退房，乘京葉線到東京駅，七时八分乘JR往成田空港第2ターミナル。十时四十五分乘JL863航班飞往北京，座位号20H、20K。一时四十分（北京时间）抵。

二十

福冈 壱岐岛 唐津 浜崎 伊万里 有田 嬉野温泉 佐世保

二〇一五年

十二月二十四日 | 周四

晨四时半起，五时半小张来接，往机场。其实不用那么早，今天他的车限号，所以早早出来。八时四十分乘CA953航班离京，座位号23J、23K，此行要去九州北边几处地方和壱岐島。飞机经停大连，下午近二时（以下东京时间）抵福岡空港。办理入境手续后，乘免费巴士到地铁站，乘地铁到博多。入住サンライフホテル2・3博多二四一一房间。逛街，走到川端通り和那珂川边。下雨了。今日是平安夜，博多駅前布置得很漂亮。八时回旅馆。这几年来日本，有个突出的变化是WiFi的逐步推广应用，过去日式旅馆很少有网络，洋式旅馆也常常只在大堂才能用，现在情况改善多了。九时过睡。

十二月二十五日 | 周五

晨七时起。八时退房。走到博多駅另一侧，乘“99”巴士到博多码头。十时乘渡轮212フェリーきずな往壱岐島郷ノ浦港，是二等席，在船舱里席地而卧。十二时二十分抵。走到镇子里，参观小金丸幾九記念館，是本地出生的雕塑家（一九一五—二〇〇三）。吃海胆丼。三时乘巴士往印通寺港，三时二十分抵。入住旅館網元三十三房间，十二张方席子，周围环以木板。走到原の辻一支国王都復元公園。回到印通寺港正是晚霞时分，稍纵即逝，但已留下美好印象。回旅馆。去浴室。十时睡。

十二月二十六日 | 周六

七时起。吃早饭。七时三十二分乘巴士，五十分到郷ノ浦港，五十五分换乘巴士，八时四十四分到勝本，有朝市，然仅十几家出摊。在小镇逛街，不少老屋，走到聖母宮。十时五十四分乘巴士，十一时十四分抵湯ノ本。走进一家叫高峰温泉的公共温泉，无人看管，往柜台上的小盒子里放了钱（一人三百日元），就去泡温泉。水呈黄褐色，混浊，水温四十九摄氏度，pH值六点五。下午一时十一分乘巴士，三十三分抵八畑。逛商店。三时五分乘巴士，三时四十二分到芦辺。在海边散步。四时十七分乘巴士，四分钟后在一小站下车，走到清石浜，很美的沙滩，有大群海鸥被海浪惊起。五时零六分乘巴士，五时二十四分抵印通寺駅。回旅馆，去浴室。吃晚饭。十时睡。

十二月二十七日 | 周日

晨六时起，七时吃早饭。七时半退房。走到码头，只需三分钟，看见海上朝阳。买船票。八时二十分乘渡轮エメラルドからつ·フェリーあずさ 321 往東唐津港，仍是二等席。十时抵。十时十四分乘巴士往唐津大手町巴士中心。逛街，去车站附近的唐津焼総合展示場。在市里逛了多家唐津烧店。下午二时三十五分乘 JR 往浜崎，四十七分抵。走到海边，入住網元の宿汐湯凪の音二一〇房间（“さくら貝”）。八叠。窗外即是大海。步行大约一里到虹の松原，这是海边的一片绵延五公里的松树林，偶尔见到刚伐的树桩，作血红色。在林中散步，空气特好。回旅馆，泡温泉。吃晚饭，还送酒，是很讲究的晚饭。菜单：“玄界滩海产品海鲜会席”。前菜：五种盛；向付：今日鲜鱼三种盛；造身：呼子町直送的泳姿乌贼造身；烧物：鰆鱼杉板烧；小菜：芜菁味噌浓汤；蒸物：蒸甘鲷鱼饭；后造身：天妇罗　汐烧；强肴：豆浆火锅涮若楠猪肉片；御饭：佐贺特产梦之水滴米饭　香物　味噌汤；水果：今日的甘甜水果。——唐津網元の宿汐湯凪の音料理长富永洋之。餐具无论是瓷是陶都很漂亮，饭店各处插花也很不错。泡温泉。晚十一时睡。

十二月二十八日 ｜ 周一

晨七时四十分醒。吃早饭，亦丰盛。泡温泉，穿着浴衣去海边散步。又泡温泉。十时半退房。走到浜崎駅，十一时六分乘JR往唐津駅，十八分抵，二十四分乘JR往伊万里，十二时十二分抵。将行李放在预订的旅馆，去逛街，走到古伊万里通り等地。下午二时乘巴士往大川内山，三年前来过，相比之下更显萧条。四时半离开，回到伊万里。去车站附近的超市买些吃的，当作晚饭。降温了，很冷。入住セントラルホテル伊万里一一〇二房间。九时睡。

十二月二十九日 ｜ 周二

晨七时半起。吃早饭。八时半退房。八时四十四分乘松浦铁道往有田，九时十一分抵。上次来九州路过这里，没来得及出站。出车站左拐，沿途有许多瓷器商店，唯今天开始新年放假，约有半数关门。九州陶磁文化館、有田陶磁美術館等均不开放。去了香蘭社、深川製磁本店等处。一直走到上有田駅附近才折返。在车站对面的饭馆吃面。下午二时四十六分乘JR往武雄温泉駅，三时零六分抵。三时五十分乘巴士往嬉野温泉，三十分钟路程。这地方很热闹。入住湯快リゾート嬉野館二一二房间，洋式，颇大。泡温泉，水温八十五点一摄氏度，pH值七点四二。水质甚滑，有美肌之誉。晚饭是自助餐，颇有过年气氛。又泡温泉。十时过睡。

十二月三十日 | 周三

晨七时醒，泡温泉，吃早饭，又泡温泉。九时过退房。去嬉野川边看看。九时四十一分乘巴士往佐世保，约十时五十分抵。先去逛被统称为“四〇三”的四ヶ町商店街、佐世保玉屋和三ヶ町商店街。十二时二十三分在佐世保駅北侧的市营公车总站七号站台乘巴士，到動植物園駅下车，步行一公里，到石岳展望台眺望九十九岛。历次来日本所见自然景观，以此为最。三时乘巴士回城里，逛戸尾市場街、させぼ五番街，佐世保港也很漂亮。对这城市印象很好，此次原本未列入旅游路线，下次再来玩罢。五时十四分乘 JR，在鳥栖駅换车，八时三分回博多。入住サンライフホテル 2・3 博多二九五三房间。十时过睡。

十二月三十一日 | 周四

七时醒。上午到下午，去 Canal City Hakata 和天神地下街等处逛街购物。下午四时回旅馆，小睡。十时半过去街上，吃面，十一时四十分走到住吉神社，零时有“歳旦祭”。一时过回酒店。二时睡。

二〇一六年

一月一日 ｜ 周五

七时过醒。九时过退房。去街上，去承天寺、妙楽寺（不开放，只到门口）、聖福寺、東長寺，都干净得予人以圣洁之感，还看到了腊梅盛开。十二时半回酒店取行李。从博多乘地铁往福冈空港。所乘 CA954 原订下午三时十分起飞，但忽然说有安全问题，旅客需要重过安检，耽搁近两小时。仍在大连转机。晚八时（北京时间）抵首都机场，打车回家。

二十一

東京 山寺 かみのやま温泉 山形 蔵王温泉 銀山温泉 天童 肘折温泉 酒田 鶴岡 あつみ温泉 多磨霊園 会津若松 喜多方 甲府

二〇一六年

二月十二日 | 周五

上午九点出门。乘巴士到机场。航班号 CA167，座位 15B、15C。十一时五十五分起飞，四时零五分（以下东京时间）抵羽田空港。在机场换东北 JR PASS。乘東京モノレール羽田空港線换山手線到神田駅，入住オリンピックイン神田六〇三房间。去パージナ（恰好就在旅馆不远，是在一家活字印刷厂的楼上）买了一张山本タカト签名海报「双児の薔薇」（Span Art Gallery），七十二点八厘米长，五十一点五厘米宽。然后去神田駅订明日的新幹線指定席的票。去神保町，在三省堂楼上的古书部看了看，无所获。八时半回酒店，见到 D、Z 夫妇。十一时睡，未睡好。

二月十五日 | 周六

六时半醒，七时半退房。与 D、Z 同行，八时零八分乘新幹線つばさ127号・山形行往山形駅，十一时零四分抵。十一时五十九分乘JR仙山線快速・仙台行往山寺，十二时十五分抵。其实这路线不很对，最快捷的是从東京乘新幹線到仙台駅，然后换乘JR到山寺，但他们带个大箱子，担心山寺駅无法寄存，要在山形存放，结果山形駅里无处可存，站外有，但没出去看；而到了山寺駅一下电车就看到存放行李的柜子。待出了车站，多家饭馆都能免费存放行李。我们还是低估日本的旅游服务的周全与细致了，去山寺要爬山，游客一定有存行李的要求，所以一定会有存行李的地方。D在网上查找当地打分高的饭馆，遂去了瀧不動生蕎麦，的确很好。去立石寺，共一千零七十步石阶，但路滑难行，攀至奥の院，只有D去了最难走的五大堂，但看所拍的照片，又以那里景色最好。下山尤难，几乎全程都是滑行，幸有铁栏可攀，而F和Z都要靠D帮助了。可惜佛堂冬天多关门，佛像等未能看到，将来或可在夏天再来一趟。十六时零一分乘JR仙山線・山形行往山形駅，十六时二十五分抵，十六时三十一分乘JR奥羽本線・米沢行往かみのやま温泉，十六时四十三分抵。旅馆来车接。入住材木栄屋旅館三〇五房间（“杉”），八叠。去街上散步，到下山城。回旅馆，泡包租温泉，pH值七点八，泉温六十四点九摄氏度。吃晚饭。又泡温泉。阅改周传第六章毕。十时过睡。

二月十四日 | 周日

六时半醒。泡温泉。吃早饭。八时二十分退房。旅馆的人开车送我们到かみのやま温泉駅。八时三十八分乘JR奥羽本線・山形行往山形，八时五十一分抵。去霞城公園（这里有山形城的遗迹）、山形市郷土館、山形美術館和最上義光歴史館。在美术馆里的“吉野石膏コレクション - 珠玉のフランス近代絵画”看到多幅印象派及此后画家的原作。中午吃拉面。一时二十分乘巴士往蔵王温泉，二时过抵。入住蔵王国際ホテル三五八房间，洋式。本拟上山，但从樹氷高原駅到蔵王地蔵山頂駅的一段缆车今天停运，只好明晨再去。去温泉街散步。回旅馆。泡温泉，泉温四十九点二摄氏度，pH值失记。与D、Z喝酸奶清酒一瓶。泡温泉。吃晚饭。菜单：“本地特色美味冬之蔵王山怀膳”。餐前酒：山形的葡萄酒藏王之星（冰镇）；山形的珍馐：甜醋腌芋茎 楢茸田舍煮 浅月的醋味噌；前菜：银妆薄雪鲑鱼 椎茸填塞菜 烤鳗鱼酥 喷香烤鸡 黄芥末粒拌鸭里脊 柠檬煮红薯 酸橘罐 花莲藕；日本海的造身：比目鱼 鲷 鲈鱼；蔵王牛日式火锅 各种配菜；山形的芋煮 调味田舍锅；箸休：朴蕈荞麦面；御饭：山形县产精米饭；香物：拼盘；止椀：蔬菜田舍汁；甜点：甜品拼盘。——蔵王国際ホテル总调理长丹野光弘。又与他们喝日本酒一瓶。泡温泉。十时过睡。

二月十五日 ｜ 周一

晨六时半醒。泡温泉，吃早饭。八时半退房。从蔵王山麓駅乘缆车到蔵王地蔵山頂駅（海拔一千六百六十一米）。雪小，只树枝上复着冰雪而已，并无照片上那种怪物似的树冰。又到樹氷高原駅（海拔一千三百三十一米），近十一时下山。乘酒店的车到巴士站。十二时二十分乘巴士往山形駅，一时抵。一时三十三分乘JR奥羽本線·新庄行往大石田駅。二时二十一分抵。乘旅馆的免费巴士到銀山温泉，入住古勢起屋別館三〇五房间，八叠，厕所在外。这是家大正年代修建的旅馆，五层，木结构。到旅馆的“姊妹馆”銀山庄泡露天温泉。銀山庄在温泉街以外，从大堂的玻璃窗看出去，雪景甚美。吃晚饭。菜单：餐前酒：老板娘推荐的紫苏酒；先付：浅葱 醋味噌；沙拉：鳄梨拌海鲜拌生牛肉片；旬菜：白子豆腐 葍头 山菜 西太公鱼南蛮腌制；造身：黑鲔鱼 小鰤鱼 海老 配料一盘；肉菜：山形黑毛和牛牛排；锅物：海鲜味噌酒糟调味锅；蒸物：白木耳馒头；盖物：罐焖鰤鱼萝卜；烧物：松肉烤鰆鱼 鲣胡桃；御饭：艳姬米饭（尾花沢市产）；香物：用当地蔬菜腌渍两味小菜；止椀：文蛤汤 鸭儿芹；甜点：时令水果。銀山温泉是我到过的日本最漂亮的温泉，这家旅馆的晚饭也是我在日本吃过的最好的晚饭之一。与D、Z（他们住河对岸的藤屋）相约逛小镇，回来又泡温泉。这家旅馆只有室内温泉，

pH 值六点六，泉温六十三点八摄氏度。大概老式旅馆一般只有室内温泉，且在地下。约十一时睡。

二月十六日 ｜ 周二

七时起，去街上照相，遇 D，遂同行。回旅馆吃早饭，泡温泉。九时四十分乘旅馆的车往大石田駅，十时二十九分乘 JR 奥羽本線・山形行往天童，十一时抵。逛街，颇萧条，实无甚可逛，想去的広重美術館今天又恰巧休息。等 D、Z 来（他们是十时半离开银山温泉的）。在王将ホテル泡温泉，pH 值八点一，泉温六十点六摄氏度。好歹算是将“百大温泉”中山形县的几处（天童温泉是新列入的）凑齐。去天童公園（舞鶴山），也没什么可看的。三时十二分乘 JR 奥羽本線・新庄行往新庄駅，四时零七分抵。已经开始下雪。巴士要到六时十分才来，遂决定乘出租车往肘折温泉。去观光案内所问，车费大概一万日元，冬天和晚间加百分之二十，具体钱数要看计价器。遂叫来出租车，途中大雪。D 用手机定位发现司机抄了近路，约一小时抵，计价器显示一万一千元，比观光案内所讲的还要低，大概也还用得上“古风犹存”这句话了。入住四季の宿松屋四〇一房间（“欅”），十叠，厕所在外。逛街，雪很大，回来看电视，乃是山形县之最，积雪二百二十三厘米。吃晚饭。喝清酒一瓶。泡这家旅馆特有的洞窟温泉——要穿过一个长长的隧道，不无密室恐惧症之惧。约十时睡。

二月十七日 ｜ 周三

六时起，泡温泉。大雪一夜未停。去街上、河边拍照片。吃早饭。又泡温泉。巴士因雪大停驶，旅馆的人开车送我们到新庄駅，九时四十分出发，十时半抵。十一时十五分乘JR陸羽西線·酒田行往酒田，十二时十八分抵。去观光案内所询问吃饭地方，他们推荐了割烹さわぐち，并代为打电话预约。即去到那里，吃的是有天妇罗和刺身的定食，加一二月才有的冬鳕鱼汤。很遗憾本間美術館今天休息。此次因系与人同行，故自己有些偷懒，增添不少疏漏。然后去了山居倉庫，外观很漂亮，尤其是有积雪相衬托，还去了旧鐙屋。记得井原西鹤在《日本永代藏》中描写过“镫屋”：“这个坂田街上，有家大行庄叫作镫屋，以前只是个小小的客店，经营有术，近年逐渐兴旺；招揽各地客商，成了北国顶大的粮栈，老板总左卫门之名无人不晓。门面三十间，进深六十五间，满盖了库房和住房。厨房的规模，令人瞠目。出纳米酱，购置柴炭，采办鱼蔬，烹调饮食，保管器皿，料理点心，伺候烟茶，服侍洗澡，以及跑腿、听差，都由专人。买卖的掌柜，家务的伙计，账房师爷，钱房的师爷，一人分担一事，调度得宜，井井有条。……”

五时十五分乘JR羽越本線・新津行往鶴岡，五时五十二分抵。所订的酒店离鶴岡駅很远，乘出租车前往。入住ホテルイン鶴岡三〇八房间。到附近逛街，购物。去大浴场。十时睡。

二月十八日 | **周四**

七时起，去大浴场。吃早饭。八时半乘酒店的巴士到鶴岡駅。存行李。冬天的小城市真是寡淡得很，Z说得很对：“冬天进山，夏天逛城。”到鶴岡公園。参观藤沢周平記念館，其中复原了他的书房，还有著作和手迹的陈列。又去大宝館，有“（横光）利一の部屋”、“高山樗牛生誕の屋”。忽然想到，川端康成最重要的作品，除《伊豆的舞女》和《雪国》外，包括《千羽鹤》、《山音》、《名人》、《睡美人》和《古都》都完成于横光利一一九四七年十二月逝世之后，假如那时死的是川端，他的文学成就就得大打折扣了。我与D到郷土資料館，那里存有石原莞尔的资料，得知他的诞生纪念碑在護國神社，遂又去到那里，看到那块碑，上刻“永久平和の先駆石原莞爾生誕の地 鶴岡市长斎藤第六立”。购物。下午三时零六分乘JR羽越本線・新津行往あつみ温泉駅，三时四十分抵。旅馆老板来接，乘车往あつみ温泉。入住あさひや旅館“葵”房间，在三楼。八叠加四叠半，进门处还有两叠，厕所在外。泡温泉。去街上，走过温海川，到萬国屋泡露天温泉。

D说："去大地方，住小旅馆；去小地方，住大旅馆。"此亦是关于日本旅行颇有体会之言。回旅馆，又泡温泉。吃晚饭，甚佳，犹胜于日前銀山温泉的晚饭。喝清酒一瓶。又泡温泉。晚十时睡。

二月十九日 | 周五

晨六时半醒，独自出外逛街，遇雨而归，泡温泉。吃早饭。这家旅馆是一七五三年开业的，祖上十七代锻刀为业。九时退房。旅馆老板开车送我们到あつみ温泉駅。九时三十三分乘JR特急いなほ6号・新潟行往新潟駅，十时五十七分抵。十一时七分乘新幹線Maxとき320号・東京行，车过越後湯沢駅，D、Z下车。下午一时二十分抵東京駅。在电车上阅《周作人传》全稿毕，有少数待改处，留待回国解决。一时三十七分乘JR快速アクティー・熱海行往川崎，十三时五十五分抵。去近代書房，先已托L写信，至则书店将书留着，从中挑选了这几种：桥川时雄主编『文字同盟』(汲古書院，一九九〇年六月至一九九一年十一月发行)；佐藤春夫著『晶子曼陀羅』（講談社，一九五四年九月二十五日初版），软精装。前环衬钢笔书"大鹿卓君惠存 佐藤春夫 甲午晚秋"。大鹿卓（一八九八—一九五九），小说家、诗人。甲午即一九五四年也。在我看来，签名本最好是：心仪的作者的签名，代表作，初版本，好品相。宁缺勿滥。又买东野圭吾著『さまよう刃』（朝日新聞社，二〇〇四年十二月三十日初版），精装，有护封、腰封，前环衬碳素笔书“中村纯子様　東野圭吾”，上款不知何人。在东野的作品中，《彷徨之刃》并不在我喜欢之列，觉得写得虎头蛇尾。张北辰曾排列其最喜欢的东野圭吾的作品，在我看来颇有心得：《白夜行》，《秘密》，《恶意》，《解忧杂货店》，《放学后》，《嫌疑人X的献身》，《黎明之街》，《红手指》，《新参者》，《圣女的救济》。当然东野圭吾写得很差的作品，至少也在半数以上。他的签名本，我还有一本《解忧杂货店》中译本（南海出版公司，二〇一四年五月一版一刷）。又买横尾忠则画册『横尾忠則　Y字路』（東方出版，二〇〇六年一月二十三日发行），精装，有护封、腰封，前环衬签字笔书“小暮徹様　こぐれひでこ様　横尾忠則”。小暮彻与こぐれひでこ是一对摄影家夫妻。又买横尾忠则广告集『横尾忠則ポスタア藝術』（実業之日本社，二〇〇〇年五月二十三日发行），精装，有护封、腰封，前环衬金色签名笔书“横尾忠則”。在川崎逛街，是个又休闲又繁荣的小城。吃饭（中餐）。十七时半乘JR往横浜駅，换乘相模線往大和，约十八时半抵。宿東横イン大和駅前二〇一房间。九时半睡。

二月二十日 ｜ 周六

晨六时半醒，吃早饭，七时出门，逛“やまとプロムナード古民具骨董市”，买小物。十时过离开。下雨了。乘小田急線往新宿駅，换乘中央線到秋葉原駅，换山手線到御徒町。在预订的酒店放下行李。去上野逛街。入住御徒町ステーションホテル四一〇房间。晚去神田，请Z吃饭。回酒店，去大浴场（只有男汤）。十一时睡。

二月二十一日 ｜ 周日

晨七时醒，去大浴场。八时退房。去找D、Z，一同去錦糸町逛跳蚤市场，一个在錦糸町イベント広場，另一个在錦糸公園，买小物。吃饭。十二时过我与D往多磨霊園（F与Z去新宿购物），到武蔵境换西武多摩川線，在多磨下车。一时半抵。墓地很大，肃穆安详之外，还有种坦荡的气象。先去片岡家の墓，这里埋葬着三岛由纪夫和他的父母、妻子。墓前一树红梅开得正艳。来这灵园只想拜谒一下三岛由纪夫，就像曾去京都法然院拜谒谷崎润一郎，三鹰禅林寺拜谒太宰治，北鎌倉円覚寺拜谒小津安二郎一样。去别人的墓地都是顺便一走，看了山下奉文、东乡平八郎、山本五十六、荒木贞夫、儿玉源太郎、丹波哲郎、西乡从道、与谢野宽和与谢野晶子、堀辰雄、阿南惟几、平贺让、本庄繁、吉川英治、木户幸一、杉山元、田中义一、牟田口廉也、江户川乱步、菊池宽的墓地。这里有我们各自分别感兴趣的（我是文人与政治人物，D 是军人），也有共同感兴趣的。五时半离开。到新宿。D、Z 请我们吃饭。入住オリンピックイン神田六〇六房间，十二时睡。明早他们就回国了。

二月二十二日 ｜ 周一

晨六时半醒，七时过退房。乘山手線到東京駅，八时零八分乘新幹線やまびこ 127 号・仙台行往郡山駅，九时三十二分抵。九时四十分乘 JR 磐越西線・会津若松行往会津若松，十时五十四分抵。乘环城巴士，去飯盛山（白虎队自刃处及墓地）、会津武家屋敷、若松城（“鶴ヶ城”），但未上天守阁，只在茶室麟閣喝茶。又去七日町，走到白木屋前。四时到東山温泉，入住元湯有馬屋“ききよう”房间，八叠。泡温泉。独自去街上走走，路过竹久梦二“宵待草”歌碑。回旅馆，吃晚饭。十时过睡。

二月二十三日 ｜ 周二

晨六时醒。出外散步，走到雨降り滝，折返。泡温泉，吃早饭。八时半退房，乘巴士到会津若松駅。逛街。九时五十三分乘 JR 磐越西線・喜多方行往喜多方，十时二十分抵。去大和川酒蔵北方風土館、小原酒造等地。可惜甲斐本家蔵座敷冬季关门。逛街。下午一时四十四分乘JR磐越西線·会津若松行往会津若松駅，二时抵，二时零八分乘JR磐越西線快速·郡山行往郡山，三时十三分抵。逛街。四时三十分乘JR新幹線やまびこ146号·東京行往上野駅，五时四十二分抵。换乘山手線、総武線，到水道橋駅。在けやき書店买『乱　黒澤明絵画集』（集英社，一九八四年十月二十四日初版），精装，有护封、腰封，前环衬毛笔书“黒澤明”。黑泽明除了是大导演，也是一位画家。因为预算过大，一时无人投资，黑泽明只好先把自己的想法画下，结果就有了『影武者』、『乱』、『夢』等画册。曾在德国买过两册君特·格拉斯签名的画集，我觉得黑泽明的画风格与他约略相近，都是胸中有大波澜者。吃海鲜丼。回神田，入住オリンピックイン神田二〇三房间。十时半睡。

二月二十四日 ｜ 周三

晨七时醒。八时十六分乘中央線到三鷹駅，八时四十六分抵。四十八分换乘JR特急あずさ7号·松本行往甲府，十时十四分抵。先去舞鶴公園，今日阴天，不能望见富士山，但有几数梅花开得很好。又去武田神社，往返皆乘巴士。下午一时十二分乘JR特急あずさ16号新宿行往立川，二时十八分抵。逛街，又去西荻窪、荻窪、阿佐ヶ谷和吉祥寺，皆乘中央線，不详记。逛街，买小物若干。九时过回酒店。十时半睡。

二月二十五日 | 周四

六时半醒。收拾行李。九时退房，将行李存在旅馆，乘山手線到日暮里駅换京成線，在高砂换车到柴又。在東京，我们最喜欢的地方就是这里，上次来得有些晚了，故又重来。在高木屋老铺吃点心。本拟去山本亭喝茶，但该处自去年十月起修理停业，只得作罢。到河边。去帝释天，上次这里没有细玩。参观雕刻。去邃溪園，这花园设计得很好，安排了很多景致。在川千家吃天妇罗饭。逛街，二时半离开。沿原路回旅馆取行李，往羽田空港。七时三十分乘 CA168 航班飞往北京，座位号 23J、23K。近十一时（北京时间）抵。打车回家，已将一时矣。

二十二

大阪 京都 嵐山 高雄

二〇一六年

五月二十六日 | 周四

晨五时起，近六时小张来接，往机场，取事先租好的 WiFi。遇到 F、X，她们要去東京玩五天。八时四十分乘 CA927 往関西空港，座位号 15A、15B。此行只拟在大阪、京都两地停留，不再像以往那样去很多地方，亦是换一种玩法。这两处都来过多次，所以也没有什么地方非去不可，只有京都的西芳寺想去，托苏枕书预订却没有订上。十二时二十分（以下东京时间）抵。因为有 WiFi，可以随时查我在北京家中常查的日本 Yahoo“路線”，较之以往方便许多。乘南海電鉄到難波駅，换乘地下铁千日前線到阿波座駅，出九号口，走五分钟，就到了所预订的湯元花乃井スーパーホテル大阪天然温泉，入住九二八房间。随即出门闲逛，吃“月见”乌冬（就是素乌冬面上打个生鸡蛋）。走到中之島，路过“福沢諭吉誕生地”碑。又走到梅田，到阪急古書のまち看了看，没有要买的书。在三番街天亭吃初夏的上天丼，乘地铁回来，遇雨。泡温泉，水呈铁锈色，水温三十三点摄氏度，pH 值八点四，单纯泉质。十时睡。

五月二十七日 | 周五

不到五点钟醒了，又睡，晨八时半起。泡温泉，走到九条（一站距离），逛街，购物。吃“月见”乌冬。乘阪神电铁到岩屋，去横尾忠則現代美術館，参观“横尾忠則展　わたしのポップと戦争”。在我看来，横尾忠则是将日本战后的某种亚艺术（类似佐伯俊男那种性意味加黑色、滑稽性质的风格）与美国战后的某种亚艺术（大概是安迪·沃霍尔那类）结合在一起，而这回展出的作品因为有战争背景或战争因素，时时关乎死亡、灵魂等等，又有一种宏大深邃的意味。到海边走走，仍乘阪神电车往梅田，又去阪急古書のまち。在三番街とろ家吃海鲜丼。走到中之島，沿堂島川向而行，这一带以前多次来过却从未走过，实际上非常漂亮，每幢建筑都精心设计，尤以ダイビル本館东西合璧，看似犯冲，实则协调，最令人叹服，忍不住进去观看。七时过回酒店。泡温泉。

五月二十八日 | 周六

晨六时过起，泡温泉。乘地下铁到住之江公園駅，换乘巴士，去堺浜シーサイドステージ，逛跳蚤市场，约五六十家，买小物。在那里吃午饭。乘免费班车回住之江公園駅。然后乘地下铁到肥後橋駅，去国立国際美術館，有“田中一光ポスター展”，田中一光的广告对于“形”与“色”的把握，以及表现之简洁有力，真令人有惊艳之感。又去難波逛街。日本的确是个很洋气的地方，而这个词不是欧美之外的地方随便可以拿来形容的。在 Cavalle 吃披萨。回旅馆。泡温泉。

五月二十九日 ｜ 周日

晨八时起，泡温泉，收拾行李，退房。乘地下铁到なかもず駅，逛“堺蚤の市”，有一百多家，买小物。我们是第二次来这跳蚤市场，仍然如前次来时，觉得很好。感觉这里卖者有两种，一种是“行家”，价格很贵；另一种是卖着玩的，价格便宜，东西却未必比前者差。我出国旅游，很喜欢逛跳蚤市场、骨董市、二手店、旧货店，无论日本，美国，欧洲。以日本的档次最高，价格也合适。跳蚤市场这种地方也最可见当地一般人家的生活水平，而这是旅游者所难得接触到的。大约逗留了三个小时。回程在難波駅下车，仍去昨天去过的 Cavalle，吃意大利海鲜面套餐。回酒店，将买的东西放进箱子，存在该处。在中之島駅乘京阪电车，在京橋駅换车，到祇園四条駅下，入住京都祇園気楽 inn“竹”间，四叠半。这是个小小的民宿，柜台上睡着一黄一黑两只猫。在附近的春子吃大阪好烧。在祇園一带闲逛，街上见到不少穿浴衣的外国女人，样子很可笑。走过花見小路通，到建仁寺，开始下雨。回旅馆。民宿的墙很薄，隔壁两个日本老太太聊天到很晚，断断续续，影响了我的睡眠。

五月三十日 ｜ 周一

晨七时起，乘“201”巴士到烏丸今出川駅下车，去宮内庁参観案内，办了今天上午十时参观皇居和京都御所、下午一时半参观仙洞御所、明天上午十时参观桂離宮、周五上午十时参观修学院離宮的预约，这四处只第一处我来过，但已是二十年前了。虽然跟着导游，随着许多外国游客，于欣赏景色颇有不便，但仙洞御所的确是很美的日本园林，在我看来，大约园林是最容易、也最直接地让外国人领略日本式审美的去处，特别是“简洁”、“自然”与“无烟火气”这几项，当然这种理解也容易简单化。中午在御苑附近的唐朝餐馆吃中餐。参观之后去西陣織会館，以前都是在高島屋的艺术品层欣赏西阵织的，觉得是最高级的产品，现在到这里一看多是卖给游客的廉价商品，和服表演也不算精彩。走到表千家会館一层，看了茶道的器具。乘“9”巴士到上賀茂御薗橋駅，时已五时，上賀茂神社已关门，只在周围走走，游客寥寥，有种难得的傍晚宁静之美。乘“46”巴士回四条，中途下车，逛了一个古着屋。接着乘46路，在四条烏丸駅下，走过四条、新京極，拐到高瀬川边走了一段，每次到京都几乎都来这里。回旅馆，移住“鼓”间，仍是四叠半。感觉老板真的很喜欢猫，每晚轮流带它们回家睡觉。

五月三十一日 ｜ 周二

晨七时起，发现这房间带个小凉台，下面是个小庭院。收拾行李，八时过退房。到阪急四条駅乘车到桂駅，在附近吃饭，步行到桂離宮，与昨天去的仙洞御所相比，房屋与景的关系更讲究，更微妙，不同功能（如赏月、赏花、茶道）的应用与景的搭配都恰到好处，昨天的可谓园林处处是景，今天的是房间不同方向可见不同的景，更细腻，但总的来说不如昨天的气势大。苔藓很好。回到桂駅，在超市买了三明治等，乘阪急电车到嵐山，在草地的一棵树下吃了刚才买的食品，作为午饭。走过渡月橋。我二十年前来过此地，其实是个俗气的地方，类似浅草、箱根，还有由布院駅到金鱗湖一带。但也可以说，原本未必差，游客太多了，以至于此。天气很热，走到竹林の小径才觉凉快。到大河内山荘，喝茶，当年也在这里喝过茶，记得是八百日元，现在是一千日元。但现在觉得茶略有点涩，以茶室的茶论不能算好。庭园以前也逛过，但只记得能遥望京都全景这一点了。沿桂川走到预订的公立学校共済組合嵐山保養所花のいえ，这旅馆就对着桂川，离热闹地方很近，却是闹中取静，实在是个好地方。入住一一二房间（“红叶”）。此地原是角仓了以旧邸，有很漂亮的庭园，从房间可以走到，我们住过的日式旅馆，只有修善寺菊屋可比。一个下午就在房间休息。唯这里是“光明石温泉”，是人工而不是天然的，稍觉遗憾。晚饭是在房间里吃的，京料理。饭后出外散步，走到天龍寺，听到荷池的蛙鼓，又到桂川边小坐。回旅馆。

六月一日 | 周三

晨七时过起，泡温泉，吃早饭。又到庭园及大门口照相。九时过退房。去天龍寺，先到庭园，除了“湖光山色”（这四个字形容此园最恰当不过），像个植物园，无论木本草本都很丰富，而且是典型的日本植物，花园门口特别提示，当下欣赏卯木、花笠、石南花、紫露草、下野和山紫阳花，一一都看到了。又参观本堂。有加山又造所绘「雲龍図」，但只在周六日及假日展出，惜未得一见。然后乘京福電気鉄道到帷子ノ辻駅，换车到宇多野駅，在福王子乘“8”巴士到高雄。先去高山寺，我去过的寺庙，没有这么有古意的了。在石水院的客殿喝茶，此寺内有“日本最古之茶园”，所喝薄茶口感相当好，红豆做的点心也有特色。喝完茶坐在石水院的廊下欣赏山景，有山风吹拂，很舒服。然后去西明寺和神護寺，其间还沿谷山川往返走了约三公里，两岸都是杉木林，空气新鲜，且除我们外未见一人，是很好也很舒服的远足。神護寺地势最高，要登很多石级，很累。在山门外不远的硯石亭吃了山笋乌冬面，结果到寺离有国宝薬師如来立像的金堂关门只差十分钟，赶紧去看了。神護寺没有高山寺那种古意，但据介绍说收藏国宝及重要文化财产甚多。这里的地藏院还是谷崎润一郎写『春琴抄』的地方。乘五时三十六分的“8”巴士（这之前是一小时一班）到四条烏丸駅，仍住京都祇園気楽 inn，房间改在一楼，还是四铺半席，有小小庭院。

六月二日 | 周四

晨七时过起，坐在廊子下看看小小的庭院，昨晚来时已天黑了。虽极狭小，但有不少树木。乘巴士到植物園北门前駅，去京都府立植物園，看了很多花。比起去过的纽约附近的植物园，好像更近自然。下午三点在 Au Temps Perdu 与苏枕书见面，请她喝下午茶。收到托她代买的四本书。朋友書店：安藤更生編『北京案内記』（新民印書館，一九四一年十一月十日初版），软精装，有护封、腰封。おどりば文庫：钱稻孙译注『櫻花國歌話』（中國留日同學會，一九四三年三月十日初版，中文），精装。つたや書店：连城三纪彦著『変調二人羽織』（講談社，一九八一年九月二十日初版），精装，有护封、腰封，前环衬衬背面签字笔书“連城三紀彦”；连城三纪彦著『宵待草夜情』（新潮社，一九八三年八月二十日初版），精装，有护封、腰封，前环衬衬钢笔书“連城三紀彦”。日本的推理小说家，我真正喜欢的只有两位，一是东野圭吾，虽然他的作品我喜欢的只有十来种，其中《白夜行》、《黎明之街》、《解忧杂货店》和《秘密》还不能算是推理小说；一是连城三纪彦。连城的作品多揭示女性命运，背景多安排在大正时期和昭和前期，缠绵而微妙，很文艺，很美，刻画人物心理也很深刻，而推理只是小说的诸多元素之一。读他的小说，常联想到周氏兄弟所译《日本现代小说集》，又联想到泉镜花、德田秋声，但却不曾联想到任何一位推理小说作家。又托苏枕书代买今天平安神宫的第六十七回京都薪能的票。四时一起走到平安神宫，道别。四时半入场，五时半开演，包括观世流能「翁」、观世流能「養老」、大藏流狂言「三本柱」、金刚流能「三輪」、观世流能「大瓶猩猩」。这是我头一回观看能，真是美的享受。狂言则只读过周作人的译本，演出也是首次观看。八时半结束。乘巴士到四条京阪前駅，回旅馆。

六月三日 ｜ 周五

晨七时半起。乘“100”巴士换“5”巴士到修学院離宮道駅，步行十五分钟到修学院離宮，按约定十时参观。这里包括上、中、下三个离宫，其间隔以大片水田，所以较前次去过的御所离宫更得自然之趣。上離宮的景致（眼界、格局）亦属就中最佳。接着去曼殊院、詩仙堂，庭园各有特色，都很美。看墙上贴的照片，日本多位皇室成员参观过曼殊院，英国查尔斯、戴安娜夫妇来过詩仙堂，在曼殊院还看到悬挂着谷崎润一郎捐献的一口小钟，另外墙上贴的是很有名的立花图谱。日本庭园这次去了好多个，可以一总说点印象：特别强调层次错落，曲折变化，虽然没有高的建筑，有的甚至很小；强调开阔，但又不一览无余，而是一种对局限的突破，这大概就是所谓禅意的实质罢。又去金福寺，主要是因为这里有与谢芜村墓，记得他的俳句：“牵牛花啊，一朵深渊色。”附带说一句，这个夏天到日本来，也许因为阳光很强的缘故，比以往留意树下的阴影、草地上的光斑，觉得有种特别之美，这其实也就是当年莫奈尤为关注、大画特画的。午饭吃点心、喝茶。在一乘寺地区逛街，去了惠文社一乘寺店，苏枕书在《京都古书店风景》中写到这里，的确是很文艺的书店。乘“5”巴士到四条，去御幸町通的 Mumokuteki（无目的商店）逛了逛，八时前回旅馆。闲翻『北京案内記』，颇有意思，保留了许多当年的稀见资料，如某饭馆的时菜单，光是鸡就有十九种做法，很多菜现在已经吃不到了；又如观光巴士和一到三日游的行程、价格，还有北平三十年代初已经有女性警察之类。

六月四日 ｜ 周六

晨七时过起，收拾行李，九时退房，将行李留在旅馆。先乘“100”巴士去京都国立博物館，但展室不开放，只开放庭园，遂未进去。乘“100”巴士到京都駅，换乘“9”巴士到堀川寺ノ内駅，参观裏千家ホームページ茶道総合資料館，看了平成二十八年春季展“文様ことはじめ—茶道具の文様と意匠—”，对我来说，是认识了不少茶器，以及它们与季节的对应关系。在二楼的今日庵文庫看了一个介绍茶道的录像，知道了一系列相关礼仪。又在这里喝了茶。然后乘“12”巴士换“北 8”巴士，到植物園北门前駅，本想参观表千家北山会館，但那里六月三日至五日举办“十備会展”，需要事先预约，只好与国立博物館都留待将来再来了。走到北山駅前，乘“4”巴士，途中路过几天前去过的唐朝餐馆，遂在府立医大病院前駅下车，去吃了午饭。然后乘“17”巴士到四条河原町駅，回旅馆取行李，到祇園四条駅乘京阪电车到中之島駅，入住湯元花乃井スーパーホテル大阪天然温泉七二八房间。时为五时过，泡温泉，吃茶泡饭。

六月五日 | 周日

晨七时过起，泡温泉。早点吃三明治。今日本拟去逛服部綠地的一个跳蚤市场，但下雨了，上网查得知取消，改去了四天王寺的一个仍然举办的集市，无所得。去天神橋逛街，在春駒吃寿司，挑的多是过去没吃过的。乘地下铁到綠地公园駅，在天牛書店买须田一政摄影集『民謡山河』（冬青社，二〇〇七年十一月一日初版），有护封，前环衬银色签字笔书“須田一政”。先后去梅田的阪急和九条的药妆店购物。回酒店，收拾行李。泡温泉。

六月六日 | 周一

晨七时半起，泡温泉。早点吃三明治。十时退房，乘地下铁到難波駅，换乘南海線到泉佐野，步行十五分钟到関空温泉ホテルガーデンパレス，入住四〇七房间。时为十二时半，吃茶泡饭。然后去刚才路过的 2nd street 店买小物。回旅馆，泡温泉。去附近的 Pizza Califonia 买了匹萨，当作晚饭。去城里逛街，八时归。泡温泉，十时睡。

六月七日 | 周二

五时起，泡温泉。退房。六时四十分乘酒店的免费巴士去関西空港，八时五十分乘 CA162 航班飞往北京，座位号 15J、

15K。对F说，大概上世纪二十到四十年代的北平与现在的京都有些相近之处：都是古都，有大量古建筑，有深厚的文化积淀，有自成一格的生活方式，而且已经不再是国家的政治中心。不过，对前者来说，所有这一切都改变了。十一时（北京时间）抵。小张来接。回家。

二十三

东京 村上 濑波温泉 新发田 月冈温泉 村杉温泉 新潟

佐渡岛 野泽温泉 涩温泉 小布施 益子

二〇一六年

九月二十三日 ｜ 周五

晨四时半起，近六时小张来接，往首都机场第三航站楼。办理出境手续排了很长的队。八时二十分乘 CA181 航班往東京羽田空港，座位号 45L、45K。此行计划，主要是新潟和長野几处温泉以及佐渡島之游，头尾各在東京逛逛街，买点东西。十二时二十五分(以下东京时间)抵。入住ホテルユニゾ新橋五二二房间。乘地铁去本郷三丁目駅，吃海鲜丼，在森井書店买斋藤昌三著『蔵書票の話』（文芸市場社，一九二九年八月三日印刷，限定五百部中超特版十二部之第八号），“純白染牛革装、模様金箔押、天金と、小口にも斜めに金箔押”。此册在“蔵書票の話目次”后，又有“超特版別目錄”，书中黑色单页纸粘贴的木版原色手摺藏书票共四十一枚。夹带一六页小册，题「古今東西の豪華本を頒つ會 蔵書票の話 齋藤昌三著」，有介绍云，贅澤版（奢侈版）四百九十部，定价金拾圓，超特制版十部，定价金貳拾圓。书中著者自序（写于一九二九年五月）关于两种版本的数量亦是同样说法。但标明“五百部限定出版”的一页则云，“十二部私的頒布，四百八十八部贅澤版頒布”，该页署“一九二九年七月二十日装幀并出版者識”，是乃出版过程中有所调整。在那一页的“No”后用红笔写了“8.”。我想买『蔵書票の話』已有几年，其间还曾代老谢买了一本“贅澤版”（编号四八五），与之相比，此“超特版”多粘贴藏书票页十五，印刷藏书票页八，甚可喜也。这本书还配有一个后做的布面的“帙”，颇精致。又买藤泽周平碳素笔书小色纸：「暗殺の年輪　藤沢周平」，虽不是毛笔字，但殊为难得。又乘地铁去神保町，在けやき書店买遠藤周作水彩绘色纸，画的是一位钓师，有毛笔署名“周作”，钤“遠藤周作”章。此前所见远藤周作写的字都是日文（虽然夹杂若干汉字），故一直没买，这次遇见的是他画的画，画意也很有趣。前此还曾托L代买远藤周作签名本『沈默』（新潮社，一九六七年八月二十日第十五刷。精装，有护封、塑料书套、书函。后环衬碳素笔书“浜崎洋暢様教正 遠藤周作”。在网上查到，受赠人家住長崎県長崎市東山手町3-36，曾发表「唾液腺剔出が骨成長に及ぼす影響に関する計測的実験研究」一文，似是一位医生或医学研究者），现在又有这张色纸，可谓心满意足。远藤周作是我非常喜欢的作家，虽然他与安部公房一样，思维完全不是日本人而是西方人的，在《沉默》中，甚至以西方人的思维而将“（残酷的）现实—（上帝的）沉默—（信徒的）弃教”想得比任何西方人都深。最后上帝并非站在善的立场去反对恶，而是超越善恶，包容一切；上帝是无限，人只能在无限之下做自己有限的选择。他的《沉默》和《深河》皆为杰作，相比之下，我觉得《沉默》更接近于作者思想的核心。还买了乙一著『ＺＯＯ』（集英社，二〇〇三年六月三十日初版），精装，有护封、腰封，前环衬银色签字笔书“ＺＯＯ乙一”。乙一的小说，我最喜欢的就是这本《ZOO》了，黑暗残酷，且出于奇想，在我看来，“黑乙一”（代表作即是此书）远胜于“白乙一”。乘地铁去涩谷，逛街。八时回酒店。十时过睡。

九月二十四日 | 周六

七时过醒。收拾行李。九时半退房。乘地铁到涩谷，在地铁站里看到一排柱子上，各贴着一张东野圭吾“加贺恭一郎系列”文库本的巨大海报，颇为壮观。先后去駒沢大学、二子玉川、自由が丘、仙川、つつじヶ丘和橋本逛街，买小物若干。大概 2nd street 这种二手店，要远离東京到一定距离，才有东西可买。在つつじヶ丘吃中餐。晚十时半抵八王子，宿八王子アーバンホテル六〇一房间。十二时过睡。

九月二十五日 ｜ 周日

六时过醒。在旅馆吃早饭。九时半退房。先后去羽村、河边、国立逛街，买小物若干。这是返回東京的路程，正如昨天所说，二手店愈远离東京愈好，所以昨日是渐入佳境，今日却是每况愈下。在羽村去了车站附近的まいまいず井戸和五ノ神神社，神社里有人演出（戴着能面具）。在国立街头看到祭事，唯不知是何名目，上网亦查不到。九时回新橋，入住ホテルユニゾ新橋五二二房间。晚十时过睡。

九月二十六日 ｜ 周一

八时醒。十时与D会于大堂，同去逛“新橋古本まつり”，见到一册古手川佑子写真集，以价稍昂未买。去東京駅换JR PASS，并订明早的车票。回新橋，同去从前去过的末げん吃午餐（炸鸡）。然后去神保町，逛旧书店。在夏目書房买筱山纪信摄影集『篠山紀信版源氏物語　太秦映画・千年の恋』（講談社，二〇〇一年十月十八日初版），有护封、腰封，前环衬背面金色签字笔书“篠山紀信”，后环衬背面毛笔书“吉永小百合”。又买大江健三郎著『個人的な体験』（新潮社，一九六四年八月二十一日初版），精装，有护封、塑料书套、书函、腰封。前环衬钢笔书“安積一夫様　大江健三郎”。我在東京的旧书店还见过堀田善卫、安冈章太郎等签赠给同一人的书，其人情况不详。大江的小说我不算很喜欢，但也许是没读进去的缘故，假如有时间系统重读一遍，可能就不是这种印象，但以现在眼睛的状况，恐怕此生不能有这安排了，遂买他一册代表作初版签名本以为留念。在玉英堂书店买阿部和重著『グランド・フィナーレ』（講談社，二○○五年二月一日初版），精装，有护封、腰封。回国后要与这位作者就他的中译本小说《朱鹮》对谈，届时拟请他签名留念。（十月二十一日补记：今晚活动后请阿部和重在『グランド・フィナーレ』上签名，系用签字笔写在前环衬上："止庵様 阿部和重 2016.10.21"。难得这么凑巧：我获出版社之邀与《朱鹮》的作者对谈，恰恰正要去日本佐渡島，在那里还亲眼看到了朱鹮。《朱鹮》篇幅虽然不长，却是一部构思精妙、情节紧凑、寓意深刻的作品。对于既有秩序充满恐惧和一意破坏的主人公鸨谷春生，与中国当下的青年一代或许多有契合之处。）五时去いせ源本館，这是小津喜欢去的火锅店，S 请我们三人吃饭。一起乘地铁回旅馆。又去附近街上购物。收拾行李。十时过睡。

九月二十七日 | 周二

七时过醒。八时半退房。到新橋駅，乘山手線到東京駅，换乘 JR 新幹線とき 311 号・新潟行往新潟駅，九时十二分发，十

茅野

湯村温泉

西山温泉

石和温泉

松本

新発田

吉野山

吉野山

吉野山

新潟至佐渡島途中

佐渡岛

佐渡岛

佐渡島

佐渡岛

佐渡島

佐渡島

名所
臥竜公園
バス 5 分
福島正則屋敷跡
バス15分
破風高原
車で 1 時間
峰の原高原
車で 30 分
豊丘ダム
車で 30 分

須坂

渋温泉

野沢温泉

地狱谷

東京　上野

万座温泉

北軽井沢

伊東

松崎

精進湖往西湖途中

西湖

本栖湖

精進湖往西湖途中

河口湖

河口湖

佐世保

时四十九抵，十时五十八分乘JR特急いなほ3号·酒田行往村上，十一时四十三分抵。观光案内所推荐我们在车站对面的石田屋吃饭，果然很好，饭也是本日新米。往城里走，看了几处町屋，遇雨而返。路上闻到浓烈的桂花香气，是此行最先感受到的秋意。近三时回村上駅，在观光案内所打电话请所订旅馆来车接，即乘车到濑波温泉。其实濑波温泉与村上市是连成一片的。入住濑波グランドホテルはぎのや四〇八室（“松の間”），是个套间，有两个洋式房间。泡温泉（八楼的展望大浴场眺和三楼的二の湯），泉水温八十七点七摄氏度（使用位置七十摄氏度），水质偏碱性。走过小镇，到海边看夕阳，拍了不少照片，回来天已黑了。吃晚饭。旅馆的布置不差，饭也很好。菜单：“村上牛的夜晚·鲍鱼的夜晚”。首先品尝：地方特色酒“张鹤”酒浸鲑鱼；逸品（其中任选一道）：A.“A4级”村上牛牛排，B.“国产纯天然”生烤鲍鱼；旬菜：四季的色彩斑斓；前菜：“珍馐”茗荷黄身寿司 红薯豆腐 蔔头 秋刀鱼幽庵烧；造身：四种盛；油皿：酥炸茄子饼 炸海鳗 炸秋葵 佐以抹茶盐；预钵：海鲜小锅 药味料；洋皿：海鲜沙拉；蒸物：茶碗蒸 浇汁煮鲜蘑菇；吸椀：菊花新丈 卷麸 鸭儿芹；御饭：本地岩船越光水稻米饭；香物：腌渍菜三种盛；甜点：栗子布丁。——濑波温泉濑波グランドホテルはぎのや。泡七楼的熱の湯。十二时睡。

九月二十八日 | 周三

晨七时半醒。泡别馆三楼的望温泉。吃早饭。九点五十分退房。下雨。乘旅馆的车到村上駅，十时十九分乘JR特急いなほ6号·新潟行往新発田，十时四十二分抵。去清水園，偶有一两枝枫叶已经红了。走过市中心，在一家杂货店买小物。去蕗谷虹児記念館，看到他多幅原作，包括「花嫁人形」和绝笔之作「母の面影」，末一幅还是头一次见到。来此参观也算了了我一桩心愿。蕗谷虹儿是新発田市的标志性人物，多处见到张贴“花嫁人形”合唱演出的海报。三时五十五分乘JR羽越本線·新津行往月岡駅，四时零四分抵。是个很小的车站。旅馆来车接往月岡温泉。入住摩周四〇七房间，十六叠。沿小镇主路散步，比濑波温泉大得多，至镇的一端而返。回旅馆吃晚饭，甚丰盛，有整只大海蟹。菜单：“北海道海鲜会席”。前菜：“新発田市的美味”新発田产大份芦笋配自制芝麻油 新発田的乡土料理“から寿司” 新発田产的红叶麸 通草田乐味噌 新潟产毛豆黑埼茶豆 菊花馅芝麻豆腐 岩船产海素面 炸栗子；造身：海鲜五彩四点拼盘；台物：日本海鲜锅高汤煮生帆立贝、芝海老、鳕鱼、时令水菜及本地特色新鲜蔬菜；烧物：甘鲷鱼千草烧；天妇罗：海老和时令鲜蔬；醋物：津和井蟹；水果：自制椰奶布丁 香瓜 草莓；止椀：调味田舍味噌；御饭：鲑鱼子米饭。——摩周调理长渡边克美。厨师还专门送来写了“欢迎光临非常感谢”字样的用葡萄做的小点心。泡源氏の湯和日高日庭の湯，这里的温泉据说含硫黄量居全国第二位，泉温五十点七摄氏度，pH 值七点五。十二时睡。

九月二十九日 ｜ 周四

晨七时过起，早饭前后，分别泡了月美の湯和小町の湯。十一时退房。冒雨到镇外散步，先去了一个玻璃工坊，又去刀剣伝承館·天田昭次記念館，天田昭次（一九二七—二〇一三），生前是制刀的“人间国宝”。在镇内泡足汤。下午二时过回旅馆取行李，打车到五頭温泉郷村杉温泉。路上司机接到电话，D 在刚离开的摩周将八千日元丢在还给旅馆的雨伞里了，结果我们到了不久，那旅馆就派人开车专程给送来了。入住風雅の宿長生館四〇三房间，十七叠半。外出散步。前天去的村杉温泉临海，昨天去的月岡温泉是个典型的温泉小镇，今天到的五頭温泉郷则是农村。走到出湯温泉華報寺前，打车回旅馆。泡温泉，泉温二十五点二摄氏度，pH 值八点六。吃晚饭。菜单：餐前酒：自家独创藤五郎梅的混合青梅酒; 先付:“名产”五头山麓牛乳当富; 前菜：“四季的味觉”时令鲜蔬拼盘；造身：本地时令鲜鱼三种盛; 烧物: 随机烧烤佳肴 各种配料; 小菜: 厨师长推荐的一道菜; 煮物: 村杉传统鲤鱼砂糖煮和其他煮物; 台物: 镭矿泉水蒸海鲜;

扬物：四季的天妇罗；御饭：本地笹神产越光水稻米饭；止椀：腌渍小菜 味噌汤；甜点：时令甜点。又泡温泉。在新潟秋季观光手册上看到一句话："由海向山，由山向海。"

九月三十日 ｜ 周五

七时起，泡温泉，又去庭园。这家旅馆布置装饰品位似稍差，温泉和庭园都有不好看的雕像。吃早饭。九时退房。乘旅馆的车往新潟。车程五十分钟。把行李放在预订的酒店，到新潟駅乘循环巴士，先去東堀买了三个色纸画框，然后去新潟市美術館看"コレクション展Ⅱ 美術のモト—てん・せん・めん"，又去新潟县立万代島美術館看"メアリー・ブレア原画展"，看到宫崎骏和高畑勋多部动画片的画稿原作，又得用上"大饱眼福"这话了。在万代島ビル的三十一层观看新潟市全景。五时入住ドーミーイン新潟七三三房间。傍晚与F乘JR信越本線長岡行到亀田，逛街，买小物。回新潟。十时睡。

十月一日 ｜ 周六

七时起。泡温泉。九时退房。打车到新潟港（万代島埠頭），九时四十分乘ジェットフォイル（喷射水翼船）往佐渡島両津港，十时四十五分抵。在码头吃乌冬面。打车到酒店，放下行李。去

諏訪神社，D独自去金山，我们仨在両津市街和旅馆不远处的稻田散步。阳光照射下稻田的色彩使人想到凡高的画。入住ホテルニュー桂三〇三房间，十叠。泡温泉，泉温四十六点七度。吃晚饭。菜单：前菜：海螺　海老寿司　熏制秋刀鱼　墨鱼三升渍；锅物：佐渡冲墨鱼陶板烧；蒸物：茶碗蒸；煮物：焖煮蔬菜拼盘；扬物：炸鲔鱼排；中皿：佐渡冲红帝王蟹；造身四点拼盘：鰤鱼　鲷鱼　狐鲉　甘海老；甜点：佐渡产的柿子果子露冰激凌；香物：腌渍黄萝卜　腌渍牛蒡　佐以紫苏酱；御饭：佐渡产越光水稻米饭/桂米；汁物：佐渡产的振舞汁。——朱鷺の郷ホテルニュー桂料理长亲松正明。晚七时半到諏訪神社能舞台看薪能“井筒”，长一小时二十分钟。回旅馆，又泡温泉。

十月二日　|　周日

晨八时起，吃早饭，泡温泉。旅馆的温泉设计颇雅。十时我、F和D乘旅馆的车到両津港，乘巴士去真野御陵、歷史傳說館，其中有个佐佐木象堂的展室。佐佐木象堂（一八八二—一九六一）是铸金名家，生前也是“人间国宝”。又乘巴士到小木港，在一家寿司店吃饭。沿城山公園散步道而行，至中途路断，返回。参观小木図書館内的“日本アマチュア秀作美術館”，这里只展示业余艺术家的作品，如英国前首相丘吉尔和日本前首相海部俊树的油画、夏目漱石的水墨画等，以及小木出身的致力于指导业余绘画的中川司気大（一九三三—一九九四）的遗作。去码头，看到“盆舟”。四时乘巴士到真野新町，在海边看到夕阳。乘巴士回两津港，旅馆有车来接。吃晚饭。菜单：小钵：海蛳螺章鱼 鳗鱼寿司；锅物：佐渡冲鳕鱼陶板烧；椀物：手作荞麦面；煮物：新尝浇汁蟹；扬物：酥炸蟹爪；烧物：盐烤鲽鱼 昆布；造身：高体鰤 比目鱼 竹荚鱼 甘海老；甜点：牛奶猕猴桃布丁；香物：香醋腌渍萝卜 一根泽庵咸渍萝卜；御饭：佐渡产越光水稻米饭 / 桂米；汁物：佐渡产的振舞汁。——朱鷺の郷ホテルニュー桂料理长亲松正明。泡温泉。十一时过睡。

十月三日 | 周一

晨七时起，泡温泉，吃早饭。八时四十五分我与 D 乘巴士往トキの森公園。近距离地看到朱鹮，虽然隔着玻璃。十时返回。退房。去北一辉墓，就在距旅馆五百米处。十一时半打车去两津港。吃饭。下午一时二十分乘ジェットフォイル回新潟，二时二十五分抵。打车到ドーミーイン新潟，入住八〇七房间。本拟去参观風の館和砂丘館，不巧今日都休馆，只在前一处门外拍了张照片。我和 F 去古町逛街。我们每到一个城市，总是喜欢闲逛，看看市容。晚四人在车站附近一家以各种烧法的鳗鱼为主的居酒屋吃饭。

到新潟駅预订明天的指定席票。回酒店，泡温泉。十一时过睡。

十月四日 | 周二

晨七时起，泡温泉，收拾行李，八时半退房。乘酒店的车到新潟駅。九时二十分乘JR新幹線とき314号·東京行往高崎駅，十时三十三分抵，十时四十二分乘JR新幹線あさま605号·長野行往長野駅，十一时三十三分抵，将部分行李存在这里，十二时零九分乘JR新幹線はくたか559号·金沢行往飯山駅，十二时二十分抵，乘十二时三十分到野沢温泉的巴士，十二时五十分抵，将行李放在预订的旅馆，逛野沢温泉村——说是村，其实比一个小城还大，譬如就比城崎大。这里有十三所共同浴场，泡了其中的麻釜の湯和大湯，后者甚烫，至于难耐，泉温六十六点二摄氏度，pH值八点五。近五时入住河一屋旅館三〇六室（"雪恋"）。在旅馆泡温泉，吃晚饭。去逛街，又泡了中尾の湯和河原湯，前者也烫。回旅馆，又泡温泉。十一时过睡。

十月五日 | 周三

晨七时起，泡温泉。吃早饭。十时退房。打车到飯山駅，十时三十七分乘JR新幹線はくたか558号·東京行往長野駅，十时四十八分抵。十二时十分乘長野电铁往湯田中，十二时五十七分抵。乘巴士到涉温泉，将行李放在预订的旅馆，打车到地獄谷驻车场，步行到野猿公苑，猿颇可爱，除相互嬉戏外，有小猿甚至跑来试探性地摸一下我的鞋，唯它们只待在水边，不似照片上所见寒冷时节泡在温泉中而已。步行回来。入住歴史の宿金具屋五〇四室（“淡路”），十叠，另有四叠的缘侧。旅馆创业二百五十余年，多古老建筑，其中斉月樓和大広間都是“国登录有形文化财”。据说这里是宫崎骏动画片《千与千寻》中“油屋”的原型（另一说是道後温泉本馆，我们也去过）。旅馆的通道橱窗摆着不少老东西，我们过去住过的那些旅馆，也都或多或少像这样展览着自家的旧物，如老账本、旧时照片、原来的钥匙之类——旅馆未必都是旧日建筑，常常已经翻新，但旅馆的传统还在那里。这里有多个温泉，水质有别。泡了旅馆内的龙瑞露天風呂、惠和の湯和和予の湯。在大広間吃晚饭，这建筑用得上“美轮美奂”来形容了。菜单：餐前酒：杏酒；安昙野腌制鲍鱼；芝麻豆腐；四季八寸；小锅物：信州风味；信州三文鱼昆布造身；冻豆腐拼盘；山伏茸土瓶蒸；树叶碗油豆腐；信州山药荞麦；朴蕈朴树叶汤（配长野县本地产米饭食用）；香物；乳酪蛋糕和信州苹果。晚去小镇散步，这里有九个公共浴场，泡了其中六番湯目洗の湯。回旅馆，又泡了鎌倉風呂和子安の湯。十二时睡。

十月六日 ｜ 周四

晨七时起，泡了龙瑞露天風呂、浪漫風呂，后者特别漂亮。吃早饭，又泡了岩窟の湯。十时退房。乘酒店的车到湯田中駅，乘十时三十七分的長野電鉄往小布施，十一时十八分抵。去北斎館，参观“氏家コレクション—肉筆浮世絵の美”特别展，展品有「酔余美人図」、「大黒に大根図」（葛飾北斎）、「かくれんぼ図」（喜多川歌麿）、「高輪の雪」、「両国の月」、「御殿山の花」（歌川広重）等。在竹风堂吃栗子饭定食，喝茶。下午二时五十二分乘長野電鉄往長野，三时十七分抵。入住ドーミーイン長野三〇二房间。去逛街，在権堂駅乘長野電鉄到附属中学前駅，逛街，买小物。回長野，回旅馆，泡温泉，十二时睡。

十月七日 ｜ 周五

晨八时半起。泡温泉。收拾行李。十时过退房。十时五十三分乘JR新幹線かがやき508号·東京行往東京，十二时二十分抵。将行李放在酒店。与F乘JR东海道本線·熱海行去辻堂，在洋行堂买野田高梧著『シナリオ方法論』[シナリオ社，一九四八年九月二十五日印刷，限定版第二一三号），精装，有书函，书名页后照片页有毛笔签名“野田高梧”。又买『人間·仲代達矢広瀬飛一写真集』（無名塾，二〇〇二年四月二日初版），精装，有护封，前环衬毛笔书“仲代達矢 2008，晚秋”，钤“仲代達矢”章；『仲代達矢役者４０年』（仕事，一九九一年十二月一日初版），有护封、腰封，前环衬有毛笔书“堂本正樹様 仲代達矢”。『不滅のスター—高峰秀子のすべて』（出版協同社，一九九〇年五月二十九日初版），精装，有护封，前环衬碳素笔书“高峰秀子”，钤“高峰秀子”章。老板又赠我一册『役者 MEMO 1955-1980』（講談社，一九八〇年八月二十日初版），有书函、腰封，前环衬毛笔书“仲代達矢”。这里我最中意的是野田高梧那本书，小津从《晚春》到《秋刀鱼之味》的所有成就，都离不开与作为编剧的野田的合作。仲代达矢和高峰秀子都是我喜欢的演员。另外有意思的是，已买了两本签赠给堂本正树的书，另一本是三岛由纪夫的『サド侯爵夫人』。又去辻堂駅北商场购物，七时回東京，与 D、S 在新橋一居酒屋吃饭。与 D 道别，他明日搬去秋葉原的酒店，后天回国。入住ホテルユニゾ新橋四一七房间。得赵晖寄赠『中国現代文学』第十六期，内有其所撰关于《惜别》的介绍一文。收拾行李。晚十一时过睡。

十月八日 | 周六

晨七时起。八时半退房。不到九时 S 的朋友的司机来接，S 和我们同往益子。十一时半抵，路上开始下小雨。先去濱田庄司記念益子参考館，见到滨田庄司做的陶器，他收藏的陶器，他的故居，还有他烧陶的窑。又逛了几家古董店和陶器店。将我们送到预订的民宿古木，S 乘车走了。我们所住的房间为八叠。这民宿也是益子陶芸俱楽部，设有柴窑，还有手工制陶体验室，遇见一位以色列人在制陶，他准备住五天，这是第一天。又有一对挪威母女，母亲是制陶的，女儿画画（水彩画），明天要在这里办展览，正在布置，请我帮忙设计布展方案，忙到十点，睡觉。

十月九日 ｜ 周日

晨七时醒，下雨，但预报说九时会减弱。去看挪威女人的展室，布置得果然不错，那母亲要我找两句中文的话写出来，想到唐人李端的句子“宿雨朝来歇，空山秋气清”，倒是应景，让 F 写了，贴在入口处的墙上。九时过退房，雨已基本停了，走三公里半到益子駅，乘真岡鐵道・下館行到北真岡駅，沿铁路走二十分钟，到大前神社，有“大前神社お宝骨董市”，参展商在一百家以上，买了一把龙文堂铁瓶。回到车站，乘真岡鐵道・下館行到下館駅，再乘 JR 水戸線・小山行到小山駅，一时三十二分换乘 JR 新幹線やまびこ 212 号・東京行往上野，二时十分抵。去国立西洋美術館，看展览，并与 S 相会，一起去日本橋高島屋，八时离开。入住ホテルユニゾ新橋四〇三房间。十一时睡。

十月十日 ｜ 周一

晨八时醒，九时过出门，乘山手線到神田駅，换乘中央線到新宿駅，换乘西武新宿線到花小金井駅，再换乘西武バス・武15・滝山営業所行到滝山五丁目駅，已是十一时半。去暢気堂書房。事先请L写信约了今天来买佐伯俊男的签名海报。到了才发现这是公寓一楼的一家，屋里很凌乱，主人是一对夫妇，昨天刚从俄罗斯回来，女人在大学教书，男人原来是设计师，后辞职开了书店。我在网上查有佐伯的两张签名海报，其实只有一张是有签名的：「佐伯俊男個展 淫剣花出版記念 佐伯俊男版画集刊行記念　2002年2月12日（火）—3月2日（土）」（Span Art Gallery），长七十二点八厘米，宽五十一点五厘米。主人为我们老远来以及这个错误很不好意思，将另一张没签名的也送给我了。我还买了DAIDO MORIYSMA（Michael Hoppen Gallery，56/100），封面银色签字笔书“Daido”。主人又送我横尾忠则的两张海报，一本一九七〇年九月二十日出版的『毎日グラフ』，其中有报道「ドブレの中国報告」。在他家喝了茶，吃了他们刚从俄罗斯带回的点心。男主人开车送我们到花小金井駅。森山大道的签名本，我还有一册《Daido Moriysma：Dazai》（北京联合出版公司，二〇一五年六月第一版），分别在书中两页用碳素笔写了“Daido”和“2015.8.29 森山大道”，乃是许光所赠。乘西武新宿線往新宿，二时过抵。与 S 会于高島屋，逛到五时，告别。我们在十三层吃了越南海鲜米线，然后在新宿駅乘中央線到神田駅，换乘山手線到新橋，回酒店。收拾行李。十一时过睡。

十月十一日 ｜ 周二

七时过醒。十时退房，将行李存在酒店，乘山手線到上野，在上野の森美術館看“デトロイト美術館展”（底特律美术馆藏品展），共五十三件，颇多精品。上野公園里有几处表演活动。吃寿司。近四时回旅馆取行李，前往羽田空港。晚七时四十五分乘 CA168 航班飞往北京，座位号 19J、19K。飞机抵达已是十一时（北京时间）过，取出行李，小张来接，一点多才到家。

二十四

东京 横须贺 千仓温泉 小凑温泉 白子温泉 犬吠埼温泉
铫子 佐原

二〇一七年

二月二日 | 周四

晨五时起，六时小张来接，八时三十五分乘CA181航班往羽田空港，座位号45A、45C。此行要去千葉的几处温泉，头尾各在東京停留数日。十二时（以下东京时间）过抵。下午二时过入住ザ・ビー水道橋五〇七房间，此即原来的楽楽の湯ドーミーイン水道橋，几年未来，不知怎么换了别家了。放下行李，就去神保町，吃海鲜丼，然后在東城書店买方纪生编『周作人先生のこと』（光風館，一九四四年九月十四日初版），精装。此书我原有一册，拟赠老谢；现在书店这两册中一册前环衬钢笔书“市川先生惠存　編者拜呈”（上款不知何人），另一册书品甚佳，一并买下算留一副本罢。关于此书，方氏一九四四年二月十五日致周作人信中云：“纪念册题曰‘周作人先生のこと’，题字已由有岛生马先生写好，装订武者先生亦欣然负责，不久可以交下，出版书店已决由光风馆承担，因该馆存有较好纸张，并允尽可能特制纸匣故也。”同年九月二十八日信云：“上原氏渡华，谅曾拜谒，纪念册由其代呈数册，想亦蒙哂存矣。一般贩卖者下月初旬发行，有书匣者百册，容再设法奉寄。此书印刷尚佳，友人得之者均惊叹，唯校对仍不甚尽善，略有错字，乃美中不足，又佐藤春夫文中稻公学历并未误记，因一时不加注意，擅加指摘，拟设法订正之。”有书匣者尚未见，容再寻觅。开发票时被售货员认出来，应要求在新星出版社出的三本“周氏兄弟合译文集”上签名。在けやき書店买深泽七郎著『楢山節考』（中央公論社，一九五七年一月二十日初版），精装，有护封、腰封。前环衬钢笔书“藤本真澄先生御惠存 深澤七郎”。藤本真澄（一九一〇—一九七九），电影制片人，曾任东宝株式会社副社长、株式会社东宝映画初代社长。有意思的是，木下惠介导演的《楢山节考》（一九五八）却是松竹拍摄的。书中用作书名的一篇早已译为中文，是一篇残酷又冷静的作品；两次改编为电影，我更喜欢今村昌平版（一九八三），与木下版不同之处很多，姑举一例：结尾处，辰平将母亲送上山后，遇到邻居儿子将不愿上山的老父推下悬崖摔死。木下版中，辰平愤怒地与那儿子扭打起来，儿子失足摔下悬崖。今村版中，那儿子摔死老父后逃走，而辰平只呆呆地目睹了这一切。在今村昌平看来，只是辰平的母亲与那不愿死的老父有区别，两家的儿子其实是一样的，相比之下深刻得多。在

三茶書房买『自選 濱田庄司陶器集』（朝日新聞社，一九六九年十一月二十五日发行），精装，有塑料护封、书函（夫婦函）、运输匣，扉页毛笔书“濱田庄司”。上次去益子参观了滨田庄司的纪念馆，看到他不少作品，正好买此一册留念。晚上吃面。F买小物。八时过回酒店，去大浴场。十时睡。

二月三日 | **周五**

去大浴场。十时小川利康来接，赠之《喜剧作家》一册，得赠松枝茂夫译『北京的果子』一册，又『野草』第九十八期，内有方纪生女儿的文章，披露其生平事迹颇多。我们先去附近的本郷逛街，去了“伍舍”旧址，经过一九二三年大地震和一九四五年大轰炸，如今已经全无痕迹。周作人著《知堂回想录·民报社听讲》云，他们所租住“伍舍”，“房租是每月三十五元，即每人负担五元”，显系笔误，因是五人合租，或前者为二十五元，或后者为七元。然前一租户是夏目漱石，有日本文章说他在此“家賃 27 円、後に 30 円”，故疑伍舍应是房租三十五元，每人负担七元。又承友人告知，关川夏央「白樺たちの大正」一文提到，“（从仙台）返回東京的鲁迅和友人及其弟周作人共五人合租在本郷西片町（3-7），之前曾为漱石旧宅……房租人均七円左右。”我根据周氏手稿整理《知堂回想录》时，即据此校订。说来小川对该书校订之事亦有帮助，如周氏提到在日本吃的“假雁肉”，或是がんもどき（雁擬き），说是一种“圆豆腐”或“圆油豆腐”，另一处又写作“园豆腐”，不知孰是。承小川函告：应是“圆豆腐”。做豆腐时加海藻、红萝卜等材料，然后油炸成浅褐色的食品，普遍做成圆形。“圆油豆腐”，应是油炸的圆形的意思。参观文京ふるさと歴史館。中午在金魚坂吃饭，店里兼卖金鱼。下午去汐留駅，在汐留ミュージアム（松下汐留博物馆）参观“マティスとルオー展”（马蒂斯与鲁奥展），展品实际以鲁奥为主，除画作外还展出了二人的往来书信。早知道这里专门收藏鲁奥的作品（据说油画和版画共一百九十一件），此次又从世界各地借来不少，我从来没亲眼看见这位我最喜欢的画家这么多真迹，而且颇多精品。晚在浅草東南屋吃牛肉锅，又去神谷バー喝酒，这是从前太宰治喜欢来的酒吧，虽然早已不是原来的样子了。晚八时过回家，今天玩得很高兴。去大浴场。十一时睡。

二月四日 | 周六

晨七时起，去大浴场。八时退房。到水道橋駅乘総武線到新宿駅，换乘京王線到仙川駅，赵晖候于站口，请我们在附近的餐厅吃早饭，得赠『のろのろ歩け』文库本（文藝春秋，二〇一五年三月十日一刷）一册，书名页钢笔书“中島京子”。又点心两盒。赠之《喜剧作家》一册。聊了大约两小时，很愉快。分手后我们去逛街，又去了つつじケ丘、多摩境和橋本，晚八时过到八王子，入住東横イン東京八王子駅北口八一一房间。十时睡。

二月五日 | 周日

晨八时起，吃早饭，九时半退房。到街上转了转，上次来此竟没来得及看看街景，这次补上。离八王子駅不远有个小小的市集。先后去了河辺、羽村、西荻窪和阿佐ヶ谷，逛街，买小物。晚七时过回到水道橋駅，入住ザ・ビー水道橋五一六房间。去大浴场。晚十一时睡。

二月六日 | 周一

晨七时半起，去大浴场。九时过退房。在水道橋駅乘総武線到錦糸町駅，换乘JR総武線快速・久里浜行，十一时十分抵逗子。一直想到此一看，因为这是川端康成绝命之地，虽然我也知道不会有什么痕迹。前些时对朋友说，川端总也摆脱不了年轻人的气息，谷崎则永远是成年人乃至老年人。海边，浪很大，海上有几个冲浪的人。十二时五十五分乘JR横須賀線・久里浜行往横須賀駅，十三时五分抵。下雨，在车站等候不到半小时，雨停了。沿海边而行，看见军舰和潜艇。到美军基地附近的大商场逛了逛。

回到车站，乘“须22”巴士到米が浜駅，入住ウィークリーマンションシャトーブラン六〇五房间，是个短租公寓，我还是第一次（不仅在日本）住这样的房间。去逛街。这里很繁华，路上很多外国男女，有的穿着美军军服。地近海边，风吹到脸上很冷。回公寓，晚十时睡。

二月七日 ｜ 周二

晨七时半起。八时半退房，走到京急横須賀中央駅，八时五十三分乘京急本線快特・三崎口行往久里浜京急，九时零二分抵。九时四十五分乘“久8”巴士往東京湾フェリー，在码头附近稍停留，可惜来不及去佩里登陆纪念碑附近一看，只好在船上遥望了。十时二十分乘渡轮往金谷港，途中看到富士山，继而在金谷港码头和館山也都能看到。日本人那么看重富士山，我觉得是可以理解的，因为它的确可以作为美的标志，古今皆然，毫无变化，且无可争议，这样的东西怕是没有第二件罢。十一时抵。十一时三十四分在浜金谷駅乘JR内房線・館山行往館山，十二时三分抵。逛街，吃旋转寿司，又沿八幡海岸走到北条海岸，下午三时零六分乘JR内房線・安房鴨川行往千倉，三时十八分抵。千倉这地方不大，有一条离海很近的公路穿过。走到预订的千倉海底温泉海辺の温泉料理宿ホテル千倉，入住三〇二房间（“漣波 SAZANAMI”），十叠加六叠，东向，面海。泡温泉，系盐化物冷矿泉，泉温十六点七摄氏度（气温五摄氏度时），使用温度四十一摄氏度。四时过，去附近海边走走，有一片很美的礁石。又泡温泉。晚饭有鲍鱼等。又泡温泉。十一时睡。

二月八日 | 周三

晨七时过起，正看到窗外朝阳映红大海。泡温泉。吃早饭，又泡温泉。十时退房。旅馆以车送到车站，十时二十六分乘 JR 内房線・安房鴨川行往安房鴨川駅，十时五十五分抵。走到鴨川市海边，很长的一片沙滩，海里也有冲浪的人。归途走过镇里，商店街几乎家家关门。十二时五十八分乘 JR 外房線・千葉行往安房小凑駅，下午一时零八分抵。走到天津小湊町，沿海而行，景色比刚去的鴨川好得多，多亏选择住在这里。鯛の浦渔港就在我们住的旅馆对面，很多人在钓鱼，防波堤上排成两列，且很容易钓着。又去誕生寺，看见两树满开的樱花。三时入住预订的こみなと漁師料理海の庭四楼“海宙”房间，十二叠，但有四叠半是升高的，用来铺两床被褥。西向，面海，窗外就是渔港。泡温泉。晚饭菜单：餐前酒：梅子酒；小钵：裙带菜和墨鱼的醋味噌拼盘；三种盛拼盘：西兰花芥末蛋黄酱 鮟鱇肝柑橘醋 熏杂交鸭；造身：地鱼舟盛；蒸物：茶碗蒸；主肴：伊势海老造身 鲍鱼造身；

烧物：烤章红鱼和甲蟹；台物：土鸡肉丸汤锅；煮物：煮金目鲷；御椀：大碗鱼骨汤 米饭 御新香（腌渍小菜）；水果：时令水果。泡温泉。十时半睡。

二月九日 | 周四

从昨天夜里开始下雨。晨六时半起，七时半泡五楼的包租露天温泉海の季，至八时二十分。吃早饭。昨晚将龙虾刺身的照片发给小川，他回信说，龙虾的壳可做酱汤喝；果然今早就有龙虾壳酱汤。九时四十分退房，乘旅馆的汽车到安房小湊駅。十时零四分乘JR外房線·千葉行往大原，十时三十八分抵，逛街，买小物，在一家汉堡店吃了虾蟹肉汉堡。一时四十二分乘JR外房線·千葉行往茂原駅，二时零八分抵。三时过上了预订的旅馆的车，车程超过十五分钟，入住潮の香の湯宿浜紫五一一房间，十叠。冒雨走到海边。这里不似此前去的几处，不是港湾，而是直面太平洋，浪潮很大，又显出蛮荒的景象了。回旅馆，泡温泉，此系ナトリウム（钠）盐化物强盐泉。吃晚饭，菜较前两家做得精致。菜单：餐前酒：梅子酒；前菜：山椒寿司 若草白鱼末山药糕 金目鲷小串 羽二重豆腐 细叶芹 丛生口蘑 拌花生米 丁字茄子 食用土当归 冬葱 浅蜊 佐以柚子味噌调味；吸物：莲藕馒头 芥菜花 柚子；造身：本日鲜鱼造身；烧物：烤跳舞的鲍鱼；八寸：鰆鱼

菜种烧 香草面包渣烤和牛 海老 西兰花 香澄馅 烤鲜贝 款冬花花梗 沙丁鱼丸 樱海老 椎茸 炸串 柠檬 佐以抹茶盐 生姜蓉;煮物:煮金目鲷 款冬花 穗伏笋 六方芋 梅麸 信田卷 针生姜;御饭:九十九里产越光水稻米饭 佐以绉绸山椒;香物:三种;留椀:芜菁 胡萝卜 鲑鱼 浅葱;水果:时令水果 蛋糕拼盘。——九十九里浜白子温泉潮の香の湯宿浜紫料理长粂川幸次。又泡温泉。十时半睡。

二月十日 | **周五**

晨七时起。雨停了。泡温泉。吃早饭,是自助餐。又泡温泉,九时半退房。九时四十分乘旅馆的车往茂原駅,十时零九分乘JR外房線·千葉行往大綱駅,换乘JR東金線·成東行往求名,十时三十八分抵。逛街,买小物。十一时三十八分乘JR東金線·成東行往成東駅,换乘JR総武本線·銚子行往旭,十二时五十分抵。逛街,买小物。下午二时十二分乘JR総武本線·銚子行往铫子駅,二时三十六分抵。二时五十一分乘銚子電気鉄道·外川行往犬吠駅,车上有个很年轻的女售票员从前到后又从后到前卖票和查票,很久没见过这景象了。三时十六分抵。走到预订的絶景の宿犬吠埼ホテル,入住四一二房间,套间,一间十叠,一间九叠,东向,面海。去犬吠埼灯塔,登至塔顶,眺望海岸,风景绝好。回旅馆,泡温泉，是海边的露天温泉，也是ナトリウム（钠）盐化物强盐泉，水温二十六点三摄氏度，使用温度四十二摄度。吃晚饭。菜单：先付：柑橘醋拌脆河豚皮；造身：四种盛；煮物：虎豚火锅；烧物：銚子产东方鲀 干炸河豚；合肴：海鲜蟹茶碗蒸；醋物：河豚刺身；御饭：河豚杂烩粥；甜点。到楼顶看亮着的灯塔。温泉。十时睡。

二月十一日 | 周六

晨六时一刻起，去楼顶看日出。泡温泉，吃早饭，又泡温泉。十时退房，将行李寄存在酒店，去海边散步，这里是君ケ浜しおさい公園，海潮很壮观，来日本多次，还没见过这么美的海。十二时回酒店取行李，十二时二十一分乘銚子電気鉄道・銚子行往銚子，十二时三十九分抵。走到利根川畔。下午二时五分乘 JR 成田線・千葉行往佐原，二时五十二分抵。入住ホテル朋泉六〇五房间。去小野川沿岸的传统建筑物保护区，即所谓“小京都”者，从樋橋走到北賑橋，又折返。此地六年前来过，这回虽仍是冬天，但时间晚了一月，便不似上回那么萧瑟。在一家名为“香荞庵”的店吃了手工荞麦面，出门天已经黑了，河边点着黯淡的路灯。七时过回酒店，去大浴场。十时半睡。

二月十二日 ｜ 周日

晨七时起。吃早饭。八时四十分退房。九时十二分乘JR成田線・千葉行到千葉駅换乘JR総武線快速・久里浜行，十一时零七分抵東京駅。在八重洲中央口附近乘无料巴士往北の丸公園内的科学技術館，参观“第40回春の装いの会”，是个和服展销会。下午二时过离开，二时二十分乘无料巴士回東京駅，与J见面，喝下午茶。聊到历史之类的话题，其实我真正感兴趣的是历史的具体之处，包括同一段历史之中不同部分具体的异同，以及不同的历史之间具体的异同(虽然后一方面有滥用比较的危险，此类比较应该慎之又慎)，平日读书也多留心于此。还说到石原慎太郎，不管他后来作为政客如何惹人反感(其实政客都令我反感)，我当年读了《外国现代派作品选》中他的《太阳的季节》，确实受到很大影响，归纳地说就是写什么乃至怎么写都可以无拘无束，虽然译文有删节，屡经读过原著者提及的“捅窗户纸”的细节就被删掉了。而一九八〇年代影响过我的世界上的作家，如今活着的没有几个人了(还有一个是巴尔加斯・略萨，但相比之下略晚一点)。这也体现我的历史观: 不愿意笼统地谈论一个人，一件事，尤其对于所谓“定论”或“专家之见”不肯盲从。近七时分手。乘中央線换総武線到水道橋駅，入住ザ・ビー水道橋五〇七房间。去大浴场。

二月十三日 ｜ 周一

晨七时起，收拾部分行李。九时出门，在水道橋駅乘総武線到代代木駅，换乘山手線到渋谷。先后去二子玉川、東松原、新宿、江古田、大泉学園逛街，购物。在東松原古書瀧堂买宫崎骏编『ブラッカムの爆撃機』（岩波書店，二〇〇六年十月五日印刷），精装，有护封、腰封，前环衬钢笔书“奥山玲子さま みやざきはやお”。奥山玲子，动画制作者、版画家，小田部羊一之妻，二〇〇七去世。小田部早年与高畑勋、宫崎骏同在东映动画公司工作，吉卜力工作室成立前，曾参与制作宫崎骏的『風の谷のナウシカ』（一九八四），担任原画；吉卜力工作室成立后，曾参与制作高畑勋的『火垂るの墓』（一九八八），也担任原画。《布莱卡姆的轰炸机》系英国作家罗伯特・韦斯托（Robert Westall，一九二九—一九九三）一九八二年所著儿童文学小说，此日译本中有宫崎骏所绘两组彩色插图，共二十四页。又，译者金原瑞人是写《裂舌》的女作家金原瞳的父亲。在东松原吃了印度咖喱薄饼及米饭。晚八时过回酒店，去大浴场。晚十时半睡。

二月十四日 ｜ 周二

晨八时起。去浴场。上午去森井書店买坪内逍遥书额：“意長日月促 昭和戊辰秋日 逍遥写”，钤“逍遥之印”、“双柿舍”

章。本纸长七十厘米，宽二十六点五厘米，额装长一百厘米，宽四十二厘米。昭和戊辰即一九二八年。我曾读过坪内逍遥所著《小说神髓》，虽然如今看来有些过时了，毕竟是启发一个时代的作品。又所写的苏轼《游东西岩》诗中这一句意思甚佳，而下一句是“卧病已辛酸”，合在一起差不多是我近况的写照了。下午在水道橋駅乘総武線往市川，去齐藤遥子的拼布店（附设教室），逛街，买小物。在東京駅接J，同往美浜駅，四时五十分抵，李长声请我们去泡温泉，吃饭。聊到他喜欢翻译的藤泽周平的小说，我说，对于藤泽笔下那些虽然身怀绝技，但是生活暗淡、其貌不扬、不招人待见的下级武士来说，如何不出手显然比如何出手还要重要得多。他们出手只是无奈之举，但总能一击制胜，这好像受到存在主义的影响——事关一个人如何确认自我，完成自我。十一时离开。与李在美浜駅、与J在東京駅作别。回酒店已十二时半。即睡。

二月十五日 ｜ 周三

晨七时起。李长声发来微信：“没事吧？昨晚很快乐。那个温泉叫ユーラシア（欧亚大陆的意思，说是掘地一千七百米涌出的），酒店被译作（舞浜）欧亚温泉酒店。祝归途平安。”十时退房。去神保町。我在日本逛旧书店，本无甚目的，但偶尔亦对

“工作”有些帮助，如周作人《知堂回想录》手稿有“最近得其大板随笔‘民艺与生活’之私家板，只印百部，和纸印刷，有芹泽銈介作插画百五十，以染绘法作成后制板，再一一着色，觉得比本文更耐看”一段话，尝见某书将“大板”改为“大阪”，作“《大阪随笔：民艺与生活》”；式场隆三郎一九四四年出版的『民芸と生活』，我在东京的旧书店见过，实无关“大阪”什么事，“板”即印刷之板，周氏习惯这写法，今通用“版”。如此“臆校”实为危险之举。再举一例，《知堂回想录》手稿有“这（按指《远野物语》）与《石神问答》都是明治庚戌（一九〇九）年出板”，实为笔误，“一九〇九”当作“一九一〇”，非但庚戌为一九一〇年，查柳田国男所著『石神問答』于一九一〇年五月出版（聚精堂，印一千五百部），『遠野物語』于同年六月十四日出版（聚精堂，印三百五十部），『石神問答』初版本我曾两次在旧书店见过，且皆为“毛筆献呈署名入”。《知堂回想录》下文复云“以前只有一册《后狩词记》，终于没有能够搜得”，某书改《后狩词记》为《后狩祠记》，亦属“臆校”，柳田所著确为『後狩詞記』（一九〇九）。又去小石川後楽園，梅花正开。回酒店取行李，往羽田空港。在 Suginoko 吃茶泡饭。晚七时三十分乘 CA168 航班往北京首都机场，座位号 20J、20K。闲着无事，将这几年托朋友在日本代买的书抄录于此。托苏枕书买：

龍生書林：篠田正浩著『エイゼンシュテイイン』（岩波書店，一九八三年一月二十四日初版），精装，有护封、腰封。前环衬签字笔书“坂部幸人様 篠田正浩”。上款不知何人。『思い出の森田芳光』（キネマ旬報社，一九八五年十一月十三日初版），有护封。前环衬签字笔书“森田芳光”。古書すがや：『A SHINYA TSUKAMOTO FILM VITAL』（版权页作『ヴィタール 塚本晋也作品』）（ゼアリズエソタープライズ，二〇〇四年十二月十一日发行），前环衬毛笔书“塚本晋也”。佐藤書房：稲垣浩著『日本映画の若き日々』（毎日新聞社，一九七八年二月二十日初版），精装，有护封、腰封。前环衬毛笔书“稲垣浩”。麦の秋書房：周防正行著『シコふんじゃった。』（大田出版，一九九一年十二月十二日初版），有护封、腰封。书名页钢笔书“荒木美智子様 周防正行 1992 4 30”。日本亚马逊网上有『接客業でさすがと言わせる話し方』、『女性に好かれる男のマナー事典』二书，作者荒木美智子，不知是否此人。神無月書店：吉田喜重著『小津安二郎の反映画』（岩波書店，二〇〇四年四月十五日七刷），精装，有护封。前环衬和封二毛笔书“橋本充子 吉田喜重”。上款不知何人。内田吐梦著『映画監督五十年』（三一書房，一九六八年十月五日初版），有护封。后环衬毛笔书“铃木様 謹呈 吐夢”。书拿倒了，字也写反了，三行字的位

置还画了线。作者时年七十，距辞世只剩一年多了。上款不知何人。山猫屋：『東山魁夷画集　窓』（新潮社，一九七一年八月一日初版），精装，有书函、运输匣（筒函）。扉页毛笔书“東山魁夷”。洋行堂：若松孝二著『若松孝二・俺は手を汚す』（ダゲレオ出版，一九八二年六月二十四日初版），有护封。前环衬毛笔书“若松孝二　一九八三　二、二十一”。『長編記録映画「東京裁判」完成台本』（講談社，一九八三年五月二十日发行）。书名页毛笔书“小林正樹”。パージナ：伊丹一三著『ヨーロッパ退屈日記』（文芸春秋新社，一九六五年三月二十日初版），有护封。前环衬钢笔书“小幡欣治様 伊丹一三”。“伊丹一三”是伊丹十三的原名。小幡欣治（一九二八—二〇一一），剧作家。玉城文庫：中島貞夫著『映画の四日間　中島貞夫映画ゼミナール』（醍醐書房，一九九九年五月三十日初版），有护封。后环衬毛笔书“中島貞夫 '99.5.25”。あきつ書店：岩田专太郎著『わが半生の記』（家の光協会，一九七二年九月二十五日初版），精装，有护封。前环衬钢笔书“岩田専太郎”。竹内好译补刘半农著『赛金花』（生活社，一九四二年八月十日初版），精装，有护封。東城書店：『日本的孔子聖廟』（国際文化振興会），中文，无版权页，精装。据国際文化振興会理事长永井松三所撰序言，此书系津田敬武编纂，曹钦源翻译的。とんぼ書林：田中庆太郎译钱玄同著『重論経今古文学問題』（文求堂書店，一九三六年一月二十五日初版，支那學飜譯叢書之二）。通志堂書店：田中清一郎译刘复著『中國文法通論』（文求堂書店，一九四一年十一月二十五日初版）。托猿渡静子买：洋行堂：『シナリオ　橋のない川』（ほるぷ映画「橋のない川」製作上映委員会，一九六九年二月一日发行），封二签字笔书“今井正”。石井辉男、福间健二著『石井輝男映画魂』（ワイズ出版，一九九二年初版），精装，有护封、腰封，前环毛笔书“石井輝男”。版权页未注明具体出版年月，但据书中所附「『石井輝男映画魂』刊行記念上映会」，该活动是在十一月十四日到二十三日举行。稲垣浩著『日本映画の若き日々』（毎日新聞社，一九七八年二月二十日初版），精装，有护封、腰封。前环背面钢笔书“野村芳太郎様 稲垣浩”。当初实是静子说未买到，才托苏枕书买的，结果买重了，但那册是毛笔签名，此册是赠给野村芳太郎的，不妨并存。並樹書店：小栗康平著《哀切と痛切》（径書房，一九八七年一月二十日初版），精装，有护封、腰封。前环钢笔书“小栗康平”。矢野書房：是枝裕和著『小説ワンダフルライフ』（ハヤカワ文庫，一九九九年三月二十日初版），有护封、腰封。书名页钢笔书“是枝裕和 2000.7.8”。古書里艸：傅芸子著『正倉院考古記』（文求堂，一九四一年五月二十五日初版，中文），精装，有书函，书名页钤“臥雲山莊文庫藏書”章。鶴本書店支店：方纪生译中河与一著『天上人間』(錦城出版社，一九四三年五月二十日初版，中文)，有护封。曹汝霖著《一生之回憶》（香港春秋雜誌社，一九六六年一月初版）。十时三十分（北京时间）过抵。小张来接，回家已近十二时。

二十五

常滑 浜島温泉 賢島 鳥羽 榊原温泉 湯の山温泉 名古屋
京都 大阪 関 有松

二〇一七年

四月一日 | 周六

上午收拾好行李后，去书房修改书稿，发给老戴，请他看看。似乎还有个别不完善处，待订正。下午二时过小张来接，往首都机场第三航站楼。五时乘 CA159 航班往中部国際空港，座位号 23J、23K。此次希望能看到樱花，再就是去三重县几个去过和没去过的地方，还要到京都去看池坊派插花展览。九时十五分（以下东京时间）抵。办理入境手续的旅客很多，费时四十分钟。这里天气较北京冷得多。十时十七分从中部国際空港駅乘名鉄空港線特急・名鉄岐阜行往常滑，十时二十分抵。入住ホテルルートイン常滑駅前七〇二房间。房间墙上挂着一块一尺多见方的常滑烧。去大浴场，名为“旅人の湯”。晚十二时睡。这旅馆离电车道很近，可听到过往电车的声音。

四月二日 | 周日

晨六时半起。去大浴场，吃早饭。八时退房，将行李留在酒店。去やきもの散步道。常滑是日本六古窑之一，散步道是在一座小山上，不远就见着巨大的招财猫像“常喵”，经过多个陶窑，略有衰败之相，不少房屋利用废弃的陶制下水管作为墙基。去常滑市陶磁器会館。十时过回酒店取行李。十时二十一分在常滑駅乘名鉄常滑線特急·岐阜行往名鉄名古屋駅，十时五十四分抵。走到近鉄名古屋駅，开始使用Kintetsu rail PASS plus，十一时二十一分乘近鉄名古屋線急行·五十鈴川行往五十鈴川駅，下午一时零八分抵。换乘近鉄鳥羽線·賢島行往鵜方駅，二时零一分抵。二时十三分乘三重交通·伊勢市駅前－宿浦·宿浦行往浜島駅，车过松坂，路边有几树樱花初开。二时三十六分抵。下车问一路过的妇人（像是个农民）我们预订的那家旅馆在哪里，她先是给我们指路，待走过她家门口，她要我们上她自家用的工具车，送我们去到旅馆，路上还给一群在地里干活的农妇捎去一把镰刀。入住残酷焼の宝来荘二〇二房间（“ぼら”），是个套间，一间十二叠，一间六叠，另有缘侧，外面还有阳台。面朝大海。泡温泉，泉温二十五点三摄氏度，pH值七点八。出外，沿海边散步道而行，海里多礁石，非常宁静，海水也养护得很好，干净至于清亮透澈，看得到水底飘动的丛丛海草。这里属于伊勢志摩国立公園。今天是父亲九十五岁冥诞，又看到如此美好的风景。夕阳西下时回旅馆，泡温泉。吃晚饭，名为“地場産伊勢海老姿造りの膳（10月～5月）”，各道菜以龙虾造身和烤扇贝最好。吃完饭天已黑了，走到阳台看看，天上月一弯，星几颗，都很亮，大海黑沉沉的，涛声阵阵，不似白天安宁了。又泡温泉。十时睡。

四月三日 ｜ 周一

晨六时半起，泡温泉。将手伸出水面，就感到海风的凉意，这样泡温泉最舒服。说来享受生活到力所能及的程度，与人交往到彼此愉快的程度，写作到不竭泽而渔的程度，关心世事到一声叹息的程度，足矣。吃早饭，又有龙虾壳酱汤。在窗边看海，干净得水底历历在目。有一只小鸟一直站立在远处一块孤零零的小礁石上，仿佛那是它的领地。又泡温泉。近十时退房，乘旅馆的车到賢島近鉄駅。在賢島港海边散步，这里的海水很蓝。又走到金刀比羅宮，在一座小山之上。十一时四十五分乘近鉄志摩線·白塚行往鳥羽，十二时二十五分抵。先去かっぱ寿司吃旋转寿司，然后沿海边散步，虽然是旧地重游，还是觉得景色宜人。走到本町通り及与之并行的大里通り，上次没有来过。参观江戸川乱歩館，这里是昭和三十年顷再现的岩田准一的故居，包括岩田準一と乱歩·夢二館，書齋，幻影城，乱歩館，みなとまち文学館小路。岩田准一是乱步的朋友，曾为『パノラマ島奇談』、『踊る一寸法師』、『鏡地獄』画过插绘，绘画方面师事竹久梦二，但或许更以“男色研究第一人”著称，不过我还没有机会读到他这方面的著作。乱步被称为“日本侦探推理小说之父”，有其草创之功，“创”自可铭记，然“草”亦不应忽视。又去常安寺。四时回到近鉄駅，乘所订酒店的免费巴士，入住伊勢志摩三景鳥羽グランドホテル八〇五房间，二十四个正方形的榻榻米。面海。旅馆在海湾的一隅，景色又与前次住在戸田家所见不同，正对着三ツ島，是海中三座无人居住的小岛。旅馆大堂下午两点半到六点半免费供应各种饮料和酒。泡两次温泉，泉温十七点八摄氏度（气温八点八摄氏度时测量）。吃晚饭，是自助餐，比我们过去在日式旅馆吃的几次自助餐都丰盛，根据我们的订单，又添加了一份伊勢龙虾造身，一份酒蒸鲍鱼。在这里没见到中国游客，是那种本国游客喜欢来的可以大吃大喝享乐一番的旅馆。晚又泡温泉。在大堂凭窗看海，对面的三ツ島，旅馆特地各给投去一束淡淡的光。晚十一时睡。

四月四日 | 周二

晨七时醒，这几天连续都是晴天。吃早饭，泡温泉。九时退房，乘旅馆的免费巴士到鳥羽近鉄駅。九时二十五分乘近鉄鳥羽線·白塚行往伊勢市，九时四十二分抵。十时乘三重交通·注連指－伊勢市駅前（コミュニティセンター経由）·注連指行往川端堤駅，十时九分抵。在宫川边看到櫻花初开。逛街，买小物。下午一时一分在川端堤駅乘三重交通·伊勢市駅前行往伊勢市駅前駅，一时十分过抵，一时五十一分在近鉄伊勢市駅乘近鉄山田線急行·大阪上本町行往榊原温泉口駅，二时二十三分抵。二时四十分乘所订旅馆的车往榊原温泉，约五公里路程，这里是山中的一片平地。《枕草子》中写道："温泉是七栗的温泉，有马的温泉，玉造的温泉。"此地即"七栗の湯"，至此我们三处都去到了。入住まろき湯の宿湯元榊原舘三五五房间，八叠，有缘侧。泡一楼的露天温泉蒼海，泉温三十一点二摄氏度，比在浜島和鳥羽的温泉水质滑润。出外散步，沿榊原川而行，有几树在初开与满开之间的櫻花。五时回旅馆。泡包租温泉天の原，这原是专门为残障人准备的，要乘一小段升降机。吃晚饭，做得很讲究，量也正好。菜单："以美和健康为主旋律的故乡会席"。餐前酒：四季的餐前酒 厨草子风；先付：炸新鲜洋葱和一寸蚕豆 草苏铁豌豆冷汤 开口樱蛤 味噌拌春野菜和竹笋嫩叶 红黄椒；向付：鲷鱼造身 鲔鱼造身 甘海老造身 石莼魔芋 海藻沙拉面 配菜一份；肉料理：国产牛里脊铁板烧；特选料理温泉野菜蒸：春季卷心菜 长叶莴苣 红薯 油菜 竹笋 胡萝卜 圣女果 芦笋 红辣椒

黄椒 佐以茄子黄瓜酱汁 珍珠盐 胡椒盐 酱油果汁醋 青紫苏色拉酱汁；饭物：鸟羽产雏鱼饭 西兰花嫩芽；留椀：伊势海老味噌汤 伊势志摩产青海苔 芽葱；香物：樱花萝卜 黄瓜 芜菁；果物：樱花冰激凌 樱花蛋糕卷 草莓 猕猴桃 迷你樱花饼；特选茶：混合伊势茶 深蒸茶 覆盖茶 雁鸣焙茶 玄朱茶。——湯元榊原舘调理长向井秀文。晚上泡六楼的展望露天温泉天っ木の湯之天雅，池边立了两个铁架子，烧着木条，黑夜里很有气氛。晚十时半睡。

四月五日 ｜ 周三

晨六时过醒。七时去泡六楼天っ木の湯之天翔。吃早饭。又去泡天翔。买了一盒榊原舘的和果子，拟过几天与荫山达弥见面时送给他。我们住过那么多日式旅馆，很少有自家出点心的。九时半退房，乘旅馆的免费巴士往榊原温泉口。九时五十四分乘近鉄大阪線快速急行・五十鈴川行往伊勢中川駅，十时三分抵，十时七分乘近鉄名古屋線急行・近鉄名古屋行往白子駅，十时三十分抵，十时三十九分乘近鉄名古屋線・近鉄名古屋行往新正駅，十一时三分抵。逛街，买小物。下午二时三十七分乘近鉄名古屋線・近鉄四日市行往近鉄四日市駅，二时三十九分抵，三时零三分乘近鉄湯の山線・湯の山温泉行往湯の山温泉駅，三时二十八分抵。在四日市駅给旅馆打了电话，此时他们的车已在站前等着。将近十分钟的车程，到湯の山温泉，入住寿亭六〇七房间，十叠，有缘侧。面山，可以看到去山顶的缆车徐徐上下。这旅馆和这里多家旅馆一样，都建在道路的山侧，而且是在山崖上，进街上的前门后，要乘电梯到二层，才走进旅馆的庭园，这庭园就是一个精巧的日本园林。泡温泉。对照 F 当初在水上温泉抄录的“温泉 100”（以后每年有调整），几年里我们共去了其中半数以上。去旅馆里的水雲閣，是昭和四年（一九二九）建造的，现为“文化庁登録有形文化財”，志贺直哉一九三三年曾在此投宿，写了短篇小说「菰野」。又出外散步，沿三滝川而行，激流在巨大石块间跌宕而下。沿途有好几家旅馆都废弃了。走到大石公園，折返回旅馆。又泡温泉。吃晚饭。菜单：四季时令滴露：兑水的九重樱桃酒；时令食材的特色料理：醋制豆腐衣面包果子冻　三色花见团子　厚蛋烧　海老芝煮海胆酱味噌烧　有马山椒煮鲤鱼　煮真鳕鱼子冻　烤黑毛和牛肉　海螺旨煮；伊势湾直送：多春鱼　鲔鱼　鲷鱼；寿亭独创火锅：臼井锅　樱鳟　萤鱿　蔬菜锅；愉悦的香气：樱鲷道明寺蒸　油菜花　章鱼小仓煮　印加红薯　银馅；清口菜：银叶藻山药泥真菰素面　佐以腌渍水芹　小米梅子　飞鱼高汤果子冻；大海与高山的恩泽：炸樱海老和牡蛎　青身鱼　梁取鲇鱼天妇罗　盐焗海老；鲣鱼高汤决胜料理：调味清汤　石莼鱼丸；特色伊贺米饭（三重产）：时令小锅什锦饭；请享受这特色风味：生牛

奶糖布丁 红玉绍兴酒蜜饯。——寿亭料理长武藤健一。晚九时十五分去包租風呂の舘溪声閣，是单独的一所建筑，设计很讲究。泡寿楽の湯，至十时。又在庭园转转。近十一时睡。

四月六日 ｜ 周四

晨七时起，阴天，远山在雾中。泡温泉。吃早饭。又泡温泉。九时半退房。九时四十分乘旅馆的免费巴士往湯の山温泉駅，十时乘近鉄湯の山線・近鉄四日市行往近鉄四日市駅，十时二十五分抵，十时二十九分乘近鉄名古屋線準急・近鉄名古屋行往名古屋駅，十一时二十分抵。换乘地铁到鶴舞駅，在山星書店买细江英公以三岛由纪夫为“被写体”的摄影集『薔薇刑』（集英社，一九六三年三月二十日印刷，特装限定版一千五百部之三五七号），精装，有书函，签名页（是装订在书中一张与书等长，八点五厘米宽的红色纸条）钢笔书“三島由紀夫”、“細江英公”。这几年在日本买了不少书，对此种可谓思慕已久，如今到手，庶几可以告一段落矣。到鶴舞公園看大片满开的樱花，以往所见均不如此番壮观，很多人在树下“花見”。下雨。乘地铁回名古屋駅，在高島屋吃茶点。十楼有“大九州・冲绳展”，包括做和洋果子的，做寿司的，做干鲜鱼食品的，有数十家。下午三时零一分乘近鉄名古屋線急行・松坂行往伊勢中川駅，四时十八分抵，四时四十一分乘近鉄大阪線・名張行往名張駅，五时二十四分抵，五时三十分乘近鉄大阪線急行・大阪上本町行往鶴橋駅，六时二十八分抵。Kintetsu Rail PASS Plus 至此使用完毕。换乘環状線到大阪駅，七时十分乘 JR 往茨木，七时二十八分抵。入住ホテルクレストいばらき二一六房间。去街上走走，雨，复霁。回酒店，去大浴场（只有男汤）。十二时睡。

四月七日 ｜ 周五

晨八时起。去大浴场。九时过出门，乘 JR 往京都，换乘巴士到四条烏丸駅，走到六角堂，在華道家元池坊会館参观“春のいけばな展（池坊中央研修学院祭）”。展厅有六层，参展的作品超过一千件，四日内分两批展出。今天看的是前半。喝抹茶，配赏樱季点心。至下午二时过离开。走到新京極，与苏枕书见面。一起去井和井，F 买二手和服一件，腰带一条。然后去 lipton 喝下午茶。得到她为我代买的书：とらや書店：田中一光设计作品集『田中一光のデザイン』（駸々堂，一九七五年五月二十日发行），精装，有书函、运输匣。扉页钢笔书“竹内彰様 田中一光”。运输匣正面有碳素笔写的“日立市久慈町大甕陶苑内 竹内彰様”（并非田中一光字迹），邮戳为“21.5.75”，即本书发行之次日；背面印有“田中一光デザイン室 東京都港区北青山 3-2-2A・Y

ビル Tel 402-7909 403-6873　107”。竹内彰(一九三一—二〇〇二)，陶艺家，一九五六年加入日立製作所大甕陶苑。洋行堂：東京国立近代美術館フィルムセンター編『FC フィルムセンター 35 监督研究衣笠貞之助』（東京国立近代美術館，一九七六年七月十三日发行)。封二钢笔书“フィルムセンターにて 衣笠貞之助”。一九八五年北京举办“日本电影回顾展”，我看过衣笠贞之助导演的获奥斯卡最佳外语片的《地狱门》。近五时与苏枕书分手。到高濑川畔赏樱。下雨了。晚七时回到六角堂赏夜樱,又看插花展。以我外行之见，喜欢简的胜过繁的，喜欢柔的胜过刚的，喜欢清的胜过重的，不喜欢过于因循范式的，但自由花也不喜欢采用太现代的材料。总的来说，我更中意“新风体”。八时半离开，雨已停了。乘巴士到京都駅，乘 JR 回茨木。去大浴场，近十二时睡。

四月八日 | 周六

晨八时起，去大浴场。九时出门，乘 JR 去高槻，看樱花，买小物。乘京阪電鉄往大阪，一时过到環状線大阪城公園駅，荫山达弥夫妇候于站口。一起去大阪城赏樱，这里的樱花看来更美，算是补了上次来花未开的缺憾。还有一处桃园，以前也来过，桃花也在盛开，与同植一园的樱花对比，就可感到樱花那种清高雅正，让人不免心生敬意，这是别的任何花所不具备的。然后在天滿橋駅乘地下铁到日本橋，逛街，去了千日前道具屋筋的天地書房。荫山请我们在阿鳥居酒屋吃饭。八时过在難波駅分手。乘地下铁到梅田駅，走到大阪駅，乘JR回茨木。回酒店，去大浴场。十二时睡。

四月九日 | 周日

晨八时起，去大浴场。收拾行李。将近十点出门。乘JR往京都。换乘地铁烏丸線到烏丸御池駅，去六角堂，参观“春のいけばな展（池坊中央研修学院祭）”的第二批展品，大约待了四个多小时，今日所见似乎比前日的水平更高。F给在北京的插花老师发微信：“我觉得插花定式非常严格，有人在定式中求变化，但有人做不到。”老师回答：“学一门，用一辈子守、破、离，所以才觉得有意思，一辈子学不够。”我在四楼看见一盆“胧月夜”，未必算是特别出众的作品，但这名字以及所传达的气氛却令我想起《源氏物语》中同名人物与相关情节，那是书中我最喜欢的女性形象了。离开六角堂后又走到高瀬川畔，然后沿鴨川而行。近八时离京都，回到茨木。回酒店，去大浴场。十时半睡。

四月十日 | 周一

晨五时半起。去浴场。六时半退房。七时零七分乘JR京都線快速・米原行往山科駅，七时三十八分抵，七时三十九分乘JR

琵琶湖線新快速·米原行往草津駅，七时五十五分抵，八时零二分乘JR草津線·柘植行往柘植駅，八时五十二分抵，九时十一分乘JR関西本線·亀山行往関，九时二十九分抵。去関宿，这是東海道五十三宿之一，是一条长街，约一点八公里，是日本最长的驿站街道，据说有近四百户町屋。游人稀少，所以特别宁静。与我们去过的妻籠一样，整条街没有电线杆。据说当年有两个本阵，三个胁本阵，九十余家旅笼，现在也有几家旅馆，但好像没有什么生意。在老街以外的一个Mall吃饭。十二时五十九分乘JR関西本線·亀山行往亀山駅，下午一时零五分抵，一时二十四分乘JR関西本線快速·名古屋行往名古屋駅，二时三十五分抵，二时四十六分乘JR中央本線·中津川行往金山駅，二时五十分抵。换乘名鉄名古屋本線急行·東岡崎行往有松，三时二十二分抵。有松也是一条老街，也没有电线杆，有好几处大宅子。有松与関不同之处在于那是农村，而这是城市。有松并不是宿场，但十返舍一九在《东海道徒步旅行记》中写弥次郎兵卫和喜多八路过这里，“过阿纳村、落合村，到了有松。这里是著名的有松绞染的生产地，有染成种种花纹的制品，每家门前都摆得整整齐齐。两旁店子，看到旅客经过就说：‘请进来看看吧，我们有松名产白色花纹浴衣，请买一件回家去或送给朋友吧。’”我在関和有松都看见满开的樱花，虽然只是一棵两棵，但亦颇具韵味。

樱花好就好在“韵”上，这样的话似乎有点玄虚，但樱花确实关乎一种美学标准，亦即我所说的极致之美，细微之美，以及瞬间之美。此次来日本，自四月六日起天天看到樱花满开，正是清明节的第二天。清明似是生者与故者共度之日，而故者竟无缘于人间际会，包括樱花花期。樱花一年一度开放，母亲辞世却已是第七个年头了。四时十六分乘名鉄名古屋本線・犬山行往神宮前駅，四时三十八分抵，四时五十二分乘名鉄常滑線準急・中部国際空港行往常滑，五时二十七分抵。入住ホテルルートイン常滑駅前六〇三房间。去 AEON Mall 吃饭。回来，去大浴场。晚十一时睡。

四月十一日 ｜ 周二

晨五时起。去大浴场。吃早饭。七时退房。昨夜开始下雨，至此未停，擎伞走到常滑駅。七时零九分乘名鉄空港線急行・中部国際空港行往中部国際空港駅，七时十五分抵。办理登机手续花了很长时间。所乘 CA160 航班原定九时起飞，但在停机坪等候了一个多小时。座位号 18J、18K。十二时半（北京时间）过抵首都机场。小张来接。打开手机，看见苏枕书在微博上说：“一夜雨，山花更明。”

二十六

东京 松本 扉温泉 蓼科高原 諏訪湖 湯村温泉 甲府
下部温泉 西山温泉 石和温泉

二○一七年

八月三十一日 ｜ 周四

晨四时三刻起，五时三刻小张来接，往首都机场三号航站楼，八时二十五分所乘 NH964 航班起飞，座位号 17B、17C。此行拟去長野県中部和山梨県的几处温泉。趁空闲记下前几天收到的托苏枕书代买各书：みちくさ書房：三谷幸喜著『NOW and THEN 三谷幸喜　三谷幸喜自身による全作品解説+５１の質問』（角川書店，一九九七年四月三十日初版），精装，有护封、腰封，前环衬签字笔书“三谷幸喜”。洋行堂：みやこうせい摄影并著文『アレクサンドル・ソクーロフ』（未知谷，二○○六年五月二十六日初版），精装，有护封，护封有亚历山大・索洛科夫和摄影家分别用黑和白碳素笔的签名。看过这位俄罗斯电影导演的《俄罗斯方舟》、《母与子》、《浮士德》等影片，非常喜欢。春近書店：倉田剛著『曽根中生　過激にして愛嬌あり』（ワイズ出版，二○一三年十月一日初版），有护封、腰封，书名页签

字笔书“曾根中生 2013-10-5”。二〇一三年十月五日（周六）至十一日（周五）オーディトリウム渋谷举办曾根中生監督特集上映「ソネ・ラビリンス 曽根中生 過激にして愛嬌あり」，共上映『赤い暴行（ニュープリント）』等十一部影片，此书即签在开始那天。杉野書店：安野光雅绘本『中国の市場 北京・大同・洛陽・西安』（朝日新聞社，一九八六年三月十日初版），精装，有护封、腰封，前环衬毛笔书“工藤静枝様 安野光雅 一九八六三月七日”，钤“光雅”章。受赠者不知何人。此书与『中国の運河 苏州・杭州・绍兴・上海』合为一套，两册均买到作者签名本，且签于同一天，亦可喜也。十二时二十五分（以下東京时间）抵羽田空港。阴天。乘東京モノレール羽田空港線在浜松町駅换山手線到神田駅，去パージナ，女店员说老板三点才来，我们遂到附近街上转转，再回来。买田中一光签名海报两张：「CINE VIVANT WAVE オープン」，系一九八四年西武百貨店海报，有白碳素笔书“Ikko Tanaka”；「POSTER AUCTION NOV. 14, 1993」，白碳素笔书“22/200 IKKO”。田中一光的平面设计将日本元素与国际范儿结合得最好，真正做到了简洁而美。在神田駅乘中央線到御茶ノ水駅换総武線到水道橋駅，入住ザ・ビー水道橋七〇一房间。去神保町，在山田書店买加山又造铜版画「闇の幻想」，铅笔书“57/95 又造”，二十九点五厘米长，十一点五厘米宽，有画框，五十八厘米长，三十九厘米宽。吃海鲜丼。七时过回酒店。去大浴场。近来对福建女教师危秋洁在北海道釧路失联多日，后被确认死亡一事有些关心，今天读到一篇对其最后现身之咖啡厅老板的采访，他对记者说，“后来我老婆还说，姑娘会说日语，我们当时要是和她聊一聊，和她说说话，要是这样，要是那样……”，表示了种种后悔。老板夫妇这反应很正常，也很平常，惟其如此，所以感人。努力留住每一个人，大概正是人类社会的意义之所在罢。晚九时半睡。

九月一日 | 周五

晨七时半起，去大浴场。九时过出门，到本郷三丁目駅乘地下鉄，在スパンアートギャラリー买：山本タカト画集『ネクロファンタスマゴリア ヴァニタス 増補新装版』（エディシオン・トレヴィル，二〇一五年七月三十一日初版），精装，有护封，扉页毛笔书“山本タカト”。山本タカト随笔集『幻色のぞき窓』（芸術新聞社，二〇一〇年四月三十日初版），精装，有腰封，封二金色签字笔书“山本タカト”。泉鏡花著、山本タカト绘『草迷宮』（エディシオン・トレヴィル，二〇一四年十一月四日初版），精装，有护封，前环背面毛笔书“山本タカト”。泉鏡花著、宇野亜喜良和山本タカト绘『天守物語』（エディシオン・トレヴィル，二〇一六年八月三十一日初版），精装，有护封，前环背面毛笔书“山本タカト”，后环金色签字笔书“Uno Aquirax”。佐伯俊男画集『夢隠蛇丸 佐伯俊男作品控』（明月堂書店，二〇一〇年十一月十五日初版），精装，有护封、腰封，前环银色签字笔书“佐伯俊男”。丸尾末広画集『丸尾画報 DX I』（エディシオン・トレヴィル，二〇一三年一月三十一日初版），有护封、腰封，书名页碳素笔书“丸尾末廣”。『乱歩パノラマ 丸尾末広画集』（KADOKAWA，二〇一六年六月二十九日三刷），有护封、腰封，前环金色签字笔书“丸尾末広”。丸尾末広漫画『少女椿 改訂版』（青林工藝舎，二〇一七年三月十日二十四刷），精装，有护封，前环有银色签字笔书“丸尾末広”。又买山本タカト签名海报七张：「オリジナルポスター Eyeball Bug and Roses II」（二〇一四）、「オリジナルポスター 占い師の角」（二〇一四）、「オリジナルポスター アリスの悪い夢」（二〇一四）、「オリジナルポスター 環」（二〇一七）、「オリジナルポスター 灰の帷のように」、「オリジナルポスター ヘルマフロディトュスの釀成」、「オリジナルポスター アリスの選択」；佐伯俊男签名海报一张：「淫剣花ポスター No.6」；丸尾末広签名海报五张：「ポスター 瓶詰の地獄」、「薔薇色ノ怪物ポスター」、「乱歩パノラマ ポスター 1」、「乱歩パ

ノラマ ポスター3」、「乱歩パノラマ ポスター4」，末三张均是二〇一〇年四月二十二日至五月一日『乱歩パノラマ ポスタ丸尾末広画集』出版記念原画展的海报。以上海报大小均为B2（515×728mm）。我对日本这一路非正统美术——也可称作“异端画家”，或许当归在亚文化之列——一直很感兴趣，觉得其中所体现的日本人的审美趣味比日本的正统美术还要充分。在CAFE de GINZA MIYUKI.KAN吃意大利面和咖喱饭，还喝了下午茶。将所买东西送回酒店。到後楽園駅乘地下铁往竹橋駅，在東京国立近代美術館参观“日本の家　1945年以降の建築と暮らし”展览，有个突出的感觉：设计师们都致力于最充分地利用很有限的空间，但又往往不吝惜作类似大块留白的处理。还看了“所蔵作品展　MOMAT コレクション”，其中有唐吉的一幅《聋子的耳朵》，刚刚写完关于他的文章，应该补上一笔：通常讲“静寂”，是说“静”到一定程度就是“寂”了，然而“静”与“寂”也许是相互关联的两件事。唐吉画中那些不知名的物体留下的清晰而深重的投影，就既凸显了“静”，又凸显了“寂”，这里“静”是静止，“寂”是寂灭。今日周五，美術館开到九点。我们七时过离开。乘地下铁到池袋，在東武百貨店八楼吃Pizza。在无印良品买箱子一个。乘地下铁回本郷三丁目駅，下雨了，到酒店已九时半。去大浴场，十一时半睡。

九月二日 | 周六

晨八时过起，去大浴场，近十时退房，将两个大箱子存在旅馆。在本鄉三丁目駅乘地下铁往根津駅，去弥生美術館和竹久夢二美術館，分别看了“「命短し恋せよ乙女」~マツオヒロミ×大正恋愛事件簿”和“竹久夢二 モチーフ図鑑—夢二さんの好きなもの—”展览。前者介绍了上世纪一十到二十年代十几组（二人、三人或四人）可谓“异态”的男女关系，除得以了解些新的人与事外，还有几个或几对人我素感兴趣，如岛崎藤村与岛崎こま子，有岛武郎与波多野秋子，佐藤春夫与谷崎千代，松井须磨子与岛村抱月，与谢野晶子与与谢野铁干，山田顺子与竹久梦二、德田秋声，田村俊子与长沼智惠子、田村松鱼，等等。竹久梦二曾在《出帆》中写到与山田顺子（书中名今田甚子）的关系，当时二人分手不久，作者似乎恨意难平，甚至连她的形象都不画出来。去年十月我在北京看了栗原小卷演的独角戏《松井须磨子》，即是取材于松井须磨子的演剧经历，其中也涉及她与岛村抱月的关系。当时还托日本文化交流中心的朋友帮忙，请栗原小卷在演出说明书上签了名。栗原小卷与松坂庆子是上世纪八十年代我最喜欢的电影演员，前者之清纯，后者之美艳，诚可谓见所未见。栗原小卷主演的《望乡》、《生死恋》、《忍川》等至今难忘。在美術館附设的咖啡馆里吃咖喱饭。乘地下铁到新橋駅，去パナ

ソニック リビングショウルーム東京看看。乘地下铁三时到小伝馬町駅，入住伝馬の湯ドーミーイン PREMIUM 東京小伝馬町九九一房间。乘地下铁四点半到目黑駅，陪 S 看了该区的两处房子。吃日本饭。晚九时回酒店，去大浴场。十一时睡。

九月三日 | 周日

晨六时起。去大浴场。七时半退房，乘酒店的免费班车到東京駅。八时二分乘中央線往立川駅，八时五十八分乘特急あずさ 7 号・松本行往松本，路上与 S 谈：日本二十世纪“民艺”的观念似乎在陶艺中得以最充分也最纯粹地表现出来，可以相提并论的大概还有布艺和手工漉纸，这里的那种“质朴”，在另外一些艺术形式如绘画和文学里，也许就令人难免有“粗粝”或“笨拙”之感了。十一时二十八分抵。将行李放在预订的酒店天然温泉梓の湯ドーミーイン松本。五年前来过松本，感觉如今游客（尤其是西方人）增加很多，也比过去热闹多了，不过仍然是一个很文艺的城市。在 COCO’S 吃饭。去松本市美術館，参观特别展“日本のアニメーション美術の創造者 山本二三展～天空の城ラピュタ、火垂るの墓、もののけ姫、時をかける少女～”和常设展“草間彌生　魂のおきどころ”。有评论云，山本二三擅长绘制细腻的场景和层次丰富的蓝天白云，诚如其言。走过中町通り，去松

本城。六时过入住酒店三二二房间。去松本駅前的榑木野吃手工荞麦面。晚去松本城看夜景。都是旧地重游，但还觉得有意思，松本城依旧很美，虽然因为其间去过姬路城，有个对比，看出松本城天守阁实在不大。晚九时半过回酒店。去大浴场。十一时睡。

九月四日 ｜ 周一

晨八时过起，去大浴场。近十时退房。逛街。一直有个看法：一个国家外观的美，特别是寻常在街头巷尾微末小处所见，很大一部分是由大众而非精英创造的。一个民族的总体文化水平包括审美水平，然而这种审美又不完全与通常所说的文化是一回事，与其说来自教化，不如说是习惯使然，是代代相传、潜移默化的结果，随时随处自然而然地表现出来。今日是周一，博物馆大都关门，行程设计尚嫌不够周密。十一时过回酒店接S，一起去昨日去过的COCO' S，吃饭，聊天。下午二时五十分与D、H会合，同往松本駅，三时十五分乘旅馆的免费班车往扉温泉明神館，约四十分钟抵，是在深山中的一幢四层楼房。入住二〇五房间（“躑躅”），十叠，又有很大的缘侧，实际上是个西式客厅。出门，沿薄川而行，道路因坠石而阻断，但我们还是走到了水坝（大概这就是“扉”罢），上面有个人工湖，有种人间之外的安静与美丽。回旅馆，泡立ち湯“雪月花”和寝湯“空山”，pH九点二，泉温四十点二摄氏度。这是家比较新的旅馆，布置很讲究，摆的都是欧式老家具。吃晚饭。菜单：“月·菊·初秋”。秋季野摘花草 白苏 帆立贝；名残鳢鱼 松茸 才卷海老 酸橘；薄切鲷鱼刺身 野葱山葵；奈川荞麦 药味料 厚味；里山边村特色佳肴：特色风味萝卜泥烤甘鲷 西式泡菜（松本当地产蔬菜腌渍） 小布施圆茄子 杏蜜煮 土佐酱油拌风干松代青黄瓜；东寺的美味：茶树菇豆皮卷 夕颜 美味高汤；糀酱油料理：碳烤信州和牛 烤芜菁 甜椒野泽菜 一味山椒；饮品 ：今日的甜点。——扉温泉明神館。又泡露天風呂“白龍”。十一时过睡。

九月五日 | 周二

晨七时半起。泡“雪月花”和“白龍”。九时吃早饭，然后去露台喝咖啡和红茶。这家旅馆最大限度地融入大自然，但是却有几分贵族品位，属于那种成本不菲的“远离尘嚣”。十一时乘旅馆的免费班车离开，到松本。十二时乘JR特急あずさ16号·新宿行往茅野駅，十二时三十分抵。火车站有个小津安二郎和野田高梧的展览。一时十五分乘巴士，约四十分钟抵滝の湯入口，入住蓼科グランドホテ滝の湯八〇七房间，十叠，有缘侧。步行十五分钟到無藝莊，这是小津当年的工作室，原在蓼科高原他处，二〇〇三年为纪念小津逝世五十周年，移筑于此。房间里的电视机正放映《小早川家之秋》。别墅旁有一石碑，上书“小津安二郎 野田高梧 有縁地”。又走到蓼科湖。这里有“小津安二郎散步道”，我们刚才走的和现在走的就是其中的一段，虽然已换作了柏油路。小津很喜欢蓼科高原，曾称赞这里空气清新，如今我的感觉依然如此。小津一九五七年以后的电影剧本，从《东京暮色》到《秋刀鱼之味》（除《彼岸花》外），都是在这里与野田合作完成的。可惜野田高梧的别墅雲呼庄早已被拆除了。回旅馆。泡溪流露天風呂“滝岩の湯”的信玄湯、一之湯、二之湯和三之湯，有两种温泉，分别为酸性（pH值五点二五，泉温二十点八摄氏度）和碱性（pH值七点四一，泉温五十一点八摄氏度）。晚饭是自助餐，材料颇新鲜，品种也丰盛。这旅馆比昨天的显得平民化多了。晚十时过睡。

九月六日 | 周三

晨六时半起。泡溪流露天風呂“日和の湯”的一之湯、二之湯、三之湯和美肌湯，酸性温泉与碱性温泉并列，前者色偏黄，后者色偏蓝。又去泡庭園大浴場“巖の湯”。吃早饭。十时退房。乘酒店的免费班车往茅野駅，十一时一分乘JR中央本線・松本行往上諏訪，十一时七分抵，步行至諏訪湖边，景色欠佳，湖水亦不甚干净。十二时三十八分乘JR中央本線・甲府行往甲府，十三时四十七分抵。在甲府駅南口乘バスターミナル9番線巴士往湯村溫泉入口，约十五分钟抵，入住常磐ホテル二〇三房间，十叠，有缘侧。旅馆二楼墙上有一排照片，皆是井伏鳟二来此住宿时的留影。泡露天風呂，pH值八点四五，泉温四十五点八摄氏度。去庭园散步，庭园以松为基调，二〇一三年被评选为日本庭园第三，居足立美術館和桂離宮之后。四时过去湯村温泉街，此地又称为“杖の湯”，为井伏鳟二、太宰治等爱来之地，然如今景象萧条衰败，我们所去过的温泉街莫此为甚，不少旅馆、店铺都关着门，有一家旅馆名为“太宰治の宿明治”，太宰治曾在此居住，据介绍里面还附设一个“太宰治資料館”，现在也不像在营业的样子。走到塩沢寺后山上的地藏古坟看看，即返回旅馆，时近六时。旅馆庭园有露天晚宴，有女艺人弹三弦，吹笛子。在那里喝了点酒。回到二楼的“曙”餐厅吃晚饭。餐前酒：山梨县产李子酒；前菜：海老红叶烧 烧栗子甲州煮 鲇鱼昆布卷 酱油腌三文鱼籽 合鸭 银杏 松叶；吸物：松茸 白舞茸 海老 橡树叶 鸭儿芹 土瓶蒸 酸橘；造身：鲔鱼造身 金目鲷造身 甘海老 芽物 山葵；杂煮：信玄鸡时雨煮 莲藕 西兰花 秋茄子荷兰煮 红叶麸；强肴：烤牛肉 腌渍蘑菇 配和风酱汁；合肴：米酒蒸帝王蟹 配新鲜柠檬；进肴：酥炸软壳蟹 酿五彩辣椒馅；乡土肴：温煮猪肉 配明野白萝卜 白葱；锅物：甲州葡萄酒炖土猪肉秋鲑 土鸡肉丸子；盐味什锦火锅（配有本地产时蔬）；御饭：舞茸小锅什锦饭；香物；留椀：蘑菇 田舍味噌；水果：时令水果。——平成二十九年九月常磐ホテル谨制。泡露天風呂。十一时睡。

九月七日 | 周四

七时过起，去露天風呂。吃早饭。L、H 去武田神社。我又去露天風呂。十时退房。与 S 打车去山梨県立美術館，参观特别展“ヴラマンク展 絵画と言葉で紡ぐ人生”，约有八十件作品。多是弗拉芒克野兽派时期之后，亦即所谓“表现的现实主义”的作品。我很喜欢他画的大雪后的乡村街道景色，寒冷，阴郁，黯淡，但又隐约流露出些许人情的暖意。S 写了一小段话：“在甲府看美术馆是行程之外的事，时间安排得很紧张。匆匆走过他早期画的静物，心里已经十分惊讶，接着又是一组雪后村庄。天空灰蓝低沉，树枝毫无秩序，狂乱延伸，看得寒意陡然而起，就那一点鲜艳橘红却偏偏能感受到画家一股强劲的感情，彷佛在冬夜孑然独行，已经寒冷绝望，忽然间又握住了一只温暖干燥的手掌般，我站在画前，久久不忍离去。”还看了馆藏的“ジャン=フランソワ・ミレー”和“バルビゾン派・その他西洋美術”展览。该馆收藏米勒作品共七十一件，包括有名的《播种者》在内。又去了山梨県立文学館，有多位山梨出身或曾在此活动的作家的手稿、遗物等展出，如樋口一叶、芥川龙之介、井伏鳟二、太宰治、山本周五郎、深泽七郎等。一时离开，乘巴士到甲府駅，一时三十二分乘 JR 身延線·富士行往下部温泉，二时四十八分抵。旅馆来车接。这是位于下部川两岸的温泉街。入住古湯坊源泉館“横田備中”房间，十叠，有缘侧，还有个小阳台，面山，是一片树林。门外过道的玻璃柜里摆着些当年“钱汤”的老账本。到温泉街散步。回旅馆，这家旅馆是“铁筋洋灰”的建筑，略显老旧。据云温泉已有一千三百年历史。一楼挂着一张井伏鳟二在旅馆门口拍的照片。去五楼的温泉，pH 值九点四，泉温四十九点四摄氏度。在“三枝勘解由”房间吃晚饭。这里的房间皆用“武田二十四将”命名。去泡别館武田信玄公のかくし湯大岩風呂，pH 值八点六，泉温二十九点六摄氏度，大池（相当于该楼的地下一层）是冷泉，就是泉水本来温度，接近一楼地面处有个较小池子，水是加热的，冷热泉交替浸泡。温泉接待本馆客人和当地住户，有些人看上去像后者，久久泡在冷泉里，就像置身一处社交场所似的。S 在旅馆门口的售货车买了山梨县产的“秀”级青葡萄，两公斤两千五百日元，口味确实很甜。晚十时过睡。

九月八日 | 周五

晨七时起，泡五楼的温泉，吃早饭。泡别館大岩風呂。十一时退房。乘旅馆的车往下部温泉駅，十一时二十八分乘ＪＲ特急ワイドビューふじかわ6号静岡行往身延駅，十一时三十六分抵。逛街，走到富士川边。蓝天白云，阳光很强。下午一时四十分乘旅馆的免费巴士往西山温泉，也在大山中，历一小时抵。入住全館源泉掛け流しの宿慶雲館三一〇房间（“御殿山”），套间，一为十四叠，一为八叠，各有缘侧。在旅馆前台看见一份镶在镜框里的吉尼斯世界纪录证书，内容是：“（世界上）最古老的旅馆是日本国山梨县的西山温泉庆云馆，这是一家从公元七〇五年起开始营业的温泉旅馆。”公元七〇五年是日本历史上的庆云二年，据说旅馆即因此得名，泉水喷涌至今，迄未枯竭，且始终由一家人经营，已是第五十二代。但现在的建筑实际上很新，为四层楼，依早川而建，是家豪华的国际酒店，并不是我们曾经去过的那种深山里孤零零的古老旅馆。去泡一楼的溪流野天風呂“白鳳の湯”，pH值九点二，泉温五十点九摄氏度。又泡同层的包租野天風呂“瀨音”和“川音”。近五时半到附近走走，走到一座跨越早川的吊桥，又穿过一条隧道。六时半回旅馆，又泡“白鳳の湯”。七时吃晚饭。菜单：“长月之宴”。餐前酒：榅桲酒；先付：南瓜豆腐 银馅；前菜：琥珀色羊栖菜什锦 黄身寿司鬼灯 新牛蒡利久煮 莼菜 啤酒腌白瓜；吸物：缟纲麻冷汤；造身：茜鳟造身 五月鳟 身延豆腐皮 配菜；温物：温蔬菜味噌奶酪火锅；

小菜：手作栗子冷面；烧物：山女鳟幽庵烧 土佐酱油糖香炸核桃仁；名物：甲州牛肉溶岩烧 特选甲州黑毛和牛（5A 级牛肉）所配蔬菜 芝麻风味烧烤调料汁 海盐 黑胡椒；止椀：红酱汤；馎饦 粘盖牛肝菌 浅葱；香物：酒曲腌渍咸萝卜 腌渍黄瓜 葡萄酒腌渍藠头；御饭：藕饭；甜点：日向夏橘果子冻。——慶雲館料理长佐藤真司。泡四楼的展望野天風呂“望溪の湯”。夜里窗外水声甚大。夜十一时睡。

九月九日 ｜ 周六

晨七时起，泡四楼的展望大浴場“桧香の湯”。吃早饭。九时五十分退房，乘旅馆的免费巴士往身延駅，十一时九分乘ＪＲ特急ワイドビューふじかわ 3 号甲府行往甲府駅，十二时零五分抵。与 L、H 十二时十五分乘 JR 身延線·富士行往善光寺駅，十二时二十分抵。去甲斐善光寺，在天井下击掌，听见“鳴龍”的回声。一时四十七分乘 JR 身延線·甲府行往甲府，一时五十三分抵。去舞鶴公園，欲趁天晴观看富士山，惜为云朵所遮蔽。二时五十六分乘JR中央本線·大月行往石和温泉駅，三时二分抵。所订旅馆来车接。入住石和温泉郷ホテル石風三〇一房间。到街上散步。石和温泉乡已与笛吹市融为一体，有点“城乡结合部”的感觉，这次去的湯村温泉和石和温泉都离城市太近，甚至就在城市之内，这种温泉实在没有太大意思。去笛吹市商工会品尝酒，又去豐玉園吃刚采摘的葡萄。据说山梨县有“水果王国”之誉，尤其是甲府盆地周边，昼夜温差大，日照时间长，降水量少，很适宜葡萄生长。晚六时半回旅馆，泡露天風呂，pH 值九点〇一，泉温五十二摄氏度。吃晚饭。S 说，此行的三大亮点是扉温泉附近的人工湖、蓼科高原的小津散步道和山梨県美術館的弗拉芒克画展。晚同行五人聚在一处，戏为所住六家温泉旅馆排名次，根据酒店（内部环境 / 服务）、温泉、餐食、周边环境等标准投票，结果如下：一、西山温泉慶雲館；二、扉温泉明神館；三、蓼科温泉滝の湯；四、下部温泉古湯坊源泉館；五、湯村温泉常磐ホテル；六、石和温泉ホテル石風。如以单项论，则温泉第一为下部温泉；酒店设施及餐食第一为西山温泉；周边环境第一为扉温泉和湯村温泉（山梨県立美術館加分）。D 并写了一份总结，略云：此次旅行，总体感觉不如先前的新潟長野之行和山形之行。所去山梨县的几处温泉虽都在“百大”之列，但总的来说惊艳之处不多，距离城市太近的温泉意思尤其不大，过于国际化的酒店又失去了温泉旅馆的味道。此番全程连续住温泉旅馆，而且都是山里的温泉，缺少调剂，不如其间安排住一两次城市酒店。行程最好是有山有海，山间景观较少变化，旅馆的饭菜也不如海边的旅馆。晚又去泡露天風呂。十二时睡。

九月十日 | 周日

晨七时起，泡露天風呂。吃早饭。又去泡露天風呂。十时退房，乘旅馆的巴士往石和温泉駅，十时零九分乘JR特急あずさ8号·東京行往八王子，十一时零三分抵。与L、H作别，S亦与他们同行。先后去橋本、多摩境、つつじヶ丘和仙川逛街、购物。在仙川文紀堂書店买『Acid Bloom アシッドブルーム 蜷川実花写真集』（エディシオン·トレヴィル，二〇〇三年九月三十日初版），精装，有聚乙烯树脂封套，扉页银色签字笔书“Mika Ninagawa”。『蜷川実花 永遠の花』（小学館，二〇〇六年十二月一日初版），精装，有护封、腰封，前环有金色签字笔签名。乘京王線在新宿駅换総武線，到水道橋駅。近九时入住ザ·ビー水道橋三〇一房间。去大浴场。十一时过睡。

九月十一日 | 周一

晨七时半起。去大浴场。九点半出门。在水道橋駅乘総武線在御茶ノ水駅换中央線到東京駅。去大丸百货看看，然后到S住的酒店，十一时与她一起去看房，共看了代代木上原、代代木、南青山和新宿等四处。所见小型高级公寓都只有十几户人家，外观有些西方特点，与后来住宅建筑相比略显奢华，但并不张扬，似乎代表那个时代的审美趣味，室内布局充分利用空间，更衣室和储物间强调收纳的功能，每家客厅的采光都很好。虽然是上世纪八十年代的建筑，装修也经历了些时间了，但是能看出装修很精细，材料也讲究，维护得很用心。至下午五时结束。晚在東京駅附近吃饭、聊天。八时告别。回酒店。收拾行李。去大浴场。十一时睡。

九月十二日 ｜ 周二

晨七时半起。去大浴场。收拾行李。十时退房。冒小雨去神保町，在小宮山書店买北井一夫摄影集『1970 年代 NIPPON』（冬青社，二〇〇一年六月二十五日初版），有护封，前环衬钢笔书“北井一夫”，夹有一张印着此书出版纪念写真展预告的明信片，钢笔书：“〒 264-0053 千葉市若葉区野呂町 1338-1 佐佐木隆吉様 お元気ですか、本出来たろおくります。北井一夫”，贴着面值五十日元的邮票，邮戳上的日期是“13.6.20”，即二〇〇一年六月二十日也。查到一篇题为「ループ状無給電素子による反射板付きダイポールアンテナの広帯域」的论文，作者之一佐佐木隆吉，单位为千葉工業大学工学部電気電子情報工学科，不知是此人否。购物。二时回酒店取行李，雨已停了。在水道橋駅乘総武線到秋葉原駅，换乘山手線到浜淞町駅，東京モノレール羽田空港線临时停驶，遂乘山手線到品川駅，换乘京急線到羽田空港，在 GINZA OGURA 吃茶泡饭。五时二十分所乘 NH963 航班起飞，座位号 13B、13C。从笔记本里抄录一段话：社会有序，个人自由，与社会无序，个人不自由，这是两种不同的社会形态。至于经济发达与否则是别一问题，不能与此混为一谈。晚八时（北京时间）抵北京首都机场。小张来接，回家。

后 记

《游日记》在我属于“计划外产品”，与从前那本书信集《远书》类似；只因孙祎萌君提议督促，才得以编就付梓。然而我还是担心免不了有人“求马唐肆”地去读它。此亦有先例，记得《远书》面世，有论家批评：“只可惜失望与欣喜并存，或许失望尤大于欣喜亦未可知。翻看《远书》，方知此书信集非家书，更非情书一类，乃仅与友人谈学论道之书。”虽然早已声明自家压根儿没有马，但好像仍然觉得有点儿对不住非来这儿找马不可结果大失所望的人似的。所以重复声明一下，第一，虽然去过日本多次，我对作为一种文化和一个国家的日本仍谈不上了解，所以只能闭口不言；第二，旅行这码事儿全凭个人兴趣，想怎么玩，就怎么玩，绝无一定之规，“自适其适”，如此而已。我讲这些的意思，借用《论语》里子贡的话来说，前一样是“我不欲人之加诸我也”，后一样是“吾亦欲无加诸人”。

在去日本旅行的飞机上偶尔想起一件其实与我毫无关系的事：将近一千三百年前，经历四次失败的鉴真和尚第五次东渡日本，他在海上漂泊了十四天后最终抵达的却是海南岛。如今我们出门未免太便捷也太常规了，是以从中获得的只能是一点平凡的乐趣。这里我所留意的，多半是我们的生活与环境中已经失去抑或还不曾拥有的东西，真实，微妙，无关宏旨。

对于图文书我一向采取审慎的态度，这些年自己所写的几本书得以重印，均将原本非我所愿配上的那些可有可无的插图删薙了事。只有《惜别》里母亲的一组照片构成书中必要的部分，乃是例外。现在这本《游日记》，照片所起的作用可能更大一些，因为文字很少描写形容，倘若没有照片的话，读者更无从得知我所见到的日本是什么样子的了；反过来讲，因为配上这些照片，也就无须辞费了。进一步说，我对日本的感受——尤其是审美感受——可能更多体现在照片之中。照片摄于历次旅途，存量甚多，烦请成誉臻君代为汰选。不拘年份，大致按月日先后排列，约略可见日本一年的时序变化。不要文图混排，图片不要“出血”，横幅的宽度不超过或稍超过版心，竖幅的高度等于横幅的宽度，这都是我的主意。

日记里附有所住日式旅馆提供的若干菜单——可惜有些或许更好的晚餐没有菜单——原系日文，乃请张北辰君译为中文。谨对以上三位友人表示谢意。

《游日记》中写到日本的地名，车站名，火车等线路名，一些商店的名字，还有我买的那些书的名字，则一律径用原文（多系日文汉字）。当初如此记录本是图个方便，及至出书，几经斟酌，决定不一一翻译了。这是旅行日记，并非专门写的导游书，但有朋友读了说未必没有可资他人借鉴之处，假如所言不差——虽然我对此略感怀疑——的话，那么，地名、线路名之类还是保留原样为宜。

二〇一七年九月十六日